비뢰도

飛雷刀

비뢰도 19
검류혼 장편 新무협 판타지 소설

초판 1쇄 찍은 날 § 2006년 4월 14일
초판 5쇄 펴낸 날 § 2014년 10월 24일

지은이 § 검류혼
펴낸이 § 서경석

편집장 § 문혜영
편집책임 § 장상수
편집 § 유경화 · 심재영

펴낸곳 § 도서출판 청어람
등록번호 § 제1081-1-89호
등록일자 § 1999. 5. 31
어람번호 § 제2-0882호

주소 § 경기도 부천시 원미구 심곡1동 350-1 남성B/D 3F (우) 420-011
전화 § 032-656-4452 팩스 § 032-656-4453
http://www.chungeoram.com
E-mail § eoram99@chollian.net

ⓒ 검류혼, 2005

ISBN 89-251-0072-X 04810
ISBN 89-5831-855-4 (세트)

※ 파본은 본사나 구입하신 서점에서 교환하여 드립니다.
※ 저자와 협의하여 인지를 붙이지 않습니다.

비뢰도

飛雷刀

FANTASTIC ORIENTAL HEROES

검류혼 장편 신무협 판타지 소설

19

비류연, 드디어 하옥되다

도서출판 청어람

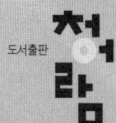

목차

백 년의 숙원 _7

주점, 얼어붙다! _20

빈대떡을 부치는 법 _52

복기(復碁) _77

미행(尾行) _84

밀담 _93

순찰 _112

새로운 깃발 _132

합작 _141

또 다른 방문 _148

한밤중의 비명 _164

검시(檢屍) _173

투옥(投獄) _ 190

침묵(沈默)으로 나누는… 대화(對話) _ 199

심문(審問) _ 235

마진가, 장홍을 호출하다 _ 253

갑작스런 방문 _ 271

나를 위해 죽어다오! _ 277

야습 _ 289

청천벽력(青天霹靂) _ 294

비류연과 그 일당들의 죄담회 _ 308

학생이라면 반드시 읽어야 할—그러나 거의 아무도 읽지 않는—
천무학관 지정 필독 추천 도서 108종 _ 313

백 년의 숙원
— 시선(視線)

드디어 때가 왔다!

'검심전(劍心展)'. 지엄한 필치로 가주 집무실을 지키고 있는 편액 아래에서 청년은 그렇게 생각했다. 문을 열고 들어가자 묵직한 음성이 그를 맞이했다.

"오늘 떠나느냐?"
"예, 아버님!"
청년이 짧게 대답했다.
부자지정이 그다지 돈독한 사이는 아닌 듯, 두 사람이 주고받는 말은 상당히 간결했다.
"준비는 다 되었느냐?"
아들에 대한 믿음과는 별도로 한 번 더 확인하고 숙고하는 것이 당연한 절차라고 사내는 생각한 듯하다. 아들 역시 그런 아버지를 비난할 마음은 없어 보였다.

"물론입니다. 몸도 마음도 이미 오래전에 준비를 끝내고 있었습니다. 심신에 각오를 새겼으니 제 검은 이제 그 어느 때보다도 날카로울 것입니다."

아버지는 아들의 두 눈을 들여다보았다. 열아홉 나이에 걸맞지 않은 맹렬한 투지가 불꽃처럼 활활 타오르고 있다. 십 년 고련을 거치는 동안 더욱더 강렬하게 타오른 적은 있을지언정 결코 단 한 번도 미약해지거나 꺼진 적이 없었던 불꽃이었다. 그렇기에 사내가 존경해 마지않는 부친, 즉 청년의 조부 역시 자신보다 이 아이에게 더 큰 기대를 걸고 있는 것이리라. 백 년 동안의 숙원을 이루어줄 큰 희망으로서.

'백 년(百年)의 숙원……'

백 년이란 시간을 들이고도 아직 내려놓지 못한 짐! 뛰어넘지 못한 벽, 이루지 못한 꿈!

그 생각을 하자 또다시 마음이 천근만근 무거워진다. 아마 물귀신처럼 평생 그를 괴롭히면서도 결코 떠나가지 않을 이 감각. 그는 한층 무거워진 마음으로 다시 아들을 바라보았다.

"난 실패했다!"

자조와 회한이 섞인 부친의 말투에 청년은 움찔했다.

자신이 풀지 못한 숙제를 아들에게 떠넘기게 되었으니, 마음이 심란해지는 것은 당연한 일이었다.

"난 끝내 그 벽을 뛰어넘지 못했다. 그것이 나의 한계였다."

자신은 끝내 이루지 못했던 숙원, 끝끝내 넘어서지 못한 '모란'의 벽! 그 벽을 생각할 때면 언제나 가슴 한편이 회한의 늪에 잠긴다.

"하지만……."

복받치는 감정을 이기지 못하고 그는 잠시 말을 멈췄다.

"하지만 넌 반드시 성공하리라 믿는다!"

시간의 강, 그 흐름을 무시한 채 백 년에 걸쳐 쌓인 숙원이 아니던가. 그 단단한 앙금을 풀어줄 사람은 이 아이밖에 없다. 그 역시 마음속으로 그렇게 생각하고 있었다. 그렇기에 그, 아니, 가문이 해줄 수 있는 것은 무엇이든 아낌없이 투자했던 것이다.

최고의 환경, 최고의 스승, 그리고 천재적인 재능을 연마하기 위한 혹독한 훈련. 아들은 세인(世人)들이 운운하는 천재임이 분명했으며, 그 재능은 최고의 환경을 만나 최상의 형태로 개화했다.

그는 지금도 서슴없이 말할 수 있었다.

이 아이가 바로 공손세가 최고의 걸작품이라고! 다음 가주는 바로 이 아이라고!

"걱정 마십시오, 아버님! 이제 강호 사람들은 공손세가의 '지존검법(至尊劍法)'이 결코 모용가의 아래가 아니라는 것을 알게 될 것입니다. 모란의 검은 제 손에 꺾일 것입니다!"

청년의 전신에서 무시무시한 투기가 아지랑이처럼 피어올랐다.

약관의 나이라 생각되지 않는 막강한 기백! 그 용솟음치는 기백을 접하며 공손세가의 현 가주 '공손경운'은 몸을 부르르 떨었다. 참담했던 기억이 한순간에 날아간 듯, 그의 마음은 파도처럼 밀려온 기대감으로 세차게 격동했다.

공손경운은 다가가서 아들의 두 손을 꽉 움켜잡았다.

"절휘(切輝)야! 너로 인해 우리 공손세가는 천하제일세가로 비상할 것이다!"

그의 두 눈에서 뜨거운 열기가 넘쳐흘렀다.
"이 아비는 널 믿는다! 명심하거라! 공손세가의 미래는 너의 두 어깨에 걸려 있다는 것을!"
공손절휘의 두 눈에서도 투지의 불꽃이 일렁거렸다.
"맡겨주십시오, 아버님! 무림은 이번 승천무제에서 모란의 후계자가 지존의 검 아래 꺾였다는 소식을 듣게 될 것입니다!"
그리고 강호는 공손세가에 대한 평을 재수정할 수밖에 없으리라.
"이 검을 받아라!"
공손경운은 한 자루의 검을 불쑥 앞으로 내밀며 말했다.
"이, 이 검은……?"
그 검을 알아본 공손절휘의 눈이 크게 떠졌다.
"소자는 감히 받을 수 없습니다!"
공손절휘는 급히 허리를 숙이며 사양했다. 그도 그럴 것이, 부친이 내민 검은 오직 공손세가의 가주만이 지닐 수 있는 보검으로 그 명(銘)은 '극예(極銳)'였다. 그런 귀보(貴寶)를 이제 막 관례를 올린 약관의 청년에게 넘겨준다는 것은 너무나도 파격적인 처사였다.
그러나 공손경운은 뜻을 굽히고 싶지 않았다. 그러니 그의 손이 거두어질 리 만무했다.
"무엇을 망설이느냐? 나는 지금 공손세가의 미래를 너에게 일임하려는 것이다! 이 검은 바로 그 증표다! 할아버님께서 여기 계셨다 해도 나와 같은 의견이셨을 터! 어서 공손세가의 미래를 받아라! 그리고 네 손으로 그 미래를 열어라! 그만한 각오 없이 어찌 대사를 치를 수 있겠느냐!"
공손경운이 단호한 목소리로 외쳤다.

"이것이 나의 각오이다! 그렇다면 너의 각오는 무엇이냐?"

마침내 청년은 무릎을 꿇은 채 두 손을 공손히 머리 위로 들어올려 검을 받았다. 그리고는 검을 향해 절하며 말했다.

"반드시… 반드시 해내겠습니다."

반드시… 반드시…….

청년은 목이 메어 말을 잇지 못했다.

"그럼 떠나거라!"

공손경운이 뒤돌아서며 말했다. 이미 목소리가 심히 떨리고 있었음에도 불구하고 그는 끝까지 평정을 유지해 보고자 애썼다.

"전송하지 않겠다!"

공손절휘는 부친의 등을 향해 큰절을 올린 후 묵묵히 문을 나섰다. 가끔은 말보다 침묵이 더 많은 것을 전달할 때도 있는 법이다.

중앙표국의 사운을 건 표행이 남창에 도착하기 보름 전에 있었던 일이었다.

*   *   *

"또인가?"

모용휘는 속으로 한숨을 푹 내쉬었다. 자신의 앞에 불쑥 나타난 사내 한 명이 뭐라고 뭐라고 열심히 지껄이고 있었다.

"OXXOXXOX…….''

하지만 그 아무개 뭐라는 남자가 무슨 말을 외치고 있는지는 귀에 들어오지도 않았다. 그 내용까지 친절하게 인식해 주기에 지금의 그는 너무 피곤했다. 게다가 무슨 내용인지는 안 들어도 뻔했다. 아마도 자기소개 중이겠지. 다음엔 자신이야말로 천무학관이 필요로 하는 인재라는 사실을 증명하기 위해 안달할 것이다. 요즘에는 흔하다 못해 아예 일과가 되어버린 일이었다.

'적어도 검은 제대로 쥐던가…….'

원래 실력이 그것밖에 안 되는 건지, 아니면 너무 긴장해서 그런 건지 모용휘를 향해 검을 빼 든 아무개 어쩌고의 검끝은 미세하게 떨리고 있었다. 이처럼 떠벌리는 말에 몸이 따라가지 못하는 경우는 근래 들어 특히 더 흔히 접할 수 있었기 때문에 새삼스러울 것도 없었다. 단지 조금 한심할 뿐.

'적어도 시선은 상대의 눈에 똑바로 향해야 할 것 아닌가?'

미묘하게 어긋난 시선. 그것은 그의 자세가 흐트러져 있다는 뜻이고, 더 나아가서는 허점이 너무 많아 어디를 때려야 될지 고르기도 곤란할 지경이라는 의미이기도 했다.

'오늘만 벌써 다섯 명째…….'

스읏!

모용휘가 앞으로 한 걸음 내디뎠다.

'갈 길이 바쁘니까.'

드잡이질에 더 이상 시간을 소모하는 것도 어찌 보면 한심한 짓이다.

'염도 노사님을 더 이상 기다리게 할 수는 없지!'

그건 정말 상식인이 피해야 마땅한 일이었다.

"어억!"

벌써 오늘만 다섯 번째 듣는 상대의 당황성. 왜 다들 입으로만 반응하고 몸으로는 반응하지 못하는 걸까? 그런 의문을 품으며 모용휘는 가장 효율적으로 상대방을 꼬꾸라뜨릴 수 있는 장소에 주먹을 한 대 꽂아 넣었다.

"뻐억!"

큰북이 터지는 듯한 요란한 소리와 함께 아무개 어쩌고의 몸이 반으로 꺾였다. 아니, 다섯 번째니까 오(五)번 아무개라 하는 쪽이 더 정확할 것이다. 그 앞의 남자들도 그의 머릿속에는 다들 아무개 아무개로 인식될 뿐이었다. 도전하면서 다들 자신의 사문과 이름을 밝혔지만 그의 머릿속에는 어떤 기억도 남아 있지 않았다. 그는 요즘 생각할 게 너무 많았기 때문에 어중이떠중이까지 기억해 줄 여유는 없었다.

"다행이군, 한 방에 끝나서."

그나마 다행스럽게도 두 방이나 내지르는 아까운 짓은 피할 수 있었다.

"흠칫!"

자기도 모르게 말을 내뱉은 직후 모용휘는 깜짝 놀라고 말았다. 그리고는 방금 전 상대의 명치에 보기 좋게 들어간 주먹을, 또한 사나운 늑대처럼 도전했다가 지금은 뒤집어진 바퀴벌레처럼 바닥에서 꿈틀거리고 있는 도전자를 바라보았다.

"이게 물든다는 건가……."

사람은 경험을 통해 바뀐다더니. 경험은 달리 말하자면 만남과도 같고, 사람은 좋든 싫든 만남을 통해 세상에 산재해 있는 숱한 가능성을 접하게 된다. 그러니 아무것도 경험하지 않고 누구와도 만나지 않는 것은 자신의 미래를 포기하고 스스로를 가두는 최악 중의 최악이지만…….

"악연이란 이런 것이겠지……."

모용휘는 한탄하듯 중얼거렸다. 수많은 전생을 통한 수많은 만남, 그 무수한 경험 중에서도 비류연 같은 인간과의 만남은 실로 강렬한 흔적을 남기는 것 같았다.

예전 같았으면 가볍게 점혈만으로 승부를 결정지었을 것을. 검을 뽑을 필요가 없다는 데는 변함이 없었다. 하지만 이렇게 힘껏—약간은 기분 좋게—주먹을 내지르지는 않았을 것이다. 이런 호쾌한—나쁘게 말하면 폭력적인—방식은 그의 미학과 어긋나는 면이 있었다. 그런데도 하고 말았다.

"나도 영향을 받았다는 것이겠지……."

씁쓸한 고소가 혀끝을 적신다. 비류연… 이상한 녀석… 그에게는 묘한 힘이 있다. 외면할 수는 있어도 부정할 수는 없는.

세상이 자기를 중심으로 돌아간다는 말도 안 되는 사상을 확고한 신념으로 가지고 사는 사람은 정말 드물다. 그런데도 그는 그랬다. 더욱 놀라운 점은 간혹이나마 주위 사람들로 하여금 그의 주장이 진짜가 아닐까 하는 의심을 품게 만든다는 것이다. 그건 위험한 징조였다.

그는 주위를 휩쓸고 다니는 태풍의 눈 같은 존재였다.

"그래서 자신은 잘 안 움직이려 들지……."

"태풍의 눈이 움직이는 것 봤어? 원래 중심은 움직이지 않는 거야."

항상 그렇게 말하는 게 그의 입버릇이었다.

'뭐, 진짜는 단지 귀찮은 것뿐이겠지만…….'

아마 틀림없이 그럴 것이다.

"뭐, 이런 것도 가끔은 좋을지도……."

하지만 역시 친구를 가려서 사귀어야 하는 것은 만고불변의 진리임이 틀림없다. 고민해 볼 문제였다.
결국 오늘도 그의 검은 한 번도 뽑히지 않았다.
'그만 갈까? 더 늦으면 염도 노사께서 화내시겠지?'
약간 흐트러진 옷맵시를 가다듬으며 모용휘는 생각했다. 그는 아직 전설의 비기를 배울 기초 훈련도 채 끝내지 못하고 있었다.

"기본이 중요해. 많은 작물을 재배하려면 넓고 풍요로운 대지가 필요하고 큰 배를 띄우려면 많은 물이 필요하지. 그리고 높이 뛰어오르려면 단단한 땅이 필요하다. 너의 그릇이 이것을 담아낼 수 없다면 나는 주저없이 그 그릇을 깰 것이다."

그들, 염도와 빙검이라면 충분히 그럴 수 있으리라. 막 걸음을 옮기려던 그의 발이 우뚝 멈췄다.
"거기 계신 분은 누구신지?"
모용휘가 고개를 살짝 뒤로 돌리며 물었다. 어둠은 침묵으로 응답했다. 그는 다시 한 번 침묵을 뒤흔들어 보기로 했다.
"아직 모습을 드러낼 생각이 없습니까?"
그가 바라보는 곳에는 여전히 정적만이 가득 차 있었다.
요즘 자꾸만 누군가의 시선을 느끼고 있었다. 그러나 유령처럼, 그림자처럼 그 시선의 주인은 결코 모습을 드러내지 않고 있었다.
'누굴까?'
시선은 은밀하면서도 집요했다. 그러나 여자는 아닌 것 같았다. 그는 가문 빵빵하고 장래가 촉망받는 기재에다가 덤으로―이걸 최고의 가치로 삼는 사람이 대부분이긴 하지만—미남이기까지 했기 때문에 노리는 여자들이 꽤 많았다. 그 때문에 골치를 썩은 적도 한두 번이 아니었다. 그를 몰래 쫓아다니며 일거수일투족도 놓치지 않겠다는 듯 눈에 불을 켜던 여자도 상당수 있었다. 민폐도 이만저만이 아닐 수 없었지만 그는 무력했다. 그때 그는 처음으로 여인들의 무시무시한 집요함에 두려움을 느꼈었다. 덕분에 남자의 시선과 여자의 시선을 구분할 수 있는 능력을 얻게 되었다. 여러 번 위기를 넘기다 보니 그쪽으로 감각이 특화된 모양이었다. 그 경험의 산물에 비추어볼 때 이 시선은 분명 남자의 것이었다. 그것도 널름거리는 적의가 서린 칼날 같은 시선이었다. 만약에 지금 이 시선의 주인이 여자라면 그것은 공포 그 자체이리라.

'설마 아니겠지……'

모용휘는 다시 한 번 자신을 안심시켰다.

그의 모든 것을 해부하겠다는 의지에 가득 찬 눈. 그 해체가 끝나는 곳에 무엇이 기다리고 있을지는 오직 시선의 주인만이 알 일이었다.

'상당한 고수……'

그의 감각에 잡히기는 하지만 위치를 특정할 수 없다는 것만으로도 상당한 수련을 쌓은 자임이 틀림없었다. 물론 수련이라면 모용휘 역시 혼백이 다 빠질 지경으로 임하고 있었다. 거듭 증강되는 수련은 태어나면서 지금까지 엄격하고 강도 높은 수련을 쌓은 그로서도 견디기 힘들 만큼 빡빡한 일정이었다.

현재 그를 지도하고 있는 사람은 염도였다. 어떻게든 기반을 다진다는 것이 두 사람의 목표이자 역할인 듯싶었다. 얼마나 대단한 무공이기에 염도의 무공과 빙검의 무공이 고작 기초 공사밖에 되지 않는 것일까? 과연 전설이라 불리기에 부족함이 없었다.

과연 해낼 수 있을까 하고 수없이 자문해 보았지만 자답은 돌아오지 않았다. 아직 본편으로 들어가지도 못하고 있는데 이리도 힘든 것이다.

자신을 감시하는 시선의 주인이 누구일지 곰곰이 생각해 봤지만 딱히 떠오르는 대상은 없었다. 하지만 상관없었다.

"곧 알게 되겠지."

어둠을 향해 가볍게 팔을 한번 휘두른 후 모용휘는 가야 할 길을 마저 가기로 했다. 아직 해야 할 숙제가 많이 남아 있었다. 오늘 해야 할 수련도 아직 많이 남은 상태였다.

게다가 할당 수련 중에서도 가장 힘든 염도 노사와의 대련이 남아 있었다. 그 생각을 하자 갑자기 피로가 엄습했다. 그러나 포기할 수는 없다. 다시는 포기하지 말자고 결심하지 않았던가. 자신이라는 존재의 한계선을 이 정도 선에서 그을 생각은 없었다.

모용휘는 부지런히 발을 옮겨 걸어가기 시작했다. 그리고는 생각했다.

'그 녀석은 지금쯤 뭘 하고 있을까?'

*　　　*　　　*

비가 오는가?

고개를 들어 위를 바라본다. 광막하게 펼쳐진 밤하늘은 거짓말처럼 청명하기만 했다. 그럼 어째서 이 몸은 이렇게 흠뻑 젖어 있는 걸까? 미동도 하지 않은 채 시선을 왼쪽으로 돌린다. 그가 기대고 있던 담에는 조금 전까지만 해도 전혀 찾아볼 수 없었던 거미줄 같은 금이 그를 포획하듯 사방으로 뻗어 있었다.

조금 전까지만 해도 찾아볼 수 없었던 흔적. 그 흔적의 중심지는 바로 그의 얼굴에서 한 치밖에 떨어지지 않은 곳이었다.

"위험했다……."

조금이라도 한 치만 오른쪽으로 왔다면 그의 얼굴에 벽과 똑같은 금이 났을지도 모른다. 마음의 평정을 잃고 조금이라도 움직였다면 그의 존재는 상대의 이목에 포착되고 말았으리라.

"휴우~"

청년은 조용히 가슴을 쓸어내렸다. 기척을 죽인 채 완벽하게 어둠과 동화되어 있었다고 생각했는데, 유감스럽게도 부분적으로나마 간파당하고 말았던 것이다.

"과연! 저것이 바로 칠절신검 모용휘인가!"

역시 대단한 인기였다. 솜씨는 차후 문제였다. 이걸로 모두 스무 번째. 쫓아다니며 지켜본 모용휘의 싸움 횟수였다. 겨우 사흘 만의 일이었다.

그런데 문제가 하나 있었다.

"전혀 도움이 안 되잖아!"

청년이 투덜거렸다.

한 번도 아니고, 두 번도 아니고, 스무 번 모두 공통되게 모두들 한 방에 나가떨어지다 보니 그가 지닌 무공의 특성을 파악해 내기가 난해하다 못해 거의 불가능했다. 검이라도 한번 뽑고 휘둘러야 그걸 보고 뭔가를 얻어낼 게 아닌가.

그나마 얻은 게 있다면 충분히 주의를 기울여야 한다는 지극히 당연한 사실뿐이었다. 좀 더 단련할 필요성이 있었다.

"역시 필요한 건 실전인가……."

현재 상태로는 패배할지도 몰랐다. 승리자로 군림하는 자기 자신의 그림이 그려지지 않았다. 진다? 그런 일은 있을 수 없었다. 가문의 명예와 백 년 동안의 숙원을 풀기 위해서라도 그는 반드시 이겨야만 했다.

좀 더 자신의 전의를 드높이고 검의 광채에 예리함과 살기를 더할 필요가 있었다. 그러자면 혼자만의 수련으로는 명백한 한계가 있었다.

그렇다면 남은 선택은 편리하게도 하나뿐이었다. 다행히 사냥감은 많았다. 지금 이곳 남창은 널리고 널린 게 연습 상대였다.

한 방! 한 방으로 상대를 제압할 수 있는 실력을 기르지 않으면 동일한 출발선에조차 서지 못한다는 것을 그는 뼈저리게 깨달았다.

주첨, 얼어붙다!
—사과해라!

나예린이 머무르고 있는 거처는 항상 조용한 편이었다. 그녀는 소란 스러운 것을 좋아하지 않고, 그녀의 성향을 아는 이들은 언제나 그런 그녀의 취향을 존중해 주었었다.

쾅!

방문이 요란한 소리를 내며 활짝 열렸다. 지금까지 한 번도 없었던 일에 나예린의 눈이 크게 떠졌다.

"…은 소저?"

경첩이 떨어지지 않았나 의심되는 문짝 옆에 서 있는 사람은 분명 은설란이었다.

'과연 이 사람이 내가 알던 그 은설란인가?'

나예린은 확신할 수 없었다.

"온 소저, 마천각으로 돌아갔던 게……."

그러고 보니 최근 들어 본 기억이 없었다.

"돌아가긴 누가 돌아가요? 지난겨울 내내 쭉 여기에 계속 있었다구요! 나 소저, 잠깐 나 좀 봐요!"

갑작스레 자신의 손목을 홱 낚아채는 은설란의 박력에 나예린은 잠시 어떻게 대응해야 좋을지 종잡을 수가 없었다. 이건 확실히 은설란답지 않았다.

"우리, 어디로 가는 거죠?"

당황한 목소리로 묻는다.

"음주(飮酒)!"

뒤도 돌아보지 않은 채 은설란이 짧게 대답했다.

금란주루는 오늘밤도 어젯밤과 마찬가지로 여전히 붐비고 있었다. 사람들은 여기저기서 짝을 지어 차가운 불을 들이켜며 이런저런 세상 돌아가는 이야기를 하고 있었다.

"자네… 혹시 '신풍협(神風俠)'에 대해 들어봤나?"

"에이, 이 사람 취했구먼. 그건 뜬소문 아닌가? 아무도 그 존재를 확인하지 못했다던데? 자넨 그런 헛소문을 믿고 있었나?"

"신풍협이라면 화산의 대화겁에서 화산지회를 구했다는 정체불명의 젊은 영웅 말인가?"

"그러니까 헛소문이지. 화산을 구한 건 있는지 없는지도 모르는 신풍협이 아니라 천무삼성, 바로 그분들일세. 그분들 덕분에 화산지회의 참가자들은 그 무시무시한 화겁에서도 무사할 수 있었던 걸세!"

"하지만 그게 아니라는 이야기가 있던데……. 그때 불길이 너무 거세서 그 안에서 무슨 일이 일어났는지 정확히 아는 사람이 아무도 없지 않나?"

"시뻘건 불길과 시커먼 연기가 자욱한데 자기 발 앞이나 제대로 보였겠나? 그러니 그런 헛소문이 생기는 걸세. 두 눈 똑똑히 뜨고 보고 있었으면 그런 헛소문이 생길 여지도 없겠지. 신풍협이라니… 그런 건 환상이야. 아직 약관의 청년이 어떻게 그런 신위를 발휘한단 말인가? 이보게, 혁이. 자넨 그게 가능하다고 생각하나?"

"음… 그건 그렇지만……."

"난 그 있는지 없는지 모를 신풍협보다 그자의 행방이 더 궁금해!"

"누구 말인가?"

"누구긴 누군가! 바로 화산 천무봉에 불을 지른 장본인이지!"

"아, 그 천겁의 후예라는 멸화공자(滅火公子) 비 말인가?"

"요즘은 그렇게도 불린다고 하더군."

"하지만 정천맹과 흑천맹이 정보력을 총동원해 그 행방을 추적했지만 아직까지 머리카락 하나 발견 못했다더군. 오리무중이라 이 말이지."

"아직 서른도 채 되지 않은 젊은 나이에 그런 일을 저지르다니, 정말 무서운 자일세."

"그러게 말이야… 내가… 컥!"

"아니, 이보게, 혁이! 무슨 일인가? 사레라도 들렸나?"

주르륵.

몇몇 사람이 들고 있던 술잔을 자신의 옷에 들이부었다. 그건 가장 양호한 반응이었다. 문가 근처에 있던 네댓 명의 사내는 고개를 돌리다 젓가락으로 자신의 콧구멍을 들쑤셨다. 눈깔이 튀어나오는 게 아닐까 걱정될 정도로 눈을 크게 뜬 사람은 너무 많아 셀 수조차 없었다.

두 명의 미녀가 주점의 문을 열고 등장하는 순간, 주루 안은 고요 속에 얼어붙었다. 감히 소리를 내는 사람은 아무도 없었다. 숨 쉬는 소리조차도.

"여긴……."

얼떨결에 끌려온 나예린이 주위를 둘러보며 물었다.

"어디긴 어디예요, 술집이죠! 술을 먹으려면 술 파는 데를 가야 하는 것 아니겠어요?"

"그렇긴 하지만……."

오늘 저녁 오랜만에 만난 은설란은 묘한 박력을 내뿜고 있었다. 아무리 나예린이라도 쉽게 상대하기 곤란했다.

"자, 여기 앉아요!"

"여기에요?"

은설란이 가리킨 것은 주루 한가운데 위치한 탁상이었다. 나예린의 눈이 휘둥그레지는 것도 무리는 아니었다. 이곳이라면 이층과 삼층에서도 그녀들을 볼 수 있었다. 그것은 그다지 유쾌하지 않은 상황이었다.

"우리 별실로 가는 게 어떨까요, 은 소저?"

"별실은 무슨 별실이에요! 죄진 것도 없는데! 빨리 앉아욧!"

또다시 뿜어져 나오는 알 수 없는 박력에 억눌려 나예린은 그만 자리에 앉고 말았다. 평소라면 절대로 있을 수 없는 일이었다.

"저기, 무엇을 주문하시겠습니까, 소저님들?"

눈이 반쯤 게슴츠레 풀린 채 입을 헤벌린 점소이가 다가와 물었다.

"술!"

뭣 하러 그런 쓸데없는 것을 묻느냐고 힐난하고 있는 듯한 짧은 대답이었다.

"어떤……."

술에도 여러 종류가 있었다.

"이 집에서 제일 독한 걸로!"

은설란이 망설이지 않고 대답했다. 거기에 나예린이 제지할 틈 따위는 없었다.

"그리고 안주 넉넉히!"

주문은 짧고 간결하고 명확했다.

주루라면 나예린이 절대 나타나지 않는 곳이었고, 평소라면 근처에도 가지 않는 곳이었지만 오늘은 은설란의 손에 이끌려 얼떨결에 끌려오고 말았다. 그러니 그녀의 마음이 편할 리 만무했다.

"저기… 은 소저, 이제 그만 마시는 게 어떨까요?"

거나한 술상이 차려진 지 얼마나 지났을까. 걱정스런 얼굴로 나예린이 물었다. 주루에는 사람들이 사라지기는커녕 미어터질 듯이 몰려들어 발 디딜 틈조차 없어 보였다. 그런데도 자신들의 주위는 마치 공간이 도려져 나가기라도 한 듯 텅 비어 있었다.

"괜찮아요, 괜찮아! 이깟 것! 암것도 아니에요! 암것도!"

탁자 한켠을 힐긋 쳐다본다.

'벌써 여섯 병째…….'

혀가 꼬이는 것도 무리는 아니다. 걱정이 안 되지 않을 리 없다. 평소에 저 현숙한 여인이 주당이라는 이야기는 들어본 적이 없었다. 차를 마시는 것을 본 것이 전부였다. 그런데 오늘 그녀는 술을 물 마시듯

마시고 있었다.

"낫 소저~ 그거 알아요?"

흐트러진 모습으로 몸을 기우뚱한 채 은설란이 물었다. 흘끔 들여다본 그 눈은 풀려 있었다. 그러나 은설란의 얼굴이 너무 가까이 다가오자 나예린은 그만 당황하고 말았다.

"뭐, 뭐가요?"

"남자들은 바보예요! 몽땅 다 바보!"

쾅!

탁자가 한번 들썩거렸다.

"쓸데없고 가치없는 신념에 목숨 거는 바보!"

쾅!

탁자가 두 번 들썩거렸다.

"때문에 항상 여자와 아이와 세계는 상처를 받죠……. 아이를 키워보지 않았으니깐 그런 생각을 할 수 있는 거예요. 그러니 세상이 어떻게 되든 자기 집이 어떻게 되든 상관하지 않는 거죠."

차오르는 화를 식히기 위해선지 은설란은 다시 한 번 술잔을 붉은 입술 너머로 털어 넣는다.

"진정해요, 은 소저! 이제 그만 마시는 게 좋을 것 같아요. 취한 것 같네요."

나예린이 걱정스런 목소리로 말렸다.

"전 아직 안 취했어요! 그리고 제가 지금 진정하게 됐어요? 진정했으면 여기서 이렇게 술이나 퍼마시고 있겠냐구요! 이 바보 같은 모용휘란 공자님은 말이죠… 지난겨울 내내 내가 있는지도 없는지도 모르고 말이죠… 딴 사람들도 신경도 안 써주고 말이죠……."

갑자기 은설란의 입에서 지난겨울 내내 쌓여 있던 불만이 줄지어 튀어나왔다.

"이놈이고 저놈이고!"

평소라면 절대 쓰지 않을 말들이 그녀의 정숙한 입에서 마구잡이로 튀어나왔다. 그녀는 정말로 분노하고 있었다.

"정말 사내들이란 자기밖에 볼 줄 모르는 근시안들이에요! 몽땅 다!"

쾅!

또다시 탁자가 들썩거렸다. 나예린도 이제는 이 들썩거림에 익숙해져 가고 있었다.

"여자가 무조건 기다려 주고 받쳐 주기만 하는 존재라고 생각한다면 큰 오산이라구요, 큰 오산! 그런 건 이제 옛 시대의 유물이에요! 이제는 새로운 시대라구요!"

"하지만 여전히 별로 안 변하는 것 같은데요?"

"내 말 믿어요! 세상은 변하고 있으니깐!"

음주예언인 모양이었다. 음주예언의 나쁜 점에 대해서는 그다지 들은 적은 없지만, 저래도 되나 하는 생각이 어쩔 수 없이 드는 나예린이었다.

"그 사람도 그랬어요. 자기 이상만 좇다가 그냥 죽어버렸죠……. 나한테 말 한마디 남기지 않은 채 말이죠……."

그 순간 나예린의 눈에 띈 것은 은설란의 묻혀져 있던 아린 상처였다.

"은 소저, 그 사람이라면……?"

그러나 나예린은 대답을 듣지 못했다.

쿵!

마침내 은설란이 이마를 탁자에 박았던 것이다. 과음이었다.

"은 소저! 은 소저!"

흔들어보고, 두드려 보고, 뺨도 때려보고, 꼬집어도 보았지만 은설란은 꿈쩍도 하지 않았다.

"이걸 어쩌지?"

잠시 막막해지는 나예린이었다. 하지만 지금 그녀의 주위를 둘러싸고 있는 늑대들로부터 지킬 수 있는 것은 자신뿐이었다.

"할 수 없지……."

오른손을 검집 가까이에 옮겨놓은 다음 술잔을 들며 나예린은 나직이 한숨을 내쉬었다. 그리고는 찰랑이는 불을 단숨에 쭉 들이켰다.

하지만 그녀의 곤란함은 거기가 끝이 아니었다.

빙봉영화수호대 부대주 십자검 도남포는 요즘 심각한 고민에 빠져 있었다. 빙백봉 나예린을 자발적으로 추종하는 이 모임을 이끌어가던 정신적 지주인 수호대주 위지천이 거의 폐인이 되다시피 한 이후 수호대의 모든 의사 결정 대부분을 그 혼자서 내려야 했던 것이다. 대원들의 절대적인 지지를 받고 있는 위지천의 자리가 공석이 된 지금 대원들을 마음먹은 대로 움직이기가 여의치 않았다. 그들의 숙원인 '타도 척살 비류연!'으로부터 점점 멀어져 가고 있는 느낌이 강하게 드는 요즘이었다.

"뭔가 뾰족한 수가 없을까……. 반전의 기회만 온다면 여론을 움직일 수도 있을 텐데……."

쾅! 우당탕!

집무실 문이 급작스럽게 벌컥 열린 것은 바로 그때였다.

"무슨 일인가? 소란스럽게!"

"부… 부대주님, 큰일났습니다!"

"뭐가 큰일인가? 귀신이라도 본 듯한 얼굴일세?"

"방금 들어온 정보에 의하면……."

"의하면?"

"미, 믿기지 않는 정보지만… 나, 나예린 소저, 그분께서 지인 분과 함께 금란주루 안으로 들어갔다고 합니다!"

쾅!

"뭐, 뭐라고?"

지난 삼 년간 이 집무실 한쪽을 당당히 차지하고 있던 대주 전용 책상이 반 토막이 났다. 그러나 아무도 그 일에 대해 신경 쓰지 않았다. 그보다 더 급한 일이 있었다.

"비상 총동원령을 내리게! 늑대들로부터 '우리의 그분'을 보호해야만 하네!"

"옙! 알겠습니다, 부대주님!"

"이봐! 밀지 마! 안 보여!"

"너야말로! 거기서 비켜!"

"으악! 누구야, 내 발 밟은 게?"

"야! 내 머리에서 발 안 치워!"

금란주루 안은 미녀의 자태를 조금이라도 훔쳐보기 위해 혈안이 된 사내들로 인해 아비규환의 혼란 그 자체였다. 서로 견제하느라 일정 거리 이상 목표물에 접근하지는 못했지만, 그 아슬아슬한 균형도 이제는 슬슬 한계에 다다르고 있었다.

"모두들 비켜주시오! 지금부터 이곳은 우리가 맡겠소!"

새하얀 옷에 백건을 두른 무사들이 열을 맞추어 차례대로 들어왔다. 특이한 점은 그들 모두 반투명한 띠로 눈을 가리고 있다는 것이었다. 그들은 절제된 동작으로 걸어 들어와 나예린이 앉아 있는 탁자를 중심으로부터 약 일 장 반 정도의 거리를 둔 채 좌우로 반원을 그리며 둥글게 퍼지며 인(人)의 경계선을 만들어냈다. 그리고 그들은 나예린을 향해 등을 돌리고 나서야 비로소 눈 위로 띠를 들어올렸다.

"자자, 이 선 안으로 들어오지 마십시오."

"물러나세요."

"더 이상 접근은 허용되지 않습니다."

당연히 여기저기서 항의가 잇달았다.

"당신들 누구요? 누군데 우리의 앞을 그렇게 가로막는 거요? 당신들 때문에 잘 보이지가 않잖소!"

"옳소! 옳소!"

"눈보신 방해 말고 물러나라! 물러나라!"

그러나 그들은 이런 항의에도 꿈쩍도 하지 않았다.

"그래도 당신들이 더 이상 나 소저께 접근하는 것을 우리들은 용납할 수 없소."

"당신들은 대체 누구요?"

"난 천무학관 빙봉영화수호대의 부대주 십자검 도남포요. 그리고 이쪽은 빙봉영화수호대의 팔호위요! 나 소저의 신변 안전을 위해서도 더 이상 사람들이 접근하는 것을 결단코 용납하지 않을 것이오."

"우린 안 되고 당신들은 된다 그 말이오?"

어떤 사내 하나가 불만 섞인 말투로 외쳤다.
"우리 중 누구도 감히 언감생심 그런 꿈을 꾸지는 않소. 만일 다른 사람을 제쳐 두고 혼자 접근하려 한다면 그 대원에겐 더 강력한 제재가 가해질 것이오."
"저 사람처럼 말이오?"
한 사람이 그의 왼쪽 세 번째에 위치한 사람을 가리켰다. 팔호위들의 시선도 모두 그곳으로 향했다.
"육호!!"
도남포의 눈이 찢어질 듯 부릅떠졌다.
"안 돼에에에에에!"
그를 제외한 일곱의 입에서 이구동성의 절규가 터져 나왔다. 어느새 육호는 뒤돌아서서 넋이 나간 듯한 멍한 눈으로 나예린을 바라보고 있었다. 손이 근질근질한지 연신 꾸물럭꾸물럭거리며 앞으로 나가기 위해 몸을 움찔거리고 있었다.
"큰일이다! 금단증상이다!"
왜 그들이 이곳에 들어오기 전에 불편을 감수하며 눈에 반투명한 띠를 둘렀던가! 그들 빙봉영화수호대의 대원에게 나예린을 직접 바라보는 것은 금기 중의 금기였다. 태양을 직접 바라보면 눈이 멀 듯, 금단증상을 이겨낼 재간이 없었다.
솟구치는 욕정이 '육호'를 사로잡고 있었다. 꼴을 보아하니 이성은 이미 저만치 날아가 버린 지 오래였다. 깡그리 불타 버린 이성은 재조차 남아 있지 않았다.
순간 도남포의 얼굴에 비통한 기운이 스치고 지나갔다. 그러나 그는 단호해야 했다. 그는 검지를 위로 쭉 들어올렸다. 그리고는 외쳤다.

"자넨 절교야!"
"절교다!"
여덟에서 하나 빠진 칠호위가 다 같이 손등이 보이게 검지를 들어올리며 복창했다. 그리고는 한때 친구였던 이를 징벌하기 위해 개 떼처럼 달려들었다.
우지끈! 쿵쾅! 퍽퍽억억컥퍽억!
제재에는 조금의 인정사정도 없었다.
중인들은 침묵한 채 멍하니 그 참혹한 제재의 과정을 지켜보는 수밖에 별 도리가 없었다.
잠시 후…….
"또 접근할 사람 있소?"
도남포가 이마에 송골송골 맺힌 땀을 훔치며 물었다.
"……"
돌아오는 것은 침묵뿐, 아무도 나서는 이가 없었다.
"이제 더 접근할 사람은 없는 거요?"
쐐기를 박기 위해 도남포가 한 번 더 물었다.
"만일 당신들의 권고를 따르지 않겠다면 어떻게 하겠소?"
한 사내가 물었다.
"문답무용! 그땐 유감스럽지만 실력행사를 할 수밖에 없소."
도남포는 자신의 검을 눈앞에 들어 보이며 말했다. 바로 그때였다.
"흥, 약한 것들이 강한 척하기는!"
사람들이 우글우글 모여 있는 곳으로부터 조금 안쪽으로 떨어진 곳에서 냉소적인 비웃음 소리가 터져 나왔다. 순간 장내는 쥐 죽은 듯 조용해졌다. 팔짱을 낀 채 위압적으로 서 있던 도남포의 인상이 찌푸려졌다. 사람들이 너 나 할 것 없이 자신이 한 짓이 아니라는 것을 증명하기 위해 좌우로 물러났다.

한 청년이 탁자에 앉아 있었다. 지독히 화려한 청년이었다. 귀에는 다섯 개의 귀걸이가, 목에는 옥으로 된 목걸이를 하고 있었다. 검이나 칼은 어디에도 보이지 않았다. 바로 마천각의 이공자 이시건이었다.

'세상 물정 모르는 부잣집 애송이인가?'

찌푸린 인상을 그대로 유지한 채 도남포가 물었다.

"그댄 누구요?"

"나? 나로 말할 것 같으면 보물의 주인이라 할 수 있지."

화려한 청년 이시건이 마시던 술잔을 탁자에 내려놓으며 말했다.

"보물의 주인?"

"모든 보물에는 임자가 따로 있는 법 아니겠나?"

그러면서 그의 시선은 그들을 지나 한곳으로 향했다. 물론 그 시선의 끝에는 나예린이 있었다. 어떤 보석과 황금으로도 그녀의 가치를 측정하기는 불가능할 테니, 그녀야말로 보물 중의 보물이라 할 수 있었다. 그리고 그런 만큼 탐내는 이들도 부지기수였다.

"과연 그런 능력이 되겠소?"

도남포가 성질을 죽인 채 나지막한 목소리로 물었다. 아직 늦지 않았으니 다시 한 번 잘 생각해 보라는 의미였다. 물론 그런 말이 이 콧대 높은 청년의 귀에 들어올 리 만무했다.

"흥, 건방진 놈들!"

이시건이 냉소하며 자리에서 일어났다.

"약한 것들은 까부는 게 아냐!"

이시건은 조소가 가득한 표정으로 뒷짐을 진 채 부대주 도남포를 향해 천천히 걸어갔다. 물론 도남포는 자신의 위치를 벗어나지 않았다.
"난 말야, 누가 내 앞길을 가로막는 걸 가장 싫어해. 그러니깐 좋게 말할 때 그곳에서 비켜."
그가 명령조로 말했다.
"만일 싫다면 어쩌겠소?"
"싫다?"
그의 입가에 어려 있던 비릿한 조소가 더욱 짙어졌다.
"죽는 것이 소원인 모양이군!"
"이 자식이!"
부대주 도남포의 곁에 있던 이호가 분기를 참지 못하고 앞으로 나섰다. 그는 저 건방진 녀석의 멱살을 움켜잡을 생각이었다. 그러나 그는 그럴 수 없었다.
"무례한 놈!"
이시건의 손가락이 가볍게 움직였다.
푸확!
갑자기 아무런 예고도 낌새도 없이 이호의 손목이 잘려지며 피분수가 솟아올랐던 것이다. 눈 깜짝할 사이에 벌어진 일이었다.
비명이 울려 퍼졌다.
"검진을 펼쳐라!"
돌발 유혈사태에 비해 도남포의 대응은 신속했다.
"흐음? 해보겠다는 건가?"
여섯 개의 검이 자신을 빙 둘러싸고 있는데도 청년의 표정은 태연자약했다.
"아직도 뒷짐을 풀지 않다니, 우릴 무시하는 건가?"

"잘 아는군!"

도남포의 물음에 청년이 당연하지 않느냐는 듯 대답했다.

"후회하게 될 거요!"

"누가 후회할지는 두고 볼 일이지!"

"어디 두고 봅시다!"

그것이 공격의 신호였다.

빙봉영화수호대의 팔호위는 수천 명의 회원을 자랑하는 나예린 친위대(자칭) 중에서도 가장 뛰어난 여덟 명의 기재들을 뽑아 만든 자리였다. 모두 자신의 실력을 자신하는 이들뿐이었다. 그러나 지금 그들의 자존심은 무참히 짓밟히고 있었다.

"에잇! 에잇! 에잇!"

휙휙휙!

검이 허공을 가른다. 한 번, 두 번, 세 번, 네 번…….

그들이 아무리 검을 휘둘러도 그 화려하고 건방진 청년은 뒷짐을 진 상태 그대로 그들의 검이 날아오는 족족 모두 피해 버렸다. 그의 다리는 거의 움직이지 않았다. 상체의 유연한 움직임만으로도 검초를 피해 내기에 충분했기 때문이다. 검진이 발동된 지 일 다경이 흘렀지만 그는 여전히 여유로웠다. 여유를 빼앗긴 채 점점 초조해진 것은 수호대 쪽이었다.

"벌써 지친 거냐? 정말 형편없군! 천무학관의 실력이 이 정도밖에 안 되다니 말이야!"

깔보는 기가 역력한 말투였다.

"헉헉! 헉헉!"

"이제 내 차례인가?"

나예린은 부대주 도남포와 팔호위가 바닥에 쓰러져 가는 모습을 냉정한 눈길로 바라보았다. 마치 자신과는 전혀 상관없는 일이라는 듯한 그런 태도였다. 그녀는 한번도 빙봉영화수호대의 존재를 인정한 적도 없었고, 스스로 팔호위라 자칭하는 이들에게 호위를 부탁한 적도 허락해 준 적도 없었다. 모두 그녀의 의견을 무시한 곳에서 일어난 일이었다.

마침내 방해꾼을 모두 정리한 이시건이 무인지경이 된 나예린의 곁으로 다가갔다. 가까이 다가가면 다가갈수록 그의 내부에서 들끓는 욕망은 더욱더 강해졌다.

'갖고 싶어……'

이 여인을 갖기 위해서라면 무슨 일이든 저지를 수 있을 것만 같았다. 그냥 아름답다는 말로는 부족한 뭔가 마력적인 매력을 지니고 있는 그런 여인을 이시건은 태어나서 처음 보았다.

'이 여인을 만난 것만으로도 이곳에 온 보람이 있군.'

회심의 미소를 지으며 이시건은 생각했다.

"처음 뵙겠소이다, 소저. 소생은 이시건이라고 합니다. 잠시 괜찮다면 합석을 해도 될까요?"

"거절합니다."

나예린은 그를 쳐다보지도 않은 채 대답했다.

"하하……"

너무나 단호한 거절의 말에 이시건은 입에서 허탈한 웃음이 새어 나왔다. 그러나 이대로 물러날 생각은 절대로 없었다.

'뭐, 이 정도 앙탈이야 애교로 받아줄 수 있지. 아름다운 꽃은 가시도 많다는 옛말도 있잖아. 암 그렇고말고!'

아직 그가 원해서 손에 넣지 못한 여인은 거의 없다 해도 과언이 아니었다.

"보아하니 동행 분께서 과음으로 쓰러지신 것 같군요. 괜찮다면 제가 도움이 되어드리고 싶습니다만……."

"필요없습니다."

역시 나예린의 대답은 단호했다.

"너무하시는군요. 전 어떻게든 소저께 도움을 드리고 싶은데 말입니다. 전 남을 돕는 것을 삶의 보람으로 여기고 있는 그런 사람입니다."

조금 전 한 사람의 손목을 절단 내고 일곱을 바닥에 뒹굴게 한 사람의 말이라고는 상상할 수 없는 내용이었다. 물론 그런 말에 신빙성이 깃들 리 만무했다.

"전 분명 필요없다고 말했습니다."

그러나 이시건은 여전히 끈질겼다.

"그러지 말고 제가 도울 일을 말씀해 주십시오, 소저!"

"그런 것이 딱 한 가지 있습니다."

나예린이 감정이 전혀 섞이지 않은 목소리로 말했다.

"그것이 무엇입니까?"

자신의 작업이 성과가 있었다는 생각에 이시건의 얼굴에 희색이 돌았다.

"제 눈앞에서 사라져 주는 것입니다."

희색이 감돌던 그의 얼굴이 단번에 잿빛으로 변했다.

'이 여자가 감히…….'

그러나 내부의 분노를 겉으로 드러내지 않은 채 여전히 웃음 띤 얼굴로 말했다.
"아니, 그러지 말고 도울 일을……."
그러면서 이시건의 손이 나예린의 가녀린 어깨를 향해 나아갔다. 다분히 의도적인 손길이었다.
"잠깐! 그 버르장머리없는 손, 더 이상 움직이지 않는 게 좋을걸요?"
뭔가가 휙! 하고 날아온 것은 말의 시작과 동시였다.
"헉!"
갑작스럽게 청각을 자극하는 파공성에 이시건은 기함하며 급히 한 발짝 뒤로 물러났다. 그와 동시에 바닥에 두 개의 암기가 날아와 꽂혔다. 그것은 누구나 밥 먹을 때 쓰는 두 개의 젓가락이었다. 손을 재빨리 빼지 않았으면 날아오는 '암기'에 직격당하고 말았을 것이다.
"다음번에 맞출 겁니다."
일부러 빗맞혔다는 이야기였다.
"누구냐?"
이시건이 위를 바라보며 외쳤다. 삼층 난간에 누군가 서 있었다.
"용기가 있으면 내려와라!"
"그게 뭐 어려운 일이라고."
그림자는 자신이 서 있는 곳이 어딘지도 아랑곳하지 않고 가볍게 난간에서 뛰어내렸다.
"저, 저 녀석은!"
그림자의 정체를 알아본 수호대 대원 하나가 외쳤다. 다른 사람도 그를 알아보았다. 호의와 증오 여부를 떠나 천무학관에서 그를 모르는 사람은 이제 없었다.

"우리 수호대의 천적!"

"정원의 해충!"

"인류의 적!"

수호대를 비롯해 그를 아는 사람들이 일제히 그 이름을 외쳤다.

"비류연!"

비류연은 열렬한 환영에 감사한다는 뜻으로 손을 흔들어주었다.

"여, 여긴 어떻게?"

너무나 의외의 등장에 눈이 휘둥그레진 나예린이 당황한 목소리로 물었다.

"아, 최근 알게 된 사람들에게 식사 대접 좀 받았어요."

"식사 대접이요?"

"뭐, 목숨을 구해준 대가니 밥값 정도면 싼 거죠."

비류연이 싱긋 웃으며 대답했다.

"이보게, 검성. 어떻게 생각하나? 저 청년의 무공 말이야. 내력을 파악했나?"

"아쉽지만 실패했다네, 도성. 밥 먹는 내내 자세히 살펴봤지만 당최 그 출신 내력을 알아낼 수 없더군."

"자네의 눈썰미로도 안 되나? 이러다 밥값만 날리게 생겼군."

"그래도 검후가 함께 오지 않아서 밥값이 좀 줄지 않았나?"

"그야 그렇지만… 우리끼리만 저 녀석을 데려온 걸 안다면 우릴 가만 안 둘지도 몰라. 잔뜩 벼르고 있었으니까 말일세."

도성은 상상만으로도 두려운지 몸을 잠시 부르르 떨었다.

"저기 저 화려한 청년은 어떤가? 아직 젊은데도 실력이 상당하더군."

그들은 그 화려한 청년이 등장했을 때부터 계속해서 일의 추이를 지켜보고 있었다.

"아마 백도 측 인물은 아닐 거야. 아직 제대로 된 초식이 나오지는 않았지만 몇몇 움직임으로 미루어보아 흑도 측의 인물인 것 같네. 저 정도 실력이면 그쪽 젊은 층 중에서도 거의 최상위 수준이겠군."

"그럼 저 청년과 저 친구가 싸우면 누가 이길 것 같나?"

"그건……."

"넌 또 누구냐?"

이시건이 갑작스런 방해꾼에게 삿대질을 하며 분노에 찬 목소리로 외쳤다.

"나? 남의 이름을 묻기 전에 자기 이름부터 대야죠. 안 그래요?"

"홍, 네놈에게 그럴 자격이 있을까?"

"일단 충분하고도 남을 것 같은데요. 왜, 그쪽 생각은 다른가요?"

비류연이 빙긋 웃으며 말했다.

"물론 다르지. 그 말로 인해 넌 오늘 편히 죽지 못할 것이다!"

그 순간 이시건의 손가락이 재빨리 움직였다. 동시에 그의 손가락 끝에 걸려 있던 바람이 세차게 소용돌이쳤다.

"죽어라!"

자운암풍(紫雲暗風).

살식(殺式) 비기(秘技).

광풍난주(狂風亂走).

비류연의 입에서 좀처럼 터지지 않던 놀람이 터져 나왔다.
"어? 이건!"
보이지 않는 바람이 사방에서 그를 덮쳤다.
주루 전체가 돌연히 불어닥친 미친 바람에 사정없이 유린당했다.
"오잉? 저 기술은 뭐지?"
펄럭이는 백발에도 아랑곳하지 않은 채 도성이 눈을 부릅뜬 채 물었다.
"나도 모르겠네. 처음 보는 기술이군."
"쳇, 자넨 왜 그렇게 모르는 게 많나?"
"시대가 많이 바뀐 모양일세. 우리가 많이 늙은 거지."
검성이 자조하는 목소리로 말했다.
"그런데 그 녀석, 무사하겠나? 좀 전에 보니 정통으로 맞은 것 같았는데?"
그러자 검성이 고개를 가로저었다.
"그 말은 틀렸네. 맞을 '뻔' 한 거겠지."

미친 바람이 사납게 헤집고 간 주루 안은 말 그대로 난장판이었다. 주변의 탁자들은 마치 날카로운 보검에 베인 듯 모서리가 떨어져 나가 있었고, 그 중심은 자욱한 먼지로 가득 차 있었다. 모두들 비류연의 죽음을 확신했다. 개중에 몇몇은 그들의 천적이 알지 못하는 이의 손에 죽은 것을 기뻐해야 할지 슬퍼해야 할지 고민하고 있었다. 그 때문에 다시 침묵이 찾아왔다. 나예린의 머리 위에서 뭔가 검은 낙엽 같은 것들이 팔랑거리며 떨어져 내린 것은 그 침묵의 와중이었다. 그녀는 하얀 손을 내밀어 그 검은 것들을 받아냈다. 익숙한 색깔, 익숙한 촉감.

"류연……."

그것은 바로 비류연의 옷자락이었다. 그것들은 마치 칼에 난자당하기라도 한 듯 예리하게 조각나 있었다.

"이 몸 앞에서 까분 대가다!"

그것을 바라보는 이시건의 입가에 잔인한 웃음이 매달렸다. 그러나 그 웃음은 오래가지 못했다.

"콜록! 콜록! 아니, 왜 먼지를 날리고 그래요? 기침나게?"

그의 등 뒤에서 들리는 목소리에 청년의 입가에 어려 있던 웃음기가 싹 사라졌다.

"어… 어떻게 살아 있는 거지?"

이시건의 외침에 중인들 역시 '맞아! 맞아!' 하는 표정으로 고개를 끄덕였다.

"그런 유감스럽다는 식의 말투 너무하다고 생각하지 않아요? 생명은 소중하잖아요. 그러니 살아야죠."

비류연은 무척이나 태연한 얼굴로 대꾸했다. 게다가 홀연히 나타나 탁자 위에 앉아 있는 자세도 무척이나 편해 보였다.

"하지만 이건 좀 너무했네."

비류연이 매우 시원해진 소매를 들어올리며 말했다. 팔꿈치까지 모두 잘려 나가 있었다.

"너덜너덜해졌네. 아끼던 건데. 설마 그런 게 올 줄은 몰랐거든요."

너무나 눈에 익은 기술에 놀라 잠시 방심한 탓에 적절히 피할 순간을 놓치고 말았던 것이다. 하마터면 소맷자락이 아니라 팔뚝 전체를 내줄 뻔했던 것이다.

"류연, 놀래키지 말아요! 깜짝 놀랐잖아요!"

뭔가 큰일이 난 줄 알고 안색이 파리해졌던 나예린이 안도의 한숨을 내쉬며 외쳤다.

"아, 미안해요, 예린. 역시 아무리 강해도 방심은 금물인가 봐요. 머리로는 알고 있는데 실천이 잘 안 되네요. 너무 강한 것도 문제인가 봐요."

비류연은 탁자에서 몸을 살짝 띄워 사뿐히 바닥에 내려섰다.

"하지만 이번에 입은 정신적 피해만큼은 반드시 보상받아야겠죠?"

그를 바라보며 비류연이 씨익 웃어 보였다. 이시건은 웃지 않았다.

"네놈에게 과연 그런 능력이 있을까? 이번에는 운이 좋아 소맷자락만으로 끝났지만 다음에는 그렇지 않을 게다."

"그 반대죠. 운이 좋았으니 내가 아끼는 옷을 이렇게 엉망으로 만들어놓을 수 있었던 거죠. 그걸 착각하면 매우 곤란하죠."

"흥, 허풍 떨기는!"

"과연 허풍일까나?"

비류연은 주먹을 쥐고 있던 오른손을 눈높이까지 들어올린 다음 활짝 폈다.

그러자 금으로 만든 패 하나가 나타나 눈앞에서 달랑거렸다. 그것을 본 이시건의 눈이 부릅떠졌다. 어디서 많이 보던 물건이었다.

"서… 설마……?"

이시건이 서둘러 자신의 품속을 뒤졌다. 없었다. 혹시나 해서 허리춤을 뒤졌다. 없었다. 바지까지 털어보았다. 그러나 역시 없었다.

"그것참 이상한 사람이네. 물건을 눈앞에 두고도 왜 품 안에서 찾으려 하는지 원."

안됐다는 어조로 비류연이 혀를 찼다.

"어서 패를 내놔라!"

"싫다면요? 보아하니 금으로 만든 것 같은데 녹여서 옷값이라도 해야겠어요."

비류연이라면 충분히 그럴 수 있는 놈이었다.

"이놈! 그 패가 무슨 패인 줄 아느냐!!"

이시건이 성난 목소리로 외쳤다.

"그야 모르죠. 별로 알고 싶지도 않고."

물론 비류연은 이 패의 순금 함유량이 얼마인지 이외에는 전혀 궁금하지 않았다.

"류연, 그걸 돌려주게!"

비류연의 고개가 한곳으로 돌아갔다.

"어, 장씨 아저씨! 언제 왔어?"

약간 의외라는 표정으로 비류연이 물었다.

"조금 전에 왔네. 그걸 돌려 드리게."

장홍이 다시 한 번 말했다.

"이게 뭔데?"

"그건… 마천각의 사신임을 증명하는 패일세."

자신을 알아주는 사람이 있자 이시건의 입가에 회심의 미소가 어렸다.

"잘 들었냐? 이제 알겠어, 이 몸이 네놈이랑 다른 신분이라는 것을? 알았으면 썩 사신패를 내놓아라!"

의기양양한 목소리로 이시건이 외쳤다.

"싫어! 내가 왜? 난 아직 옷값도 못 받았다구."

혀를 삐죽 내밀며 비류연이 대답했다. 정중히 부탁해도 줄까 말깐데 저렇게 거만하게 나오면 주고 싶던 마음도 쏙 들어가기 마련인 게 인지상정이다.

"이… 이놈이 보자 보자 하니깐!"

이렇게 무시당해 보기는 생전 처음이었다.

"네놈은 혹시 면책특권이라고 아느냐?"

"몰라! 그건 왜?"

비류연이 알면서도 모른 척하며 퉁명스레 대꾸했다.

"그것은 특사가 지닌 특권 중 하나이지. 어떤 죄를 지어도 난 이곳에서 처벌받지 않아. 그건 즉, 내가 네놈을 죽여도 아무런 처벌을 받지 않는다는 것이다. 여기가 아무리 천무학관의 앞마당이라 해도 날 어쩔 수 없다는 것이지. 알겠느냐?"

"몰라!"

"뭐! 모른다고?"

이시건은 속이 부글부글 끓어올랐다.

"뭘 이제 와서 새삼스럽게! 벌써 치매야? 아까도 죽이려고 했잖아? 실력이 모자라 실패한 것뿐이지. 게다가 당신, 뭔가 잘못 생각한 거 아냐?"

"뭐가 말이냐?"

"우선 당신, 정말 특사 맞아? 그거 거짓말 아냐?"

"거… 거짓말이라고?"

"그래. 특사면 외교관이잖아? 마천각의 이익을 책임지고 있는. 그럼 외교적 사명이 있어서 왔을 거 아냐? 아무 일도 없는데 보냈을 리는 없고. 그런데 한 단체를 책임지는 사신 자격의 사람이 그렇게 비도덕적이고 무례할 리가 있나. 여기서 문제 일으켜 봤자 협상에서 불리할 뿐일 텐데 말야. 누가 좋아하겠어? 시건방지고 오만하고 무례하기 짝이 없는 데다가 여자나 밝히는 변태인 사신 녀석을 말이야."

"벼… 변태라고……."

살다 살다 처음 들어보는 말이었다.

"그래. 일부러 사단을 일으키려 하다니, 특사라기보단 내가 보기에… 음… 그래 맞다! 간세야, 간세!"

잠시 이시건의 숨이 탁 막혔다. 그것은 의외의 정신적 기습이었다.

"뭐, 간세가 아니면 다행이겠지만 말이야. 하지만 역시 아직은 의심스럽거든. 그러니깐 만일 간세가 아니라면 특사의 면모에 걸맞는 그런 모습을 보여주는 게 어때?"

"그게 뭐냐?"

"사과해야지!"

"뭐, 사과?"

비류연이 고개를 끄덕이며 말했다.

"그래요, 사과! 자신이 잘못했으면 그 잘못을 순순히 인정하고 특사답게 여기 나 소저께 사과하라구요. 그럼 여기 모인 모든 분들도 그 생각에 동의할 걸요? 안 그렇습니까, 여러분?"

비류연이 주위를 둘러보며 큰 소리로 외쳤다.

"옳소! 옳소!"

여기저기서 찬성의 외침이 터져 나왔다. 여론은 비류연의 편이었다. 비록 그것이 매우 예외적인 경우이긴 했지만 지금 이 순간만큼은 여론도 그의 편이었다.

"자, 뭐 해요? 그렇게 똥 마려운 표정으로 엉거주춤 서 있지만 말고 만일 진짜 특사라면 정중히 나 소저에게 사과하고 자신이 진짜 특사임을 증명해 보이시죠?"

비류연의 말투가 다시 바뀌었다.

"사.과.해! 사.과.해!"

중인들이 주먹 쥔 손을 뻗어 올리며 합창하듯 외쳤다.

"분위기가 좋지 않습니다, 공자님!"

암중으로 그를 호위하고 있던 십삼혈 중 셋째가 은밀히 전음을 보내왔다.

"알고 있다."

이시건은 입술을 지그시 깨물며 날카롭게 대답했다.

"밖의 상황은 어떠냐?"

"아까 공자님께서 쓰러뜨린 놈들과 같은 복장을 한 녀석들이 개 떼처럼 바글바글 모여서 이 주루를 포위하고 있습니다."

"어떠냐? 너희들 십삼혈이 힘을 합치면 이길 수 있겠느냐?"

"밖에는 그들 이외에도 많은 무사들이 몰려 있습니다. 여기는 천무학관의 앞마당이니 저들이 모두 들고일어나면 저희들로서도 장담하기는 힘듭니다. 지금은 일단 자리를 피하시는 게 좋을 듯합니다. 저 계집을 손에 넣을 기회는 얼마든지 있습니다. 속하들에게 맡겨주십시오."

"믿어도 되겠느냐?"

"물론입니다."

"좋다! 믿어보지!"

"자, 이제 사과할 마음이 들었나요? 그럼 어서 사과하시죠!"

"사.과.해! 사.과.해!"

이시건은 마침내 체념하고는 태어나서 거의 해본 적 없는 말을 입 밖으로 내보냈다.

"소… 소저, 미… 미안하오."

평소 쓰지 않던 말로 하지 않던 행동을 하려고 하니 온몸에 경련이 일어날 것만 같았다. 나예린은 그를 쳐다보지도 않은 채 가타부타 아무 대답도 하지 않았다.

"이거이거, 댁의 사과가 좀 부족한 모양인데요?"

비류연이 옆에서 한 수 훈수를 두었다. 물론 이시건의 심기는 더욱더 불쾌해졌다.

"미안하다고 내 사과하지 않소? 뭐가 불만인 거요?"

이시건이 참지 못하고 불평했다. 적반하장도 유분수였다.

"마음에도 없는 입에 발린 사과 따윈 듣고 싶지 않습니다. 보기 싫으니 제 눈앞에서 사라져 주세요. 불쾌하니까요."

"그렇데요."

비류연이 또 한마디 거들었다. 이시건의 얼굴이 불에 달궈진 석탄처럼 빨갛게 변했다. 이렇게 자존심이 짓밟힌 적은 단 한 번도 없었다.

"뭐 해요? 나 소저 말이 안 들려요? 빨리 사라지세요. 거 되게 굼뜨네."

"이… 이놈이……!"

이대로 확 요절을 내고 싶은 마음이 굴뚝같았다. 그러나 현재 주변의 상황은 자신에게 결코 유리하지 않았다. 아무리 강해도 이들이 일제히 들고일어난다면 감당할 자신이 없었다.

"네놈, 이름이 뭐냐?"

씹어 내뱉듯 묻는다.

"비류연!"

비류연이 짧고 간단하게 대답했다.

"흥, 네놈이 바로 그 비류연이었나?!"

"어, 알고 있었어요? 하긴 뭐, 이 몸이 워낙 유명해야죠. 인기인의 비애라고나 할까요."

이시건은 그 말을 듣는 둥 마는 둥 흘려듣고는 나예린을 향해 포권하며 말했다.

"소저, 오늘은 상황이 여의치 않으니 이만 물러나겠소. 다음에 다시 만날 날을 기대하리다."

'그때도 네년이 그렇게 고고할 수 있나 두고 보자!'

그때는 결코 지금과 같지 않으리라!

나예린의 눈살이 자연스레 찌푸려졌다. 그녀의 용안은 감는다고 감아지는 눈이 아니었다.

"그런 일은 절대 없었으면 좋겠군요. 오늘 일만으로도 충분히 불쾌하니까요. 그럼 안녕히 가세요!"

나예린은 차갑게 대꾸했다.

이시건이 몸을 돌리며 말했다.

"두고 보자! 곧 후회하게 될 것이다!"

너무나도 진부한 대사에 비류연은 어깨를 으쓱했다.

"그 말, 꼭 이천육백칠십두 번째 듣는 말이군요. 성공 확률은 전무(全無)했지만 말이에요. 그러니 잘 가요."

친절하게 손까지 흔들어주는 비류연이었다. 나예린은 그를 꼴도 보기 싫다는 듯 외면하고 있었다. 그 무관심이 증오보다 더욱 그를 분노케 했다.

'두고 보자! 반드시 네년을 내 품에 안고야 말겠다! 그때도 그렇게 도도할 수 있나 두고 보자!'

주루 밖을 나서던 이시건은 아랫입술을 짓씹으며 험악한 표정으로 다짐했다. 주루의 문이 거칠게 열렸다 다시 닫혔다.

"와아아아아아아아!"

이시건의 모습이 사라지자 주루 내에서 일제히 환호성이 울려 퍼졌다.

"응?"

갑자기 탁자에 머리를 박고 쓰러져 있던 은설란이 상체를 벌떡 일으키더니 아직 술기운이 가시지 않은 게슴츠레한 눈으로 주변을 둘러보는 것이었다.

"왜 그러시죠, 은 소저?"

은설란의 돌발 행동에 깜짝 놀란 나예린이 놀란 목소리로 물었다.

"으음… 방금 어디서 많이 듣던 재수없는 녀석의 목소리가 들린 것 같았는데? 내 착각이었나?"

'많이 듣던 목소리?'

"낫 소저, 뭔 일 있었어요?"

혀 꼬인 은설란의 질문에 나예린은 고개를 가로저으며 차분한 목소리로 대답했다.

"아뇨, 아무 일도 없었어요."

"그래요……. 그럼 다행이고……."

은설란의 게슴츠레하던 눈이 다시 감겼다. 눈을 감은 그녀의 고개가 서너 번 앞뒤로 위태롭게 왔다 갔다 하기 시작했다.

쿵!

나예린의 미간이 저절로 찌푸려졌다.

"우와~ 아프겠다!"

옆에서 비류연의 감탄성이 들려왔다. 물론 그녀도 그 의견에 전적으로 동감이었다.

"류연, 이제 어쩌죠? 역시 제가 안고 가야 할까요?"
왠지 비류연에게 맡기는 것은 내키지 않았다.
"아뇨, 힘들게 예린이 왜 그런 일을 해요?"
천부당만부당하다는 투로 비류연이 대답했다.
"그럼 어떻게……?"
"나한테 더 좋은 생각이 있어요!"

"뭐, 내, 내가?"
소식을 듣고 헐레벌떡 달려온 모용휘의 눈이 휘둥그레졌다.
"그래, 여기 너밖에 더 있어? 안 그럼 예린의 저 가녀린 팔을 혹사시켜야 마음이 놓이겠어?"
"마, 말도 안 되네. 어떻게 내가 감히 그런……. 절대로 안 되네. 안 되고말고."
모용휘가 기겁하며 손사래를 쳤다.
"그래? 내키지 않으면 그냥 이대로 놔두고 가고. 그래도 난 전혀 상관없어."
"마, 말도 안 되는 소리! 어떻게 술 취한 여인을 이런 위험한 곳에 두고 간단 말인가! 그건 천부당만부당한 일일세!"
비류연의 냉혹 무비한 말에 모용휘가 기겁하며 외쳤다.
"그럼 결정된 거군? 안 그래?"
"…아, 알았네!"
발갛게 달아오른 얼굴로 모용휘가 대답했다. 당황해서 어쩔 줄 몰라 하는 게 눈에 확연했다.
"쯧쯧, 긴장하지 말고. 업고 가다 떨어뜨릴라."

"아, 알았네!"
그러나 그의 얼굴은 여전히 잘 익은 홍시처럼 새빨갰다.
"잘 모셔. 새색시 모시듯."
"무, 물론일세."
더욱더 빨개진 얼굴로 모용휘가 대답했다. 비류연이 무슨 말을 하는지 제대로 귀에 들어오지 않는 모양이었다.
"쯧쯧, 이렇게 순진해서야……."
은설란을 업은 모용휘의 가슴을 손가락으로 콕콕 찌르며 비류연이 말했다.
"잊지 마! 자넨 또 나한테 빚진 거야!"

빈대떡을 부치는 법
—사신 접견

"관주님께서 늦으시는군요?"
화려하게 생긴 청년의 왼쪽 귀에 걸린 다섯 개의 귀걸이가 신경질적으로 흔들린다.
"금방 오실 겁니다."
매우 눈이 가는 중년의 남자가 이 나이 젊은 청년 사신을 향해 정중하게 대답했다.
"그 말, 꼭 다섯 번쨉니다."
청년 이시건의 말투가 자연스레 날카로워진다.
"저런, 그거 죄송해서 어쩌죠. 그런 진부한 표현을 쓰다니요. 제 불찰이군요. 다음번에 또 물으시면 그땐 다른 표현으로 바꿔 드립지요."
표정 하나 바꾸지 않은 채 중년 문사는 여전히 정중하게 대답했다.
'그 말인즉슨 더 기다려야 한다는 건가!'

겨우겨우 현상 유지하고 있던 이시건의 인상이 확 구겨졌다.
'금방 나오실 겁니다' 라는 말과 달리 그는 꽤 오래 기다려야만 했다. 부글부글 끓던 화가 마침내 폭발하려던 그 찰나에 대전의 문이 벌컥 열렸다.
"아, 미안미안! 정말 미안허이! 노부가 좀 늦었지?"
문을 열어젖히고 팽팽한 긴장 속을 아무렇지도 않게 걸어 들어온 사람은 바로 천무학관의 관주 철권 마진가였다.
"미안하네. 나이를 먹다 보면 뼈마디가 쑤셔서 말일세. 발걸음이 자꾸만 굼떠진다네. 큰일이야, 큰일."
지금 당장이라도 황소도 일격에 때려잡을 수 있을 것 같은 통나무 같은 팔뚝으로 그런 말 해봤자 그다지 설득력이 없었다. 오히려 시위하는 것으로밖에 안 보였다.
"자네의 화려한 활약에 대해서는 이미 들었네. 우리 아이들하고도 벌써 인사 나누었다고?"
거구의 노인이 성큼성큼 힘찬 발걸음으로 대전을 가로질러 태사의에 앉으며 말했다.
"송구스럽습니다. 제가 워낙 사람들과의 교제를 좋아하다 보니… 실수가 있었던 모양입니다."
포권한 채 허리를 반쯤 숙이며 이시건이 대답했다. 그러자 굵직한 오른손으로 머리를 괸 채 비스듬한 자세로 노인은 손사래를 쳤다.
"아닐세, 아니야. 난 이제 앞으로 젊은이들의 시대가 와야 한다고 생각하고 있다네. 서로서로 교류를 가지는 것은 좋은 일이지. 그런 와중에 소소한 충돌이야 언제나 있는 일 아닌가. 자네가 우리 두 곳의 우애와 협력을 일부러 해치려 할 만큼 경솔하고 악의적인 인물이라 생각하지 않네. 젊은 혈기에 그럴 수도 있지. 안 그런가?"

이해하는 척하곤 있지만 뼈가 있는 말에 청년은 떨떠름한 표정을 감추며 맞장구칠 수밖에 없었다.

"그, 그렇습니다, 관주님!"

"하지만 잘려진 그 아이의 팔목은 누가 보상해 준단 말인가! 안타까운 일일세."

이시건은 속으로 뜨끔했다.

과연!

'저자가 바로 천무학관의 관주 '일격무적 이권불요'의 철권 마진가인가?'

청년은 시선을 살짝 들어 태사의에 앉아 있는 거구의 남자를 바라보았다. 강철의 성을 연상케 하는 초로의 사내는 아직도 단련을 게을리하지 않는 듯 사람을 압도하는 박력이 넘쳐흐르고 있었다. 그러나 이 대단한 위압감에 정면으로 노출되어 있으면서도 화려한 차림의 청년은 조금도 흔들림 없이 유연한 자세를 유지했다.

원래 사신이란 언제나 적진(敵陣)에 걸어 들어가야 하기 때문에 심장이 약한 사람들에게 추천할 만한 것이 아니었다.

사신의 목은 자기 것이 아니라는 이야기도 있지 않은가. 언제나 남이 거둬갈 수 있기 때문에. 그래서 사신에게는 반드시 휴대해야 할 세 가지 필수 용품이 있으니 사신의 부(符)와 용무가 담긴 외교 서신, 그리고 유서(遺緖)였다.

창칼이 난무하지 않는다 뿐이지 이곳은 전장이었다. 그는 이런 팽팽한 긴장감이 좋았다. 다들 자신을 경계한다는 것은 그만큼 자신이 중요한 인물이라는 반증이기도 했기 때문이다.

"그럼 사신의 부(符)를!"

이시건은 품속에서 분명 상대의 신경질을 잔뜩 유발시킬 목적으로 쓰여진 게 아닌가 의심되는 외교 서신과 함께 반쪽짜리 패를 하나 내밀었다.

세간에서 자주는 아니지만 가끔 쓰는 말 중에 부합(符合)한다는 말이 있다. 부합이란 꼭 들어맞는다는 의미다. 부란 원래 하나의 패를 반으로 나눈 것을 가리킨다. 원래 하나였던 패이기에 둘을 붙이면 딱 들어맞는데 그것을 부합이라 한다. 만일 부합되지 않으면? 신분을 사칭한 죄로 재각 사형이었다. 자신이 아닌 것을 자신이라고 주장하는 이들은 고래로부터 넘칠 정도로 많았고, 이들은 언제나 골칫덩어리였다.

"그럼!"

'군사 겸 관주 보좌' 의 자리에 있으면서 '관주님은 금방 오실 겁니다' 를 다섯 번 반복한 실눈의 사내 손문경이 이시건에게 다가가 공손한 자세로 사신의 부를 받아갔다.

그걸 받은 마진가가 자리에서 벌떡 일어나더니 뒤쪽으로 걸어갔다. 그러나 이시건은 마진가의 갑작스런 돌발 행위에 당황하지 않았다. 강철의 거인이 다가간 곳은 커다란 금고 앞이라는 것을 알고 있었기 때문이다. 그 꽃과 나비와 벌과 난초가 새겨진 붉은 금고는 겉보기에는 성세 드높은 갑부 집에서 종종 볼 수 있는 화려한 장식장처럼 생겼지만 그 내부 구조물은 만년한철로 되어 있었다. 겉껍질을 둘러싸고 있는 화려하게 장식된 나무판은 만년한철로 만든 금고 위에 그것을 심미적으로 위장하기 위한 보조 수단에 불과했다.

찰칵!

빈대떡을 부치는 법 55

찰칵!

이중으로 잠겨진 금고의 잠금장치가 둔탁한 소리를 내며 열렸다. 이윽고 묵직한 소리와 함께 붉은 문이 서서히 두 팔을 벌리며 그 안에서 나타난 것은 수십 개의 잠겨진 비단 상자들이었다. 각각의 상자 앞에는 모두 표찰이 달려 있었는데, 각 표찰에는 무림맹, 무당파, 화산파, 무림맹 산서지부, 무림맹 호북지부, 제일감찰, 제이감찰, 암행 등등이 적혀 있었다.

그중 마진가가 꺼내 든 것은 '마천각'이라고 표시된 상자였다. 비단으로 둘러싸여 있긴 하지만 그 안은 단단한 강철로 이루어져 있었다. 이 상자에도 역시 검고 단단해 보이는 잠금장치가 되어 있어 이제 지겨울 정도였다. 이중, 삼중으로 된 봉인 상자 안에 든 것은 보석이 아니었다. 그 안에 엄중히 보관되어 있는 것은 하나의 반쪽짜리 부(符)였다. 얼핏 보기에 볼품없는 철패처럼 보이는 그것은 소중한 보물처럼 붉은 비단 보자기에 조심스레 싸여 있었다. 그는 자신의 우악스런 손이 혹시나 부를 부수지는 않을까 걱정하기라도 하는 듯한 신중한 동작으로 부를 꺼내 들었다. 큼직한 양손에 각자 하나씩 들린 부가 공중에서 서서히 합쳐졌다. 두 패의 절단면은 꼭 들어맞았다. 그 위에 새겨진 그림과 글자 역시 한 치의 빈틈도 없이 아귀가 맞아떨어졌다.

휘어진 활, 당겨진 시위, 그 사이에 메겨진 한 발의 화살, 그리고 그 밑에 적혀 있는 두 개의 글자.

대대(待對).

서로 대립하면서도 서로 의지한다. 마천각과 천무학관의 관계를 이보다 더 잘 설명하고 있는 표현은 없을 것이나 이제 그 사실을 아는, 혹은 의식하고 있는 사람은 이제 거의 남아 있지 않았다. 아무리 뛰어난 정신 아래 모인 조직이라 해도 집단화되는 그 순간, 순수했던 정신은 집단의 이익 아래 욕망의 가위와 이기심의 바늘로 해체와 재구성의 재단 과정을 통해 잘나신 이념(理念)이 된다. 그리고 이념의 독은 서서히 이성을 마비시키고 지혜를 좀먹고 종국에 가서는 눈이 멀고 귀가 막히고 혀가 미쳐 날뛴다. 그때쯤 되면 사실 따위는 어찌 되든 상관없는 상태가 되어버리고 만다. 지금 천무학관과 마천각도 이와 다르지 않아 대대의 정신 따윈 뉘집 개가 물어갔는지 관심도 없고 서로 못 잡아먹어 안달이 난 채 으르렁거리며 대립하고 있는 상태였다.

"틀림없이 부합(符合)되는군!"
두 개로 나뉘어져 있던 부를 하나로 합쳐 진짜임을 확인하는 지극히 행정적인 절차를 거쳐 상대의 신분을 정확히 확인한 후에야 비로소 마진가는 좀 전에 건네받았던 서신의 봉인을 떼고 그것을 펼쳐 보았다.
"귀찮고 번거롭겠지만 이해하시게."
마진가가 양해를 구하자 이시건은 급히 손사래를 치며 말했다.
"아닙니다. 당연한 일이지요. 저희 마천각에서는 이보다 다섯 배는 더 복잡한걸요. 이 정도는 아무것도 아닙니다."
"음, 이해해 주니 좀 마음이 놓이는군. 하긴, 자네들의 보안 점검 절차는 신경질적인 걸로 악명이 높지."
'시… 신경질…….'
마진가의 얼굴이 활짝 펴지는 대신 이시건의 인상은 살짝 일그러졌다.

"안전불감증에 걸리는 것보다는 훨씬 나은 일이지요."

"자네 충고에 따라 다음부턴 우리도 좀 더 보안을 강화해야겠네. 안 그런가, 손 군사?"

"검토해 보겠습니다, 관주님!"

그런 충고 한 적 없다고 항변하기에는 이미 때가 늦어 있었다.

신분 사칭과 경력 사칭이 가장 손쉬운 사기 수단이었던 시대이다. 통신이라고는 손으로 쓴 편지가 전부인 시대. 그나마 가장 빠른 전달 수단이 말이며 전서응은 소수의 특별한 사람들만이 전유(全有)하고 있던 이 시대에 상대방의 신분을 어떻게 하면 확인할 수 있는가 하는 문제는 공사를 떠나 크나큰 화두가 아닐 수 없었다. 특히 중앙에서 변방으로 향하는 군사용 서신을 다루어야 되는 병부(兵部)는 이 부분에 대해 거의 신중하다 못해 정신질환에 걸릴 지경이었다. 종이 위에 달랑 찍힌 도장 한 개만으로는 적이 안심이 안 되는 것이 인지상정(人之常情). 병부의 정신질환자 발생 빈도 수를 줄여주기 위해 나온 것이 바로 이 '부'란 것이었다.

"과정이 다소 복잡하고 지루하긴 하지만 절차려니 하고 이해해 주니 고맙군. 요즘 누가 갑자기 쓰고 있던 가면을 벗고 해코지를 할지 알 수 없는 세상이 아닌가? 조심해서 해(害)될 거야 없지 않겠나? 얼마 전에는 믿고 있던 친구의 동료 하나가 갑자기 악질 방화범으로 돌변하는 바람에 큰 피해를 입은 적이 있다네. 다행히 불길은 진압했지만 그 상처와 피해는 상당했지. 해서 그 후로는 매사에 이중, 삼중으로 조심하고 있지. 남을 믿을 수 없는 세상이라니, 참으로 슬픈 세상이라 생각지 않나?"

말투는 부드럽고 타락해 가는 세상에 대한 걱정으로 가득했지만 그렇다고 그 말이 남을 공격할 수 없는 것은 아니었다. 연검(軟劍)도 검은 검이었다. 언제든 상대를 상처 입힐 수 있는 검이었고, 그것이 실질적인 목적이었다. 이유제강을 걸고넘어질 것도 없이 부드러움이란 연검에게 있어 최고의 장점이자 최대의 무기였다.

이시건은 자신의 목전에서 피륙(皮肉)으로 벼리어진 연검이 매섭게 팔랑거리는 것을 느끼며 온몸을 바짝 긴장시켰다.

설검(舌劍)을 휘두른 것은 비단 마진가뿐만이 아니었다.

"마천각은 무슨 생각을 하는지 모르겠군. 저런 어린 친구를 보내다니 말이야. 이번 사안의 중대성을 알고나 있는지 의문입니다."

"이건 우리를 무시하는 처사요!"

"맞습니다. 우린 우롱당한 겁니다!"

여기저기서 힐난조의 목소리가 들려왔다. 귓속말인 척하면서 충분히 당사자의 귀에 전달될 수 있도록 하는 세심한 배려가 가미된 돋보이는 소곤거림이었다. 요약하자면 '넌 애송이, 그런 애송이에게 중책을 맡겨 보낸 마천각은 뇌도 덜 자란 생각없는 바보 얼간이', 뭐 대충 그런 뜻이었다. 아직 새파란 애송이 초보 외교관에게 심리적 압박을 열심히 가해줘서 중천(中天)에 뜬 태양 아래에 널브러진 지렁이처럼 쪼그라들게 만들기 위한 친절한 외교적 배려였다.

짝짝!

그때 느닷없이 두 번의 박수 소리가 대청 안에 울려 퍼졌다. 와자지껄, 이제는 공개적으로 보란 듯이 분통을 터뜨리는 사람들의 시선이 한곳으로 모였다. 주위를 환기시키기 위해 일부러 박수를 친 사람은 군사 겸 관주 보좌인 손문경이었다.

"자자, 진정들 하시지요! 아니, 꼭 그렇게 볼 수만은 없습니다! 그쪽도 바보는 아니지 않습니까?"

그는 유명한 그의 가는 실눈으로 사람들의 면면을 훑어보며 말했다.

"아니, 그럼 바보가 아니었단 말입니까, 군사?"

격분이 아직 채 가라앉지 않은 한 노사가 마치 세기의 대발견이라도 한 사람처럼 큰 소리로 외쳤다.

"어허, 그럴 수가……."

"잘못 안 것 아닙니까, 군사?"

믿기 힘들다는 반응이 연달아 그 뒤를 따랐다. 다분히 의도적인 반응이었고, 그 의도는 생각 이상으로 잘 먹혀들어 갔는지 이시건의 얼굴은 붉으락푸르락 폭발 일보 직전이었다. 원래 안내하고는 담을 쌓고 살던 그에게 이 자리는 너무 많은 것을 요구하고 있었다.

"자자, 다들 그만들 하십시오. 젊은 친구 앞에서 체통을 생각하셔야지요. 나잇값 못한다는 소리 듣습니다."

손문경은 관주 보좌라는 직책보다는 군사라 불리는 일이 더 많았다. 그러나 그 칭호가 그의 병법과 용병술을 업무 수행 능력과 실무 처리 능력보다 더 높게 평가했기 때문은 아니었다. 그저 군사라는 칭호가 관주 보좌보다 더 짧다는 단순 명쾌한 이유 때문에 그 칭호는 다른 한 칭호보다 더 자주, 더 널리 쓰였다. 그러나 역설적이게도 실제로 그가 수행하는 일은 군사적인 업무 처리보다 실무 처리가 더 많았다. 지금은 일단 평화시였고—그 사실에 동의하는 이는 거의 없지만—조직과 조직의 격돌이 없는 이상 그의 군사적 재능이 쓰일 경우는 무척 적었다.

'과연 저자가 바로 은목(隱目) 손문경인가?'

마천각에 있을 때부터 귀 따갑게 들어봤던 그 이름의 주인공을 이시건은 무표정의 가면 뒤에 흥미로움을 감춘 채 힐끗 쳐다보았다. 과연 소문대로였다. 그러나 그렇다고 그가 장님이라는 이야기는 아니었다. 그저 직선 두 개가 가로로 약간의 단절을 가진 채 그어져 있는 듯한 그런 인상이었다.

'저러고도 보인다니 신기할 따름이군.'

그것이 솔직한 감상이었다.

보통 이런 거대 조직의 군사쯤 되면 그 별호도 거창하기 마련이다. 천기자, 천뇌, 만박자, 만박뇌, 제이의 공명, 재래공명, 재림공명, 부활공명 등등등. 그러나 백만 자의 문장과 십만의 지혜를 항시 휴대하고 다닌다는 이 남자는 그저 조금 특이한 그의 신체적 특징 때문에 단순히 '실눈'이라고 불릴 뿐이었다. 물론 정식 명칭은 많은 사람들이 그의 지식과 지혜와 지위에 경의를 표하며 붙여준 숨겨진 눈, 즉 '은목'이라는 별호였지만, 비공식적으로는 '실눈'이라고 불리는 경우가 훨씬 더 많았다. 그러나 그의 눈을 볼 수 없는 것만큼이나 그의 마음을 보기 힘들기 때문에 그가 이 두 칭호 중 어느 것을 더 좋아하는지는 알 길이 없었다.

그가 꿰뚫어 볼 수 없는 것은 자기 눈뿐이라 불리는 희대의 천재. 이시건은 안광을 날카롭게 빛내며 사소한 것 하나라도 놓치지 않겠다는 듯 그의 면면을 구석구석 뜯어보기 시작했다.

'과연… 소문이 사실이었군.'

소문은 항상 팔 할의 허풍을 포함하고 있다는데, 가끔은 온전히 전해지는 경우도 있기는 한 모양이었다. 오랜 관찰 끝에 얻은 약간의 좌절을 대가로 이시건은 그것을 확인할 수 있었다. 작아도 어떻게 저렇게 작을 수가! 그 명성 그대로 천무학관 군사의 감추어진 눈은 손문경 자신뿐만 아니라 다른 그 누구도 그의 얇고 가느다란 두 줄기 직선 뒤에 감추어진 눈동자를 읽어내는 것을 불허하고 있었다. 상대의 생각을 읽을 수 없다는 사실이 이 젊은 사신을 매우 불편하게 만들었다.

과연 저자는 무슨 말을 할까?

손문경은 그를 실망시키지 않았다. 대신 그는 분노했다.

"이건 제 추측이긴 합니다만 그들도 지난겨울 한파에 뇌가 얼어붙지 않은 이상 충분히 알고 있을 거라 생각합니다. 우리가 이 일에 대해서 얼마나 중요하게 생각하며 또 얼마나 분개하고 있는지 말입니다. 아무리 경황이 없다고는 하나 이런 간단한 이치까지 읽어내지 못할 정도로 마천각은 무식하지도 무능하지도 않습니다. 전 우리가 이제부터 마천각이 알면서도 왜 이런 식의 대응을 해왔는지 그 숨겨진 의도에 대해 숙고해야 한다고 생각합니다."

"알면서도 그랬단 말이오? 그건 모르면서 한 것보다 더 나쁜 것 아니오?"

도저히 그냥 지나칠 수 없는 이야기에 한 노사가 손을 번쩍 들며 물었다.

"음… 그렇다고도 할 수 있지요."

"그렇게 음흉할 수가……."

웅성웅성웅성!

너도나도 질세라 사방에서 마천각의 음흉함을 성토하는 목소리가 쉴 새 없이 터져 나왔다. 비난의 포화는 이시건을 향해 소나기처럼 쏟아 부어졌다. 그러나 그가 뭐라 변명거리를 찾기도 전에 노사들은 그를 무시하고 자신들의 세계로 다시 되돌아가 버렸다. 다시 한 노사가 말했다.

"그럼 일단 그들이 바보가 아니라고 가정합시다. 제가 보기엔 여전히 바보지만 말입니다. 그렇다면 그들의 숨겨진 의도는 무엇인지 군사께서는 짐작 가시는 것이 있습니까?"

"약간이라면 짐작 가는 것이 있습니다."

"오오, 역시!"

'그러면 그렇지! 과연 군사!' 라는 감탄이 여기저기서 터져 나왔다.

'이, 이 늙은 개뼈다귀들이!'

이시건은 분노하지 않을 수 없었다. 하지만 아무리 오만방자하기로 정평난 그라 해도 이곳에서 날뛸 수는 없는 노릇이었다. 분을 속으로 삼키는 게 고작이었다.

"그것이 무엇입니까? 우리는 그들의 흉계를 알아야 할 필요가 있습니다."

숨겨진 의도는 어느새 흉계가 되었다. 사람들은 다들 마천각이 그 흉계를 꾸미기 위해 백 년 동안 암중모색하고 심모원려했다고 믿기 시작하고 있는 참이었다.

"음, 오해없이 들어주시기 바랍니다. 냉정하게, 차분히……."

"우린 모두 차분하오!"

씨근덕거리며 노사들이 대답했다.

"음… 전… 그들이 일부러 그 일의 중대성을 훼손하려고 하는 의도를 가진 건 아닌가 의심하고 있습니다."

"그 말은 즉……."

"예, 그들은 화산에 있었던 그 일이 전면에 부각되는 것을 바라지 않는다는 뜻이지요."

마음속 깊은 곳에 꼭꼭 숨겨두고 싶었는데 다른 이들이 열렬히 원해 마지못해 어쩔 수 없이 알려준다는 투로 손문경이 대답했다.

빈대떡을 부치는 법 63

'어떻게든 숨기고 싶은 게 있다는 겁니다.'

손문경은 그 말까지는 하지 않았지만 대전에 모인 나머지 모두는 그 숨겨진 말을 들었다.

사신이 두 눈 똑바로 뜨고 있는데도 직접 화법으로 속내를 말하는 것은 외교 관례에도 어긋나는 무례한 행위였지만 이시건은 이 건에 대해 항의할 수 없었다.

그것은 오히려 역효과만 가져오리라는 것을 그는 잘 알고 있었던 것이다.

'얼마나 뒤가 구리기에 그렇게 학~앙~문에 힘쓰는 거요?'

그런 말이나 들을 게 뻔했고, 되려 그가 몸담고 있는 곳의 평가 항에 '음흉, 흉악, 주의 촉구' 라는 문구만 더 추가될 뿐, 별무소득일 게 분명했다. 그러나 이대로 가만있는 것 역시 불리하긴 매한가지라는 판단을 내린 이시건은 다시 대화의 주도권을 되찾기로 했다.

"그건 모두 여러분의 오해입니다. 화산지회의 참사에 대해서는 각주께서도 실로 유감이란 뜻을 분명히 하셨습니다."

종류는 달라도 유감은 분명 유감이었기에 그는 그 안에 진심을 담아 말할 수 있었다. 그러나 마진가는 그 말이 무척이나 불만스러운지 이맛살을 찌푸렸다.

"유감이라고? 이번 화겁의 주범이 누구인지 잊지나 않았으면 좋겠네."

이시건은 그 말 안에 담긴 송곳을 느꼈다.

"물론 잊지 않고 있습니다. 저희 마천각의 사람이었죠."

'그리고 바로 제 못난 사형이기도 합니다' 라는 말은 굳이 덧붙이지 않았다. 남의 식사거리가 되기에 자신은 아직 너무 젊고 창창했다.

"잊지 않고 있어줘서 고맙다고 하지는 않겠네. 다만 아직 망각하고 있지 않다면 그에 대한 수사는 어떻게 진행되고 있나?"

말뿐인 유감은 필요없다. 그 유감에 대한 행동을 보여라! 마진가는 그렇게 말하고 있었다.

이미 나올 것을 예상한 질문이었기에 그는 준비해 온 답을 꺼내놓았다.

"현재 조사가 진행 중입니다."

마진가의 눈썹이 약간 치켜 올라갔다. 동시에 그의 거구로부터 무시무시한 기세가 뿜어져 나왔다.

"아직 조사 중이라?"

예상했던 반응이긴 하지만 강도는 상상 이상이었다.

'엄청난 압력……'

당장이라도 그의 주먹이 자신의 대가리를 부수는 게 아닌가 하는 착각이 들 만큼 엄청난 기세였다. 그러나 그는 조직의 최고위에 거의 삼십 년 가까이 앉아 있는 이의 분별력에 신뢰를 가지기로 했다.

"그렇습니다, 관주님."

잠시 침묵이 내려앉았다. 이시건은 쉴 새 없이 자신을 두드리는 압박감과 싸워야 했다. 그는 자신의 무기를 빼어 들지 않기 위해 필사적으로 살의를 억눌렀다. 잠시 무거운 침묵이 흘렀다.

"…아직 붙잡지 못했다는 이야긴가?"

마진가가 나직이 한숨을 내쉰 다음 태사의에 몸을 기대며 말했다.

"강호는 너무 넓습니다. 강호가 아닌 곳까지 합치면 그 방대함을 감히 짐작조차 하기 불가능하지요. 그에 비해 저희 쪽 인원은 너무나 적습니다. 그 행적을 필사적으로 추적 중이긴 하지만 쉽사리 발견되기는 힘들 것 같습니다. 끈기와 인내가 필요한 수사입니다. 일조일석에 끝날 문제는 아니지요."

이시건은 자신의 머리가 무사한 것에 대해 자축했다.

"나는 자네들이 필사적으로 그 행적을 숨기는 것이 아닌가 오히려 그게 걱정이네."

여전히 마진가의 질문은 날카로웠지만 그를 짓누르던 압력이 많이 사라진 탓에 이시건도 조금 여유를 되찾을 수 있었다.

"하하하, 저희들이 왜 그렇게 하겠습니까? 피해가 천무학관에만 있었던 것은 아니지 않습니까? 저희들도 많은 피해를 입었습니다."

"그 뒤에 숨겨진 배후가 드러나는 게 두려울 수도 있지 않겠나?"

마진가의 날카로운 시선이 이시선의 몸 이곳저곳을 헤집었다. 단 한마디의 실수도 놓치지 않겠다는 듯한 그런 시선이었다.

'공짜로 관주 자리에 앉아 있는 건 아니라 이건가……'

젊은이들은 쉽게 연륜을 노쇠의 다른 말로 치부하려 하지만 장시간 쌓인 경험을 통해서 만들어지는 연륜은 무시할 수 있는 게 아니었다.

"그런 식으로 의심하시는 것도 무리는 아니라고 생각합니다만 그건 천부당만부당한 의심이군요. 그것은 기우(杞憂)입니다."

이시건은 자신의 말에 확신이 담기도록 애쓰면서 힘있게 말했다.

"기우라……. 하긴 보통은 하늘이 무너질 일이 없다고 생각하는 게 일반적이겠지. 하지만 난 많은 이들의 안전을 책임진 사람으로서 하늘이 무너질지 안 무너질지 걱정하지 않을 수 없다네. 그 하늘이 우리 쪽 하늘이 아니라도 말일세."

그 하늘의 이름이 마천(魔天)이라고 한다는 말이 그곳에는 생략되어 있었지만 이시건은 충분히 알아들을 수 있었다.

"언제 갑자기 무너져 내릴지 모를 그런 수상쩍은 곳에 우리 아이들을 보내야 하나 그것이 걱정일세. 걱정이야."

마진가가 애석함과 걱정이 담긴 한숨을 내쉬었다. 이시건은 갑자기 자신에게 집중되는 시선을 느끼게 되자 뒤통수가 근지러웠다. 개중에 성격 급한 몇몇 사람이 자신의 머리통을 열어본답시고 달려들지나 않을까 걱정되었다. 계속 수세로 몰리고 있었지만 달리 뾰족한 수단이 없었다. 그는 일단 아무 말이나 내뱉고 보기로 했다.

"수상쩍다니요? 아니, 수상쩍을 게 뭐가 있습니까? 보시는 그대로인 것을요? 아니면, 따로 근심하고 계시는 거라도 있으신 겁니까?"

시선을 딴 데로 돌리기 위해 아무 생각 없이 던진 그의 말은 무척이나 먹음직스런 빌미였다. 혹 떼려다 혹 붙였다는 것을 깨닫는 데는 그리 오래 걸리지 않았다.

"우리는 이번 사건이 지금까지 있어왔던 그들의 공격과는 그 성격도 목적도 다르다는 데 의견 일치를 보았네."

"무엇이 다르다는 것입니까?"

"자네, 빈대떡 먹어봤나?"

뜬금없는 질문에 이시건은 눈을 꿈쩍였다.

"못 먹어봤나?"

"물론… 먹어봤습니다."

"그럼 부쳐 봤나?"

"직접 부쳐 보진 못했습니다."

그는 이 노망난 할배가 무슨 말을 하려고 하는 건지 종잡을 수가 없었다.

"안타깝군. 그럼 대충 그 과정을 알려주겠네."

알려주지 않아도 된다고 극구 사양했지만 마진가는 정중히 그 청을 거절했다. 어린 친구를 괴롭힐 기회가 온 것을 그는 놓치고 싶지 않았는지도 모른다. 그래서 그 과정에 대해 밀의 씨앗을 뿌리는 부분부터 상세하고 세세하면서도 자세하고도 지루하게 설명하기 시작했다.

이시건이 하품을 두 번째 삼킬 때쯤 마진가는 드디어 물에 갠 전분과 야채―농부들이 뙤약볕 아래에서 병충해와 싸우며 길러낸 바로 그 야채였다―와 조개―해녀들이 갯벌에서 캔 다음 장대한 거리를 여행한 바로 그 조개였다―와 문어―노회한 어부가 거친 바다에서 사나운 파도와 싸우며 잡아낸 그 엄청난 역사의 문어였다. 장대한 거리를 여행한 것은 물론이었다―를 썰어 넣고 약간의 물과 함께 혼돈 속에서 뒤섞은 모종의 그 범벅을 불에 달군 넓적한 냄비―대장장이들이 망치를 들고 불과 철의 연합과 맞서 싸운 결과인 바로 그 요리 도구―위에 기름―물론 많은 이들의 노고가 듬뿍 들어간―을 치고 그 위에 국자로 덜어 평평하게 펼치고 있는 중이었다.

"내 얘기가 재미없나?"

"아홉, 읍… 아, 아닙니다."

세 번째 하품을 하던 입을 황급히 다물며 대답했다. 그 일견 무례해 보이는 반응을 마진가는 책망하지 않았다.

"그래서 그런 다음에 잘 익혀야 한다는 말이지."

"음, 그렇군요."

당장 뱃속에서 회가 동한다는 표정으로 이시건이 대답했다.

"그런데 너무 한쪽만 익히면 어떻게 되겠나?"

속으로 앞으로 삼 년 동안 그 빈대떡이라는 놈을 먹지 않으리라 다짐하며 이시건이 대답했다.

"타겠지요."

상식적인 선에서 그는 대답할 수 있었다.

"바로 그걸세! 그게 바로 다른 점이란 걸세!"

뭐가 그거고 뭐가 다른 점이란 건가? 지나치게 지리하고 상당히 하품나고 황당하게 장황하면서도 끝내주게 장대한 서론과 달리 느닷없이 비약 도출된 결론에 이시건은 어제 먹은 빈대떡이 체해서 정신이 오락가락해진 건 아닙니까 하는 표정으로 마진가를 쳐다보았다.

그리고는 말했다.

"에?"

속된 말로 벙쪄 버린 그의 황당함은 아주 짧은 문장을 통해 대변되었다.

"무슨 말씀이신지 잘 이해가 되지 않습니다만?"

그는 빈대떡과 천겁우 사이에 존재하는 광활한 상실을 메울 만큼 풍부한 상상력과 비약력을 지니고 있지 않았을 뿐만 아니라 미치지도 않았다.

"아무래도 그들은 이제 나머지 한쪽 면을 부쳐야 할 때가 되었다고 생각한 모양일세."

마진가가 할 수 없이 그 사이를 대신 메워주기 위해 나섰다.

"뒤집는단 말씀입니까? 강호를?"

분별력있는 청년답게 그는 뜨거운 판이라고 하지 않았다.

"훼까닥!"

마진가가 점잖게 부연해 주었다.

이시건은 '예, 정답입니다!' 하며 짝짝짝! 박수라도 쳐주어야 하나 고민했다. 그러나 곧 그만두었다. 그가 해야 할 일은 진짜를 가짜 같게, 가짜를 진짜 같게 혼란을 조성하는 일이었다. 지금까지 깃털들이 그래 왔던 것처럼.

"그건 너무 큰일인데 그들에게 그 정도 역량이 있을까요?"

매우매우매우 의심스러우니 당신도 좀 의심해 보는 게 어떠냐는 어조로 이시건이 말했다. 열심히 의혹을 부채질하여 써놓은 정답을 오답으로 고치게 만드는 것이 그가 할 일이었다.

"바로 그 점이 핵심일세. 달귀진 판을 뒤집으려면 무엇이 필요한가?"

"요리사입니까?"

마진가는 고개를 끄덕였다.

"판을 기술적으로 뒤집으려면 구심점이 있지 않으면 안 되네. 그렇지 않으면 빈대떡이 사방팔방으로 몽땅 다 흩어져 버리지 않겠나?"

또 빈대떡인가? 이제는 충분히 먹어 신물난다는 표정을 가면 뒤로 감추며 이시건은 골똘히 생각했다.

"그 요리사가 나타났다는 겁니까? 그동안은 불만 땐 거구요?"

"지금 나타난 건지, 그동안 있었지만 손 놓고 익어가고 있는 것만 구경하고 있었는지는 알 수 없네."

"누가 감히 그런 큰 책무를 맡을 수 있을까요? 강호를 입맛대로 요리해서 때에 맞게 뒤집는다니요? 그만한 역량을 지닌 인물이 하루아침에 만들어질 리는 없지 않습니까? 그들의 뒷받침해 줄 절대자는 아직도 여전히 죽은 채로 있습니다."

그리고 보통 죽은 자는 살아 돌아오지 못한다.

그는 또다시 마진가에게 대화의 주도권을 넘겨주고 말았다. 그의 말을 끊지 못한 것이다.

"우리는 이번 참사의 배후에 거대한 조직이 있는 게 아닌가 의심하고 있네."

"거대한 조직이요? 설마 백 년 전의 그들은 아니겠지요?"

그 조직은 공식적으로는 이미 괴멸된 조직이었다.

"그건 아니지만 그들의 후예를 자처하는 집단이 있다는 것은 자네도 잘 알 걸세."

물론 이시건도 그 정도는 알고 있었다. 너무 잘 알아서 문제였다.

"깃털들 말씀이시군요?"

마진가는 고개를 끄덕였다.

"맞네. 바로 천겁우라 불리는 놈들이지."

그 깃털들만 생각하면 이성보다 분노가 앞서게 되는지 마진가의 움켜쥔 주먹이 부르르 떨렸다. 몸통도 없는 주제에 그들이 그동안 무림에 입힌 피해는 집요하고도 막대했다.

"그렇네. 우리는 그동안 천겁우의 잔당들이 이런저런 방해 공작을 펼쳤지만 크게 걱정할 정도는 아니라고 생각했네. 왜냐하면 그들에게는 구심점이 없었으니까. 하지만 이제 그 생각을 바꿔야 할 때가 아닌가 그 필요성을 절실히 느끼고 있다네. 그들은 행방불명이라고 주장하고 있는 '그'의 시체를 본 사람도 아무도 없고 말일세."

그 사실 하나만으로 무림은 백 년 동안 무수히 많은 신경쇠약 증상 환자들을 양산해야만 했다.

"어쨌든 지금 없는 건 마찬가지 아닙니까? 백 년이나 넘게 주인 없이 유지될 정도로 든든한 결속력으로 뭉쳐져 있을 것 같지는 않습니다만? 어떤 열부도 열의가 식을 만큼 백 년은 긴 시간입니다."

짝!

갑자기 마진가가 박수를 쳤다.

"바로 그거네!"

"예?"

느닷없는 박수 소리에 놀란 이시건이 얼떨떨한 목소리로 반문했다.

"그들이 절대로 열부가 아니라는 게 바로 문제라는 거네."

"제 기억상실증 회복에 도움을 주시면 감사하겠습니다만?"

"그들이 열부가 아니기에 더 더욱 그들의 정조를 지키도록 강요하는 인물이 있다 이 말일세. 감시자라고 하긴 그렇고, 관리자라고 하면 되겠군."

"천겁혈신의 엄청난 존재감과 지배력을 대행할 만한 존재가 있단 말씀이십니까? 제가 보기에는 그렇게 생각하는 쪽이 공상일 것 같은데요?"

대명사가 실명, 아니, 실 별칭(?)으로 바뀌자 여러 사람들이 눈살을 찌푸렸다.

"솔직히 얼마나 강력한 존재감을 지녀야 될지 생각하면 아득할 정돕니다."

그는 묘하게 실감나는 그 감각 때문에 무의식중에 몸을 부르르 떨었다. 그 감각은 실재로 그의 육체와 정신에 또렷이 새겨져 있었던 것이다.

마진가가 나직한 목소리로 물었다.

"자네, '사천멸겁'이라는 이름을 들어봤나?"

이시건은 자신의 몸이 침묵 속에서 고요히 전율하는 것을 느낄 수 있었다.

사천멸겁(四天滅劫)!

공포와 죽음의 대명사로 등장한 천겁혈신 옆에서 함께 죽음을 몰고 다니던 네 명의 죽음의 사신들, 천겁의 그림자! 그들은 절망을 뿌리며 공포와 함께 군림했었다. 그들은 오직 단 한 사람의 명만 들었으며, 대부분의 주요 결정은 그들 손에 의해 결정되었다고 한다.

다들 동(銅:청동)으로 만든 가면을 쓰고 있었기에 그 정체를 아는 사람은 생사부의 주인인 지옥의 염왕(閻王)과 현세의 죽음인 천겁혈신 단 둘뿐이지만 그 강대함은 전율과 공포, 피와 죽음 그 자체였다고 한다.

하지만 이제 그 이름 위에는 백 년 동안 쌓인 먼지가 수북이 앉아 있었다. 천겁령의 패배 이후 그 이름은 망각의 먼지 구덩이 저편에 던져졌고, 누구도 그 위에 쌓인 먼지를 털어낼 생각을 하지 않았던 것이다.

조금 전 마진가는 그 먼지를 털어내고 백 년 전의 유물을 꺼내 든 것이었다.

"그, 그들은 백 년 전 그때 모두 죽지 않았습니까?"

마진가는 고개를 가로저었다.

"공식 발표는 그렇게 되어 있지. 하지만 대부분의 공식 발표와 마찬가지로 이 발표 역시 많은 것을 그 뒤에 감추고 있네. 나도 그 자리에 있었던 것은 아니지만 어르신들께 나중에 듣고 나서야 진실을 알게 되었지. 직접 죽음이 확인된 것은 무신(武神) 그분의 홍도청검(紅刀靑劍)에 의해 열십 자로 해체된 '남천(南天)'과 무신마 그분의 괭천도에 의해 아홉 조각으로 절단난 '동천(東天)' 뿐이었다고 하더군."

"서천(西天)과 북천(北天)은 어찌 되었는지 아는 바가 없으십니까?"

"천무삼성께서 연합 합공으로 서천(西天)을 궁지로 몰았으나 안타깝게도 중상을 입히는 데 그쳤다네. 악을 근절하지 못했다는 생각은 삼성 세 분께 천추의 한을 안겨주었고. 그리고 사천멸겁의 최고수로 알려진 북천의 행방은 대전 이후 오리무중이라네. 혹자는 그가 죽음을 가장하고 그 모습을 감추었다는데, 아무도 그 행방을 아는 이가 없고 그 소문을 확인시켜 줄 사람도 없네."

"그럼 지금 이렇게 그들을 과거의 망각 속에서 되꺼내시는 이유가……."

비록 묻기는 했지만 그는 그 대답을 알고 있었다. 그 마음을 읽었는지 마진가는 힘있게 고개를 끄덕였다.

"우리는 그들이 아직 살아 있다고 생각하네."

역시! 이시건은 속으로 욕설을 퍼부었다.

"그뿐이라면 차라리 안심할 수 있을지 모르네. 하지만 문득 이런 생각도 떠오르더군. 그 강대한 자들이 죽음의 장막이라는 가장 훌륭한 위장으로 자신을 숨긴 채 어디론가 스며들어 주요한 조직을 장악하고 있는지도 모른다는… 그런 끔찍한 생각 말일세."

그러면서 마진가는 날카롭게 빛나는 검은 눈으로 이시건의 눈을 바라보았다. 눈이라는 창을 뜯어내고 그 내면이라도 들여다보겠다는 그런 예리한 기세였다.

그 조직의 이름이 석 자라는 데에 이시건은 전 재산이라도 걸 수 있을 것 같았다.

'왜 이들은 자신들이 추리해 낸 바를 하나부터 열까지 시시콜콜 떠들어대고 있는 것일까? 마치 자신들이 알아낸 것을 자랑이라도 하듯이.'

이시건은 자신의 동요를 나타내지 않기 위해 필사적으로 마음을 다

잡아야 했다. 저것은 돌이다. 의도적으로 호수에 내던진, 일부러 파문을 불러일으키기 위한……

자랑이라고? 그럴 턱이 없다. 그런 시시한 이유로 특급기밀에 해당하는 일을 부외자에게 시시콜콜하게 떠들지는 않는다. 방금 나온 말에 안색이 창백해지는 노사들도 있는 것을 보았을 때 그 사실들은 엄중히 관리되고 있는 기밀임이 분명했다. 분명 그 사실들은 외부로 유출되었을 때 많은 혼란을 야기할 수 있는 것들이었다. 그런 기밀을 마구 까발리는 속내는 무엇인가?

식은땀으로 인해 등이 흥건하게 젖었다. 소름이 그의 피부 위를 맹렬한 속도로 질주했다. 그러나 그는 피복 바깥에 있는 부분 중 위쪽 방향에 달린 얼굴 쪽은 평온을 유지, 아니, 가장하려 애썼다.

자신의 일거수일투족뿐만 아니라 눈가의 미세한 떨림까지도 놓치지 않겠다는 듯 뚫어져라 바라보는 네 개의 눈이 있다는 것을 그는 알고 있었다.

그중 두 개는 모종의 강제적 조치 없이는 볼 수 없는 것이었지만 그것이 지닌 공포를 희석시키지는 못했다.

두렵기는 매한가지였다.

그 후는 회담이 어떻게 진행됐는지 도무지 기억이 나질 않았다. 분명 자신의 입은 열심히 움직이며 무언가를 잘 떠들고 있는 모양이었지만 도대체 무슨 이야기를 하고 있는지에 대해서는 단 한 자도 자각할 수 없었다. 그는 마치 자동 반사 인형처럼 마진가의 질문에 기계적으로 대답했던 것 같다.

"…래서 숙소는 어떻게 하겠나? 사신 전용 숙소를 마련했으니 그곳에서 여장을 풀며 휴식을 취하는 게 어떻겠나?"

마진가의 입에서 그 말이 나왔을 때에야 이시건은 비로소 대충 회담 '사신 접견'이 끝났음을 알 수 있었다. 아직도 멍한 귀로 마진가의 굵은 목소리가 파고들어 왔다.

"왜? 이곳 숙소가 마음에 들지 않나?"

뭔가 대답을 하긴 해야 했다.

"아닙니다. 하지만 이미 알아둔 곳이 있습니다. 어깨 위의 짐도 내려놓을 겸 그곳에서 휴식을 취하고 싶습니다."

그 순간 마진가의 입가에 맺힌 미소가 이시건을 불쾌하게 했다.

"원하는 대로 하시게. 이곳이 답답하다면 하는 수 없지 않겠나."

"후의(厚意)만은 감사히 받겠습니다."

이런 빌어먹을 곳에는 잠시라도 있고 싶지 않다는 것이 그의 본심이었다. 왠지 모를 패배감이 그를 괴롭히고 있었다. 그는 이를 악물었다. 하지만 그의 눈은 아직 웃고 있었다. 아직 해야 할 말이, 연기해야 할 말이 남아 있었다.

"그럼 다음 접견 때 뵙겠습니다."

오랜만에 천무학관을 방문한 공식 사절이었기에 그가 해결해야 할 일은 아직 많이 남아 있었다. 내키지 않는다 해도 그는 다시 이 자리나, 혹은 비슷한 자리에 다시 서야만 한다.

'그런데 오늘 뭔가를 해결하긴 한 건가?'

그는 신뢰를 잃어버린 자기 자신을 발견했다. 확신이 서지 않았다.

복기(復棋)
―타초경사(打草驚蛇)

"괜찮겠나?"

마진가가 조심스런 어조로 물었다. 아직 그의 말에는 확신이 서려 있지 않았다. 사실 말이 확신이 없는 것이 아니라 그의 마음이 확신하지 못하고 있는 것이었다. 그는 자신이 신뢰하는 유능한 참모가 그의 흔들리는 마음에 확신을 불어넣어 주길 바라는 마음이었다.

"걱정되십니까, 관주님? 너무 정직해지셔서?"

은목 손문경이 있는지 없는지 모를 가느다란 눈으로 완만한 곡선을 그리며 웃었다.

"정직하다고? 누가 말인가?"

짐짓 과장스럽게 주변을 두리번거린 마진가가 말을 이었다.

"하긴 심중에 있던 말을 다 끄집어내 보여줬으니 정직하다고도 할 수 있겠군. 내 배를 가르고 그 안에 든 걸 보여준다 해도 이보다 더 정직할 순 없을 걸세."

"정직한 건 좋은 겁니다. 진실인만큼 힘이 깃들어 있지요."

그 힘이 사람의 마음을 움직이는 가장 큰 원동력이라는 것을 그는 잘 알고 있었다.

"게다가 숨김이 없었으니 도덕적으로도 문제될 것 없잖습니까? 여러모로 두루두루 이익이군요."

하지만 그렇게 말하고 있다고 해서 마진가가 손문경의 도덕성에 전폭적인 신뢰를 보인 것은 아니었다. 군사란 원래 적을 속이는 것이 일이라 그에 관련된 약간의 비도덕적 행위를 해도 직업윤리에 저촉받지 않았다. 오히려 권장 사항이기까지 했다.

여러 학자들이 지적했듯이 때로는 정직함이 거짓말보다 더 야만적이고 잔인할 수 있다고 확신에 찬 어조로 주장하고 있는데 그것은 사실이다.

이번 경우만 하더라도 마진가의 정직함이 손문경의 책략에 의한 것이라면 마진가의 정직은 손문경에게 있어서 비정직—일단 상대가 누구든 속이는 수단으로써 이용되는 것이니까—이 되는 매우 역설적인 상황이 연출되는 것이다.

"하지만 꼭 이렇게까지 거창하게 할 필요가 있었나? 자네가 하라는 대로 하기는 했네만……."

마천각의 눈과 귀를 앞에 두고 너무 떠든 것이 아닐까?

마진가는 그 점이 걱정스러웠다. 게다가 그 눈과 귀는 다른 곳의 눈과 귀도 겸하고 있을지도 몰랐다. 바로 깃털이라 불리며 그들을 백 년 동안 들들 볶아온 존재들의.

상상만으로도 불쾌해지는 이야기였다.

"의심스럽다면 조용히 조사해서 증거를 잡아내는 게 더 낫지 않았을까 싶기도 하네."

방금 전처럼 중요한 이야기는 은밀하고 조용하고 정숙한 회의실에서 남들이 들을까 신경 바짝 세워가며 해야 할 것들이었다. 그것을 현재 잔뜩 그 진정성을 의심받고 있는 마천각의 대표로서 온 인물 앞에서 신나게 나불나불 떠들어댄 것이 과연 좋은 방법인지 그는 여전히 확신할 수 없는 모양이었다. 너무나 많은 위험을 감수해야 하는 일이었기 때문이다.

그러나 책략의 주인은 그런 심려까지 다 염두에 둔 모양이었다.

"무엇을 걱정하고 계시는지 잘 압니다. 타초경사(打草驚蛇)의 우를 범할까 봐 두려우신 거지요?"

손문경이 미소 지으며 은근한 어조로 말했다.

"바로 보았네."

풀을 건드려 뱀을 놀라게 해서 도망치게 만들면 뱀을 잡을 수 없다. 다시 수면 밑으로 잠적하면 어떻게 찾아낼 수 있겠는가? 하염없는 입질을 기다리며 몇 년을 허송세월할 수는 없었다. 그러나 손문경은 전혀 걱정하지 않고 있었다.

"저랑은 정반대시군요."

"정반대?"

"예. 전 오히려 그들이 좀 빠릿빠릿 움직여 줬으면 좋겠습니다. 멀리서도 잘 보이게 말이죠."

현재 중원이란 이름의 풀밭은 너무 넓었고, 그에 반비례해서 투입할 만한 인력은 태부족이었다. 아무런 지표도 없이 뒤지다가는 제풀에 지쳐 쓰러지기 딱 좋았다.

"일부러 도발했다는 건가?"

손문경이 다시 한 번 웃어 보였다.

"풀을 건드려 도망치게 만들기에 그들은 오랫동안 너무 잘 숨어 있었습니다. 아마 풀이 난 지상에서 그들의 모습을 찾기란 힘들 겁니다. 이미 땅속 깊숙한 곳에서 똬리를 틀고 있는 놈들입니다. 백 년 묵은 능구렁이죠. 우리가 여차하면 땅을 뒤집을 거라는 의도를 보여주지 않는다면 결코 움직이지 않을 겁니다."

"더 깊은 땅 밑으로 숨으면 어찌하나?"

충분히 있을 수 있는 일이었다. 그리고 있을 법한 일 중에서 손문경이 검토하지 않은 일은 없었다. 때문에 손문경은 그에 대한 대답을 이미 준비해 놓고 있었다.

"잠잠해지면 잠잠해지는 대로 좋습니다."

손문경은 전혀 걱정없다는 투로 말했다. 그러나 마진가는 걱정이 있었다.

"왜 그런가? 자네만 알고 있지 말고 나도 알려줬으면 좋겠네. 그것 때문에 자네에게 월급도 주고 있는 것 아닌가? 비록 내 돈이 아니라 학관의 돈이지만 자네가 나의 참모 겸 보좌라는 점은 변함이 없네."

그는 자신이 모르는 것을 아는 척하며 시간을 뺏고 싶지는 않았다. 원래 참모란 자신의 부족한 부분을 보강하기 위한 자리이다. 그러니 자신이 할 수 없는 일을 대신해 준다는 데 대해 그가 부끄러움을 느껴야 할 필요는 조금도 없었다. 그가 부끄러워할 때는 그 참모의 능력을 제대로 써먹지 못하고 있을 때이지, 지금처럼 그 능력이 십분 발휘되고 있을 때 필요한 것은 부끄러움이 아니라 결단력이었다.

결단만큼은 참모가 대신 책임져 주지 않는다. 그리고 그것은 남에게 위임할 수 있는 것 또한 아니었다. 결단을 회피하는 것은 곧 그 책임을 방기한다는 것이기에 그것은 우두머리임을 포기한다는 것과 같은 의미였다.

그는 자신의 결단을 후회하고 싶지는 않았기에 손문경의 말에 귀를 기울였다.

"요란하게 움직이는 것만이 반응은 아니죠. 갑자기 조용해지는 것 또한 반응입니다. 움직이려면 그전에 움직이지 않아야 하지요. 동(動)만 운동이 아닙니다. 정(靜) 또한 운동이지요. 그 역도 가능합니다. 멈추려면 그전에 움직이고 있어야 하지요. 운동이란 변화입니다. 제가 보고 싶은 것은 이 변화입니다. 위상이 변하는 것, 차이가 지는 것, 지금과 같지 않은 것, 그 폭이 크면 클수록 그들을 파악하기가 쉬워질 것입니다. 그리고 풀이라 해도 다 같은 풀은 아니죠. 조금 전 우리는 어떤 풀 하나에 표시를 해놓았으니까요."

철썩!

마진가는 자신도 모르게 무릎을 쳤다.

"과연!"

그의 두뇌는 그를 실망시키지 않았다.

"그렇군! 우리가 추측하고 있는 것을 첫 공개한 것은 조금 전 회담뿐이었으니 앞으로 다른 곳에서 그 이야기가 다시 나온다면 그 청년을 통해 흘러들어 간 것이 되는군."

원래 구분이라는 것은 인간의 사고 속에서 벌어지는 일련의 작업들이다.

"그렇습니다. 우리는 딱 하나의 풀에만 표시를 함으로써 그 정보 유출의 창구를 특정할 수 있게 되는 것이죠."

"그래서 나중에 노사들에게 입단속을 한 것이었군."

그 청년 사절이 물러난 후 손문경은 그 자리에 있었던 노사들에게 대전에서 있었던 일들을 철저히 함구해 주기를 부탁했다. 그 부탁(?)을 어길 시에는 엄하게 처리하겠다는 말도 잊지 않았다. 혀를 잘못 놀려 허락도 없이 다른 풀들에다가 사방팔방 표시를 하고 다니면 안 되기 때문이다.

"자네는 마천각이 그들의 본거지라 생각하나?"

그것이 가져다줄 충격은 상상만으로도 끔찍한 일이었지만 그렇다고 상상을 그만둘 수는 없었다. 최상을 추구하면서도 항상 최악의 경우에 대비하는 것이 우두머리의 역할이었다. 개인의 호불호 때문에 책무를 회피할 수는 없었다. 사실 그 상상이 불쾌하면 불쾌할수록 그곳에 더욱더 신경을 써야만 한다. 그런 곳이 진짜 위험한 곳이기에.

"아직 단정하기는 이릅니다. 하지만 상당 부분까지 그들의 세력이 침투해 있는 것은 분명하다고 사료됩니다."

그렇지 않다면 이번 같은 일은 결코 일어날 수 없었으리라.

"백 년 동안 숨어 있고도 들키지 않은 여우 같은 자들입니다. 숨바꼭질에는 이골이 나 있을 겁니다. 크게 흔들어놓지 않으면 그들은 바위틈에서 나오지 않을 겁니다. 굴에서 끌어내기 위해서는 불을 붙여야지요."

"그 여우들이 그 연기에 놀라서 굴속에서 뛰쳐나왔으면 좋겠군."

그럼 그때서야 비로소 여우 사냥을 시작할 수 있을 것이다.

"꼭 그렇게 될 겁니다."

두 줄의 눈은 미동도 하지 않은 채 입만으로 웃으며 손문경이 대답했다.

"홍, 자네 거기 있나?"
"여기 있습니다, 관주님!"
천장 쪽에서 전음이 들려왔다.
"부탁하네."
"음, 근데 뭘 말입니까?"
"……."
"……."
"거시기 말일세, 거시기."
"아, 거시기 말입니까? 알겠습니다!"
"유능한 부하는 이심전심이라던데 일일이 말해줘야 되나?"
"말 뒀다 뭐에 씁니까? 이럴 때 써야죠."
"거시기도 오십보백보 아닌가?"

그러나 마진가는 그의 대답을 들을 수 없었다. 홍은 이미 사라지고 없었던 것이다.

미행(尾行)
―딱! 걸리다

이런저런 상식이 넘쳐나는 남창의 풍류업계 중에서도 남창삼대기루로 불리는 곳 중 한곳이 바로 '청홍루'였다. 이곳에 손님의 발길이 끊어진 적이 개점 이래 단 한 번도 없다는 것을 자랑이 아닌 기본으로 여기는 곳이었다. 또한 이곳은 중원표국 남창지국과 단 건물 세 채 정도 떨어진 곳에 위치하고 있었는데 중원표국에서 고객 접대를 할 일이 있으면 항상 이곳을 애용하곤 했다. 그리고 그 고객들은 언제나 최고의 대우와 최상의 봉사를 받았다.

사실 중원표국이 이곳 청홍루의 뒤를 봐주고 있다는 것은 공공연한 비밀이었다. 겉으로만 남남일 뿐 사실상 이곳 청홍루는 반쯤 숨겨진 중원지국이라 할 수 있었다. 청홍루의 일 년 매상 중 거의 육 할이 중원표국으로 흘러들어 가고 있다는 사실만 봐도 쉽게 추측할 수 있다. 그러나 기루를 직접 운영한다는 것은 자칫 세간에 안 좋은 느낌을 심어줄 수 있기 때문에 표면적으로 아닌 척 오리발을 내미는 것뿐이었다.

'하나… 둘… 셋… 넷… 그리고 다섯!'
생각보다 터무니없이 적은 숫자라고 생각하며 이시건은 속으로 비웃었다. 왠지 자신의 가치가 평가 절하당한 듯하여 불유쾌한 기분이 들었다. 그는 마진가와의 외교적 면담을 마치고 천무학관에서 제안한 숙소까지 거절한 채 이곳 청홍루로 발걸음을 옮긴 참이었다.
미행자는 합해서 다섯!
원래 특사의 일거수일투족은 은밀기동기관─첩보기관─들이 눈에 불을 켜며 주시하기 마련이다. 그들의 사소한 행동 하나하나에서 새로운 정보를 뽑아내기 위해서였다. 어차피 단도직입적으로 물어봤자 멀쩡한 대답을 들을 가능성은 없는 데다 해주는 대답에는 의도적인 왜곡이 가미된 경우가 대부분이다 보니 입 아프게 혀를 놀리기보다 행동을 훔쳐보고 원인을 유추하는 쪽이 훨씬 더 효율적이라는 게 업계의 정석이었다. 잘하면 특사가 접촉하는 상대의 정보원을 밝혀낼 수도 있기 때문에─이런 건 월척이었다─신변 감시는 절대 필수였다.
이시건은 정말 눈에 잘 띄었다. 모두들 이 지독히 화려한 청년을 향해 곁눈질했다. 기녀들의 시선을 남김없이 모을 정도로 그는 화려하고 멋진 미남자였다. 저 정도 얼굴이면 귀에 달고 있는 아파 보이는 다섯 개의 고리 정도는 잊어줄 수 있었다. 때문에 추적, 감시도 쉬웠다. 그러나 이들 감시자들은 이 화려한 청년의 실력을 너무 낮게 잡았다.
'겨우 다섯이라니! 그 두 배는 투입했어야지!'
저 정도 실력으로 자신의 이목을 피할 수 있을 거라 생각했다면 그것은 크나큰 오산이었다. 그는 속으로 감시자들을 비웃으며 유유자적

한 발걸음을 청홍루 안으로 옮겼다.

"어서 옵쇼, 공자님!"

점소이 하나가 쪼르르 달려와 그를 맞았다. 보통 기루에서 늙은 은퇴 기녀나 주인이 달려나오는 것과는 무척 상반된 모습이었다. 그도 그럴 것이, 이곳은 반점이자 주루이고 다루이면서 기루였다. 식사나 술, 차를 마시는 사람들을 기방으로 끌어들이기 위한 고도의 상업적 안배가 그 뒤에는 깔려 있었다. 오히려 이곳은 기루 영업 같은 것은 안 할 것 같은 분위기를 내뿜는 데 더욱더 신경 쓸 정도였다. 고객들이 남의 이목을 어려워하지 않고도 이곳을 수시로 들락날락거릴 수 있게 하기 위한 세심한 배려였다.

"지배인을 불러와라!"

팅!

하늘로부터 점소이의 손으로 은자 한 냥이 떨어져 내렸다. 밝혀진 통계에 의하면 점소이의 손 위에 올려지는 금액이 많으면 많을수록 허리를 굽히는 각도가 깊어지고 발걸음의 속도가 빨라진다는 보고가 있다. 무게로 한 냥도 채 안 나가는 동전이 그 천 배에 가까운 무게를 짓누를 수 있다는 것은 매우 흥미로운 사실이 아닐 수 없다.

"가, 감사합니다, 공자님!"

머리가 땅바닥에 닿는 게 아닌가 걱정될 정도로 허리를 굽힌 후 점소이는 바람처럼 그의 앞에서 사라졌다. 잠시 후 총지배인이 헐레벌떡 나타났다. 아무래도 점소이가 보고에 피와 살을 덧붙인 모양인지 지배인의 발걸음 역시 재빨랐다.

지배인의 눈이 섬광보다 빠르게 식탁 위를 훑었다.

찻잔 옆에는 동그란 원의 한가운데 네모난 구멍이 뚫어져 있는 얇고 동그란 금속이 놓여 있었다. 가끔 차나 음식으로 바꿀 수 있는 매우 유용한 물건이라는 것을, 자신의 역할은 손님들의 주머니에서 저것을 보다 많이 빼내는 것이 천명이라고 확신하고 있는 지배인은 잘 알고 있었다.

"무엇을 도와드릴까요, 공자님?"

공손한 어조로 지배인이 물었다.

"하늘[天]로 가는[去] 힘[力]을 빌리러 왔네."

우아하게 찻잔을 들며 이시건이 말했다. 그러자 지배인의 안색이 살짝 바뀌었다. 그의 시선이 다시 한 번 찻잔 옆에 놓인 동전을 향해 힐끗거렸다.

"하늘에서는 어떤 꽃이 가장 아름답습니까?"

지배인이 물었다.

"눈[雪] 속에 핀 꽃[花]이 가장 아름답다네."

이시건이 서슴없이 대답했다.

"그 꽃은 하늘의 어느 들판[原]에 피어 있습니까?"

총지배인이 다시 물었다.

"동서남북(東西南北) 어느 들판에도 피어 있지 않다네."

그렇다면 남은 곳은 가운데[中]뿐이었다.

그러자 총지배인이 절을 올리며 공손하게 말했다.

"따라오시지요."

이시건은 찻잔을 내려놓고는 조용히 일어났다.

"이쪽입니다."

지배인은 그를 곧 별관으로 안내했다. 이곳을 찾는 손님들 중에서도 극히 선택된 일부만 들어갈 수 있는 곳으로 보통 사람들은 문턱도 밟아볼 수 없는 꿈의 낙원이었다.

이시건은 정원에 깔린 알록달록한 포석 위를 지나며 주위를 둘러보았다. 아직 이른 시각이라 그런지 손님도 기녀도 눈에 띄지 않았다.

후원은 매우 많은 비용을 들여 꾸민 티가 역력했다. 대리에서 가져온 새하얀 대리석으로 후원의 통로 전체를 깔았고 기둥마다 황동과 금으로 화려한 장식이 들어가 있었다. 그중에서도 가장 백미는 후원의 한가운데 위치한 기암이석을 이용해 만든 연못과 후원 전체를 가로지르는 개울이었다. 연못 안에는 연꽃과 이름 모를 난들이 자라고 있었고, 호수의 둘레는 구멍이 숭숭 뚫린 독특한 모양의 태호석(太湖石)이 즐비하게 늘어서 있었다.

"훌륭한 정원이로군!"

이시건은 솔직하게 감탄했다.

"여기저기 손길이 닿지 않은 데가 없고, 재료들도 모두 극상품만 사용했군."

"감사합니다. 과연 보는 눈이 있으시군요. 남창 어딜 가도 여기보다 화려하고 아름다운 정원은 보실 수 없을 겁니다. 손님들께 언제나 최고를 제공하는 것이 저희들의 자랑이지요."

자부심에 가득 찬 목소리로 지배인이 대답했다.

이 고급화 전략이야말로 바로 이곳 청홍루가 남창삼대기루 중 하나가 될 수 있었던 실질적인 원동력이었다. 최고라면 돈을 아끼지 않는 자들이 어디든 있기 마련이다. 그러기 위해서는 최고가 되기 위한 투자를 아껴서는 안 된다.

"저 인공호 주변을 장식하고 있는 태호석을 보십시오. 정말 아름답지 않습니까?"

태호석이란 말 그대로 태호에서만 나는 주름지고 구멍이 숭숭 뚫린 독특한 모양의 기암석을 가리키는 것이었다.

"저 태호석은 '추, 투, 누, 수'의 네 가지 덕목을 잘 지니고 있어야 진짜 좋은 태호석이란 평가를 받습니다. '추'란 적당히 주름져 있는 걸 가리키고, '투'는 적당히 뻥 뚫려 있으며, '누'는 적당히 틈새가 있고, '수'는 적당히 야위어져 있는 것으로 이 네 가지 적당함을 적당히 가지고 있어야 그제야 상등품으로 인정받을 수 있습니다. 이곳 정원에 있는 태호석들은 모두 그런 특상품들만 골라서 태호에서부터 사람을 시켜 옮겨온 것들입니다."

"돈 많이 들었겠군."

"물론입니다, 물론이고말굽쇼. 태호석은 태호에서만 나기 때문에 그것을 태호 바깥 지역에서 그것들을 가지고 정원을 꾸미고 싶다면 당연히 태호에서부터 그것들을 운반해 가야 하지요. 그런데 저 돌이 좀 무겁습니까? 특히 정원 조경을 위해 사용되는 태호석은 그 무게가 상상을 초월하지요. 그 무거운 돌을 태호와 멀리 떨어진 이곳 남창 정원에 놓기 위해서 들인 돈은 거의 천문학적인 액수에 가깝습니다."

현기증날 정도로 비싼 것들이라는 의미였다.

"정말 그렇겠군."

후원을 사방으로 감싸고 있는 새하얀 백색 통로를 한 발짝 한 발짝 걸음을 걸을 때마다 후원은 전혀 새로운 풍경으로 걷는 이의 눈을 즐겁게 해주고 있었다. 이시건이 후원의 모든 풍경을 골고루 감상할 때쯤 지배인의 발걸음이 멈추었다.

"이 방입니다."

특이하게도 큼직한 자물쇠가 채워져 있었다.

"아, 이것 말씀입니까? 이곳은 특별 고객만 드실 수 있는 특별한 공간이기 때문에 평소에는 이렇게 자물쇠로 엄중히 잠가놓고 있습니다. 황금에 현혹된 아이들이 자칫 본의 아닌 실수를 저지를 수도 있으니까요."

"기대되는군."

"만족하실 겁니다."

열쇠가 돌아가고 자물쇠가 열렸다. 이시건이 들어간 특별실. 그 방의 이름은 '설화'였다.

그리고 그런 그의 뒷모습을 몰래 지켜보고 있는 사람이 있었으니 그 사람의 이름은 바로……

"여기서 뭐 해, 아저씨? 외상값 밀려서 쫓기는 중이야? 아니면 사모하는 기녀라도 있는 거야?"

"아이구, 깜짝이야!"

장홍이 화들짝 놀라 짚고 있던 담장에서 펄쩍 뛰어내렸다.

"자네 어디서 튀어나온 건가?"

"튀어나오긴? 아까부터 뒤에 있었는데."

별 대수롭지 않은 투로 비류연이 대답했다.

"기척 좀 내고 다니게."

"아저씨가 할 말은 아닌 것 같군."

"음, 그것도 그렇군."

사실 그건 자신의 직업윤리에 위배되는 일이었다. 하지만 그걸 어떻게……. 그러나 장홍의 의문은 비류연의 질문 공세에 의해 맥이 끊기고 말았다.

"뭘 하고 있던 거야?"

"아니, 그냥……."

"외상값 독촉에 몸을 사리고 있는 것 같지는 않고… 역시 반한 기녀라도 생긴 거야? 하긴 밤 나들이가 취미니깐."

그냥 지나칠 수 없는 말이 자꾸만 나오자 장홍은 당황하지 않을 수 없었다.

"어허, 누가 들으면 오해할 소리 하덜덜 말게."

"아니, 왜? 들으면 안 되는 사람이라도 있나?"

"아니, 그건 아니지만……."

"그럼 거리낄 것도 없잖아?"

"그것도 그렇지만……. 그런데 자넨 또 여기에 웬일인가?"

"아, 초대받았지."

"응? 자넬 초대하는 사람도 다 있단 말인가?"

"이거, 왜 이러시나? 보는 눈이 있는 사람은 다 알아보게 되어 있어."

"누구 초대인가?"

비류연이 내놓은 대답에 장홍은 깜짝 놀라지 않을 수 없었다.

"뭐라고? 거짓말하지 말게!"

"거참! 내가 거짓말해서 얻는 이익이 뭔데?"

"으음, 없군."

안타깝게도 없었다.

"없지?"

"그렇군. 하지만 믿겨지지 않는군. 설마 자네를 이곳에 초대한 사람이 검후, 바로 그분이라니……."

"믿어. 믿으라구. 믿는 자에게 복이 있다는 말도 있잖아? 왜 검후가 날 여기 초대하면 안 되는지 이해가 안 가는군. 명색이 나와 예린의 공

증인이잖아?"

"검후님이 그걸 진심으로 했다고는……."

"그럼 그 위치에서 허언을 일삼는단 이야기?"

"아니, 그것도 아니지만……."

"아까부터 말에 일관성이 없다는 것 알아?"

"인정하네."

장홍은 두 손을 들고 순순히 항복했다.

"그런데 왜 하필 이곳 청홍루인가?"

"왜? 이곳에 오면 안 되나?"

"아니, 안 되는 건 아니지만……. 설마 나 소저도 오는 건 아니겠지?"

"왜 안 오겠어. 당연히 오지."

"이곳에 들락날락거리는 사내들의 눈이 뒤집힐 텐데. 요 며칠 전에 있었던 일 벌써 잊었나?"

"허공답보라도 쓰라고 그래야지. 안 그러면 한 발짝 걸을 때마다 침으로 이루어진 강을 건너야 될지도 모른다고 말이야."

"근래 자네의 입에서 나온 것 중 가장 현명한 충고인 것 같군."

"무슨 그런 섭한 말씀을. 내 충고는 언제나 현명해."

"쳇, 놓쳤군."

"어, 딴청 피우는 거야?"

"아니, 한탄하는 걸세. 이걸로 또 밥값 못한다는 소리 듣겠군. 나도 저녁 초대에 끼워주면 안 되겠나?"

"될 것 같아?"

"아니, 그런 섣부른 기대는 하지 않는다네."

장홍이 어깨를 으쓱하며 대답했다.

밀담
―비밀 통로

"휘유~"

방을 한 번 둘러본 이시건은 나직이 휘파람을 불었다. 과연 평상시 왜 그렇게 엄중하게 잠가놓는지 한눈에 이해가 갔다.

맨 처음 이 방에 첫발을 내디뎠을 때 방 안 가득한 비싼 유리등 바깥으로 빛나는 불빛에 반사되어 사방에서 빛나는 황금빛에 눈이 부셔서 함부로 눈을 뜰 수가 없을 지경이었다. 이곳은 바닥과 기둥, 벽까지 모두 연한 분홍빛이 도는 대리석으로 깔려 있었다. 대리에서 나는 돌에 대해서 그렇게 박식하지는 않지만 직감적으로 새하얀 것보다 더 비싼 놈이라는 것을 알아볼 수 있었다. 희소성이란 그런 것이니까. 그리고 그 대리석 위에 장식된 장식품과 그릇들은 거의 대부분 황금으로 된 것들이었으며 은은 황금을 더욱 돋보이게 하기 위해 사용되었을 뿐이며 모두 얼굴을 들이대면 거울처럼 자신의 모습을 비춰줄 만큼 먼지

한 톨 없이 깨끗하게 광택이 났다. 한겨울의 순수하고 깨끗함을 연상케 하는 설화라는 이름과는 어느 한곳도 매치되는 곳이 없는 그런 방이었지만 그 황금빛에 압도당한 이는 그런 의문을 품을 잠시의 짬도 얻을 수 없을 터이다.

그러나 모든 것이 다 갖춰져 있는 것은 아니었다. 아쉽지만 한 가지가 부족했다. 문득 그 부족한 텅 빔을 강조하기 위해 일부러 이토록 호화스럽게 꾸몄는지도 모르겠다는 생각이 들었다. 이시건 역시 가슴속에 그런 공허함을 느끼지 않을 수 없었다.

"미녀가 빠졌군!"

물론 그가 원하기만 하면 청홍루는 언제든지 그에게 절세의 미녀를 공급해 줄 수 있겠지만 아쉽게도 오늘 그에게는 시간이 턱없이 부족했다.

"일만 없었어도……."

이시건은 후일을 기약하며 왼쪽 벽에 달린 세 번째 황금 촛대를 오른쪽으로 돌렸다. 그런 다음 오른쪽 벽으로 돌아가 네 번째 황금 촛대를 왼쪽으로 돌렸다. 그런 다음 침상 옆에 달린 줄을 잡아당겼다.

그르르릉!

원래라면 점원을 부를 종소리가 나야 하는데 무거운 돌이 움직이는 소리가 들렸다. 그러나 그 소리는 결코 크지 않았다. 곧 이시건의 눈앞에 비싼 대리석이 열리며 지하로 향하는 통로가 드러났다. 아직 미련을 다 버리지는 못했는지 아쉬운 듯 방을 한 번 둘러본 후 이시건은 통로 안으로 서둘러 발걸음을 옮겼다. 근로 의욕을 저하시키는 데 있어 이 방은 최고의 환경을 자랑하고 있었기에 더 오래 머물러 있다가는 발걸음을 떼지 못할까 봐 걱정이 되었던 것이다.

"날 시험에 들게 하는구나!"

만일 이곳이 수하들의 인내심과 성실도를 시험, 평가하기 위한 장소라면 이 황금의 낙원은 그야말로 최적의 장소라 할 수 있었다. 그가 물론 기녀를 불러 흥청망청 즐기는 것을 꺼려하기는커녕 오히려 즐기는 성격이었지만 공사를 구분할 줄은 알았다. 이 구분에 실패하게 되면 조직으로부터 결코 좋은 평을 받을 수 없었다. 그건 곤란했고, 그 곤란함은 그에게 앞으로 발을 내디딜 힘을 주었다.

곧 어둠이 이시건의 몸을 먹어치웠다.

통로 안은 올빼미의 눈으로도 한 치 앞도 분간할 수 없을 만큼 새카맸다. 이야기에서 그리 자주 나오는 흔하디흔한(?) 값비싼 야광주는 천장을 눈 씻고 훑어봐도 없었다. 한 알에 수만 냥에서 수십만 냥까지 호가하는 그런 고가품을 이런 별달리 특별하지 않은 비밀 통로에 박아놓았다가는 재정이 못 견디는 것은 물론이고 한 사람이 지나갈 때마다 이상하게 행방불명되는 야광주를 다시 메워놓지 않으면 안 될 터였다. 그러니 아예 아무것도 없는 쪽이 훨씬 합리적인 선택이라 할 수 있었다.

그런데 그렇다고 통로를 밝히는 횃불이 있었는가 하면 그것도 아니었다. 이시건은 그 사실을 오히려 다행으로 생각했다. 이렇게 협소하고 환기도 안 되는 폐쇄된 공간에서 일 장 간격으로 횃불을 달아났다가는 통로를 다 빠져나가기도 전에 질식사하기 십상이리라. 그래서 궁여지책으로 달아놓은 게 왼쪽 벽면에 사람 허리 정도의 높이로 달려 있는 기다란 밧줄이었다. 이거라도 붙잡고 어둠 속의 등불로—비록 빛은 안 나지만—삼으라는 뜻인 모양인데 전혀 의지가 되지 않았다. 혹은 조직이 정해준 이 유일하고 옳은 길을 벗어나면 안전은 보장 못한다고 말하고 있는 듯하기도 했다. 어차피 어느 것이든 그에게는 상관없는 일이었다. 이미 그것에 관해 의심하는 것은 그만둔 지 오래였기 때문이다. 그는 망설임없이 미리 쳐놓은 줄을 잡고 앞으로 걸어가기 시작했다.

통로는 예상보다 길었다. 그리고 일직선도 아니었다. 몇 번의 갈림길을 지나고 나서야 이시건은 어두운 비밀 통로의 끝에 도달할 수 있었다. 통로 왼편 어둠 속에 잠겨 있는 줄을 잡아당기자 그르릉 하는 소리와 함께 문이 열렸다. 재빨리 주위를 둘러보니 창이 없었다. 다만 좌우 벽에 매달린 등불과 커다란 탁자 위의 촛불만이 어둠 속에서 빛을 발하고 있었다. 그리고 촛대 위의 주홍빛 불은 흔들림이 없었다. 그렇다면 바람은 없다는 이야기. 아무래도 지하 같았다.

방 한가운데 놓여 있는 탁자에는 세 명이 앉아 있었는데 석문이 열리자마자 자리에서 벌떡 일어나 이시건의 앞으로 다가왔다. 그리고는 약속이라도 한 듯 동시에 한쪽 무릎을 꿇으며 외쳤다.

"겁난혈세(劫亂血洗)! 혈신재림(血神再臨)!"

그러자 이시건이 마지막 말을 이었다.

"천겁천하(天劫天下)!"

마지막 확인이 끝나자 사내는 비로소 고개를 숙이며 인사했다.

"이공자님을 뵙습니다."

이시건의 시선이 나머지 두 사람보다 반보 앞에 무릎 꿇고 있는 중년 사내를 향했다. 허리에 기다란 도를 차고 있는 것이 이 남자가 이들 셋 중 우두머리임이 분명했다(눈가에 난 상처가 인상적인 남자였다).

"자네는?"

이시건이 물었다.

"예, 이곳 중원표국 남창지국을 실질적으로 책임지고 있는 윤이정이라 합니다!"

현재 이시건이 자리하고 있는 곳은 중원표국 남창지국 지하에 위치한 밀실로 이 비처(秘處)의 존재를 알고 있는 이는 이곳 남창지국 안에서도 오직 다섯 명에 불과했다. 즉, 지금 이 자리에 있는 셋을 제외하면 둘밖에 남지 않는데, 그중 하나는 이곳 남창지국의 지국주였고 나머지 하나는 부국주였다. 둘 모두 표국 업무상 급한 일이 있어 자리를 비운 상태였으나 조금 전 윤이정이 강조한 '실질적인 책임'이란 말을 미루어볼 때 표면적인 위계와는 다른 위계로 운영되고 있는 듯했다. 하긴, 저 풍마도 윤이정이 지니고 있는 '금강십이벽'이란 직위는 중원표국 내에서도 특수한 위치를 차지하고 있으므로 상징적인 면에서 지국주의 권위를 능가한다고도 볼 수 있었다. 마침내 이시건은 윤이정을 최고책임자로 생각하고 일을 진행시키는 게 나을 것 같다는 결론에 도달했다.

"부탁한 물건은 준비해 두었나?"

"네, 이미 만반의 준비가 되어 있습니다."

윤이정이 오른손을 살짝 치켜들자 오른쪽에 서 있던 무인 하나가 재빨리 큼지막한 상자 하나를 대령했다. 윤이정의 소개에 의하면 그들은 오가 형제로 단도술의 명수인데 잠입과 정보 수집에도 수완이 뛰어난 그의 수족이나 다름없는 존재라고 한다. 왼쪽에 서 있던 이가 형인 오영, 지금 막 탁자 위에 상자를 올려놓고 있는 이가 바로 동생인 오기였다. 윤이정은 공손하게 상자의 뚜껑을 연 다음 상자를 돌려 이시건이 잘 볼 수 있도록 해주었다.

"자, 확인해 보시지요. 두 달 동안 목표를 면밀히 관찰하여 얻어낸 결과물들입니다."

상자 속에 든 물건들은 보기보다 그리 대단해 보이지 않았다. 별다른 특징이 없어 보이는, 그렇다고 비싸 보이지도 않는 검은색 무복 한 벌, 그리고 특이하게 생긴 가발 하나, 마지막으로 둘둘 말린 종이였다. 종이를 펼쳐 보자 그곳에서 한 사람의 얼굴이 나타났다. 이것은 초상화였다. 아니, 용모파기라고 하는 것이 더 옳을지도 몰랐다. 이 그림에는 애초부터 대상물에 대한 애정은 결핍되어 있었으니 말이다.

"참 희한한 머리 모양이지요? 이런 머리 모양으로도 앞을 분간할 수 있는지 의문입니다. 시야가 가려지지 않는지 말입니다."

"나도 아네. 얼마 전에 직접 만난 적이 있거든."

그 말에 윤이정의 눈이 크게 떠졌다.

"설마 그놈이 이놈일 거라고는 생각 못했었지만 말일세. 이것도 인연이라면 인연이겠지. 지독한 악연 말일세."

이시건의 입가에 비릿한 미소가 맺혔다.

"이자에 대한 주변의 평은 어떤가?"

"상당히 독특한 괴짜인 건 확실합니다만 얼마나 뛰어난 실력의 소유자인지는 상당히 의문스럽습니다."

"그건 왜 그런가?"

"주변을 탐문해 본 결과 거의 대부분의 학관생들은 그자의 실력을 극구 부인하고 있었습니다. 그저 단순한 쓰레기, 혹은 그 이하라는 평까지 있었습니다. 그런 자를 왜 굳이 이렇게까지 신경 쓰는지……."

"나도 몰라."

이시건의 대답은 단순 명쾌했다.

"얼마 전에 재수없이 우연히 마주치기 전까지는 한 번도 만나지 못한 인물일세. 그전에는 본 적도 없고, 이자에 대한 정보는 단지 건너 건너 들은 몇 마디 말도 안 되는 평가들뿐이지. 다들 주관이 개입되어 그 정보의 진정성을 확인하지 못하는 왜곡된 진실의 산물들뿐이란 말일세. 그러니 그때까지 내가 뭘 가지고 이 자식을 평가할 수 있었겠나?"

윤이정은 침묵한 채 그의 말을 경청했다.

"하지만 명령이었네. 그래서 난 따르기로 한 것일세. 그 인물에 대해서는 확신할 수 없지만 조직에 대해서는 확신을 가지고 있으니까. 그래서 난 조직의 명령에 따르는 걸세. 저 윗선에서는 자네와 다른 눈으로 보고 있는지도 모르지. 자네가 보지 못한 부분을 본 것인지도 모르지 않나? 뭐, 자네가 상관보다도 뛰어난 안목을 가졌다고 주장한다면 모르겠지만 말이다."

"속하가 어찌 감히……."

윤이정은 얼른 고개를 숙이며 말끝을 흐렸다.

"하지만 이제는 다르지. 난 이자를 직접 만났고 개인적으로 해결해야 할 부채도 생겼으니 말일세. 빼앗아오고 싶은 것도 있고."

"그, 그러십니까?"

"그런 걸세. 너무 과분한 것을 가지고 있더군."

"그게 무엇입니까?"

"절세가인."

윤이정은 입을 다물어야만 했다.

"그럼 이 계책은 이견없이 그대로 실행하도록 하세."

"알겠습니다."

"또 다른 질문 있나?"

"저… 보고드릴 것이 하나 있습니다."

"중요 사안인가?"

"최우선 상황입니다."

그의 단호한 대답에 이시건의 눈빛이 조금 변했다.

"최우선? 모든 것을 배제하고 가장 먼저 취급해야 할 만큼 시급한 사안이란 말인가? 내가 맡은 임무보다?"

"속하의 짧은 생각으로는 그렇습니다."

상관에 대한 무례임을 알면서도 그렇게까지 단호하게 말하는 걸 보니 그 내용이 궁금해지지 않을 재간이 없다.

"무엇에 관한 이야긴가? 이번에 있었던 자네의 뼈아픈 실책?"

치명적이라고까지 말할 수 있는 자신의 이번 실패가 벌써 이시건의 귀에 들어갔다는 사실에 윤이정은 약간 움찔하는 기색이 있었지만 심적 동요를 더 이상 밖으로 내보내지 않으며 되도록 평이한 어조로 말했다.

"관련이 없지는 않지만 그보다 더 중요한 이야깁니다. 바로 열쇠에 관한 일이니까요."

그 순간 이시건의 몸 주변은 한순간 시간이 정지한 상태로 변했다. 잠시 멈춘 시간이 다시 흐르기 시작한 것은 숨을 두 번 정도 들이마실 정도가 흐른 이후였다.

"열쇠?"

자신의 목소리가 떨리지 않기를 내심 바라면서 이시건이 되물었다.

"예, 바로 그 사라진 열쇠의 행방을 알아냈습니다."

누가 들을까 봐 겁난다는 듯한 나지막한 목소리에 이시건은 귀를 기울였다.

"자네의 짧은 생각, 들어보겠네."

허락을 득한 윤이정은 사천에서 자신이 겪은 일부터 소상히 아뢰기 시작했다.

물론 자신이 얼마나 유능한지, 자신이 이번 일을 얼마나 매끄럽고 유연하게 처리하고 있었는지에 대해 이야기했다. 또한 자신이 조직을 위해서는 한때 의형제를 맺었던 인물이라도―비록 그 의식부터가 가짜였다고는 해도―얼마나 망설임없이 손을 맵게 쓸 수 있는지에 대해 자랑했다. 그는 자신의 지극한 충성심을 자랑하지 못해 안달이 나 있었다. 그런 충정으로 가득 찬 자신에게 본의 아닌, 즉 그의 책임이 눈곱만치도 개입되지 않은 재난(자연 재해)이 일어난 것은 자연의 농간 이외의 다른 말로는 설명이 불가능했다.

그러나 그의 긍지 높고 견줄 데 없는 충성심은 이런 재해에도 꺾이지 않았다. 어떤 알 수 없는 천재지변에 의해서 불가항력적으로 실수가 발생했으나 자신이 얼마나 애써 자신의 부하가 저지른 실수를 만회하려고 애썼는지에 대해서도 빼놓지 않았다. 이야기는 점점 더 실책은 작게, 공은 크게 드러내는 방향으로 전개되어 나갔다. 그리고 마침내 부하의 실수를 한 몸에 떠안고 사태를 수습하기 위해 최선의 노력을 경주하던 윤이정이 눈물 없이는 들을 수 없는 천신만고 끝에 열쇠의 행방을 찾게 되는 대목에 이르렀다. 그의 목소리는 이제 열에 들뜬 듯 절정으로 치닫고 있었다. 끓어오르는 감정을 이기지 못했는지 가만히 앉아 있을 수 없다는 듯 자리를 박차고 일어선 지는 이미 오래였다.

"그런데 왜 회수하지 않았나?"

장황한 이야기 속에서 이시건이 궁금한 건 그것 하나뿐이었다.

"그게……."

윤이정이 말을 끌었다.

"꼬마들의 뒤를 쫓던 일조가 행방불명되었습니다. 생존자는 전무. 믿기지 않지만… 전원 사망한 것으로 사료됩니다."

"믿을 수가 없군. 대체 누가 그런 능력을 지니고 있단 말인가?"

"저… 그 꼬마들은 현재 중앙표국에 체류 중입니다."

이런 사실 관계에서 유추할 수 있는 내용은 많지 않았다.

"그 배후에 중앙표국이 있다?"

이시건의 반문에 윤이정은 진중하게 고개를 끄덕였다.

"바로 그렇습니다."

"중앙표국이라는 데가 그렇게 대단한 곳이었나? 최근 사천에서 이름을 조금 얻고 있는, 몇 년 전까지만 해도 거의 이름도 볼품도 없는 표국이었지 않나? 언제부터 중원표국이 사천(四川) 촌구석의 이류 표국을 염두에 두었나? 게다가 현재 열쇠를 가지고 있는 유씨 꼬마는 자네의 현질이 되지 않는가? 그런데도 화중지병(畵中之餠)처럼 멍하니 바라보고 있었던 것은 무슨 속셈인가?"

"중앙표국이 이류였다는 것도 다 옛날이야기입니다. 지금은 사천에서만은 중원표국의 자리까지 넘보는 맹수로 자랐습니다. 일부 사람들은 감히 사천제일표국이라 칭하기도 합니다. 하지만 이공자님께서 나서신다면야 제까짓 것들이 어찌 감히 항거할 수 있겠습니까?"

무한한 신뢰를 이시건에게 보내며 윤이정이 대답했다.

"흐흠, 그래서 나에게 열쇠를 양보하겠다?"

"그렇습니다. 그 물건은 저 같은 놈보다 공자님께 더 잘 어울리는 물건일 것입니다."

"그래, 무슨 속셈인가? 그냥 공짜는 아닌 것 같은데?"

이시건은 윤이정을 너무 심하게 몰아붙이지 않으려 의도적으로 힘 조절을 하며 물었다. 너무 몰아붙이면 아무리 상사라 해도 반감을 사기 마련인 것이다. 지위 고하가 인간의 마음에 내재된 반항과 불손을 억누르는 데는 한계가 있다는 것을 그는 젊은 나이에 이미 터득하고 있었다.

"소, 속셈이라니요? 당치도 않습니다. 단지 전 그 열쇠를 손에 넣기에 저보다 적합한 분을 알고 있었던 것뿐입니다."

그러면서 윤이정은 의미심장한 눈으로 이시건을 바라보았다. 그 눈은 자신이 혼자서도 열쇠를 탈환할 수 있었지만 이시건을 위해 기꺼이 양보했다고 주장하고 있는 듯했다. 그는 생색은 낼 수 있을 때 많이 내두자는 신조를 지니고 있음이 분명했다.

"이해했네."

확실히 이시건은 이해했다. 이 일의 겉 표면뿐만 아니라 보이지 않는 그 이면까지도 말이다. 자신이 어떻게든 직접 처리해서 자신과 자신의 부하가 잔뜩 저지른 실패를 만회하려고 했으나 예기치 않은 장애물을 만나 고전하고 있던 차에 마침 그 장애물을 대신 치워주기에 적합한 인물이 나타났다는 이야기였다. 바꾸어 말하면 장애물을 처리할 만한 능력이 없으면 속수무책, 말짱 도루묵이란 이야기였다. 자신이 없으면 윤이정은 그림 속의 만찬을 보며 침이나 흘려야 할 처지였다. 그렇게 되면 그는 실패의 만회책을 눈앞에 뻔히 두고도 실패의 책임을 지지 않으면 안 되리라.

마음속에 약점을 가진 인간은 강해지는 데 한계가 있다. 남아 있던 약점이 자신감에 미세한 균열을 만들기 때문이다. 상대는 어차피 큰소리칠 만큼 강한 입장은 못 된다는 것만큼 좋은 소식은 없었다. 주판을 모두 퉁기고 나서야 이시건은 고개를 들어 윤이정을 바라보았다.

"일이 녹록치 않은 모양이군. 이제 슬슬 사실을 이야기해 보게. 곤란한 일이 있다면 힘을 빌려주겠네."

비꼬는 말투가 되지 않기 위해 조심하며 이시건이 물었다. 자신이 그의 속셈을 완전히 간파했다는 인상은 주고 싶지 않았다. 그러나 윤이정은 이시건이 자신의 의도를 지나치게 많이 이해했다는 사실을 깨달았다. 더 이상 숨기는 것은 오히려 불리했다.

"그게… 장애가 있습니다."

"어떤 일에나 장애는 있지."

대수롭지 않다는 투의 대답이 돌아왔다. 좀 더 편안히 털어놓으라는 배려였다. 안에 숨긴 걸 밖으로 끄집어내기 위해서는 숨통을 틔워줄 필요가 있었다.

"이번 장애는 보통 장애가 아닙니다."

"얼마나 큰 장애이기에 유능하기 짝이 없는 자네의 엉덩이를 의자에다가 붙여놓았나?"

"그게… 강적입니다."

윤이정은 갑자기 말을 조심해서 고르기 시작했다. 강적이란 표현은 여러 가지 선택 중에서 그나마 가장 나은 선택인 듯 보였다.

"강적? 내가 신경 쓸 만한 자인가?"

"그 사람들을 신경 쓰지 않는 사람은 강호에서 아마 찾아보기 힘들 겁니다."

"그것참, 더 더욱 궁금해지는군. 아무래도 내가 감당하지 못할까 봐 그 이름을 입에 올리기 저어하는 모양인데 망설일 것 없네. 누군지 말해보게."

그 확답을 듣고서야 윤이정은 비로소 이야기하기 시작했다.

"어찌 된 연유인지는 모르겠으나 현재 중앙표국 남창지국에는 점창 제일검 유은성이 머무르고 있습니다."

"뭐라고?! 낙일검 유은성?"

의외의 이름에 이시건의 엉덩이가 잠시 들썩거렸다.

"점창파 백 년 연공의 결실이라는 그?"

그 이름은 그의 마음속에 간직된 신경 써줘야 할 영향력있는 무림인 명단에도 기재되어 있었다.

"예, 구대문파이면서도 사천에서 제대로 기를 못 펴던 점창을 사천 제일로 도약시킬 가능성이 있는 유일한 인물로 점쳐지고 있는 바로 그 사람입니다."

"유은성이라……. 확실히 인재는 인재지. 하지만 이 몸이 그를 감당할 수 없다고 생각하지는 않아."

젊은 청년의 입에서 나오기에는 상당히 광오한 발언이었지만 이시건의 목소리에는 자신감이 어려 있었다. 윤이정 역시 그 말에 별다른 반감 같은 것을 느끼지 않았다. 그는 조직의 힘을 믿었다. 그러나 이번의 문제는 문제가 그가 아니라는 것이 문제였다.

"그 한 사람만이라면 속하도 어떻게 처리할 수 있었을 겁니다. 하지만 그의 곁에는 한 사람이 더 있었습니다. 그녀를 보고 속하는 계획을 포기할 수밖에 없었습니다. 만일 그녀만 없었다면……."

윤이정은 말끝을 흐렸고, 이시건은 그 말 중에 나온 한 단어에 흥미가 동했다.

"그녀? 여인이 나에게 기쁨이 되는 일은 있어도 장애가 된 적은 한 번도 없었는데?"

"풍류남아이신 공자님께서도 이번만큼은 생각을 바꾸지 않으실 수 없을 겁니다."

그의 관념을 깨부수게 되어 무척 기쁘다는 표정을 가면 뒤에 감추며 윤이정이 대답했다.

"무척 특별한 여인인 모양이지?"

"그렇습니다. 여인들 중에 특별하지 않은 여인이 어디 있겠습니까마는 이 여인은 확실히 조금 더 특별하지요."

"누군가?"

"천하오검수의 일인인 아미신녀 진소령입니다."

흠칫!

그 이름은 아무리 오만이 하늘을 찌르는 이 청년이라도 쉽게 간과할 수 있는 이름이 아니었다. 그러나 그렇다고 해서 주눅 들지도 않았다. 그가 잠시 흠칫한 것은 그 이름을 과소평가하지 않는다는 뜻일 뿐이었다.

"그녀씩이나 되는 존재가 왜 중앙표국 따위엘? 그다지 연고도 없을 텐데? 게다가 아미파는 근처에라도 있지, 아미에서 한참 떨어진 점창파 사람인 유은성은 또 왜 거기에 함께 있단 말인가?"

"그것이 저도 의문입니다."

지금은 이유 따위에 상관하고 있을 때는 아니었다. 문제는 그 두 사람이 지금 현재 이 시간에 중앙표국에 있다는 것이 사실이라면 일을 성사시키는 데 있어 매우 귀찮은 장애물이 될 수 있었다. 하지만 이시건은 다른 한편에서 지금 이 사실에 대해 열렬히 흥분하고 있는 자신을 발견할 수 있었다. 사형이 참패하다시피 한 일을 자신의 손으로 성사시킨다는 것은 말도 못하게 감미롭고 매혹적인 제안이었다. 게다가 지금은 그 두 사람이 장애물이지만 일단 뛰어넘기만 하면 그 무엇과도 바꿀 수 없는 최고의 훈장이 될 터. 장애가 높으면 높을수록 그것을 뛰어넘는 사람이 돋보여지기 마련인 것이다. 이미 그는 그 유혹을 이겨낼 어떠한 수단도 방치해 버렸다.

"재미있군."

"예?"

순간 윤이정은 자신의 귀가 잘못된 건 아닌가 하는 의심이 들었다. 내일 의원에 예약을 해야 하나 고민하고 있을 때 그 다음 말이 들려왔다.

"새로 얻은 '자운(紫雲)'의 위력을 시험해 볼 좋은 기회야!"

아무래도 그의 귀는 정상인 모양이었다. 하지만 이번에는 눈이 말썽이었다. 이시건이 기쁜 듯한 미소를 짓고 있는 것처럼 보였던 것이다.

"확실히 그 두 사람이라면 자네와 자네 부하들의 힘만으로는 역부족이라 할 수 있겠지."

다 알고 있으니 까불지 말라는 암시를 살짝 준 다음 계속해서 말했다.

"하지만 만일 본인이 힘을 빌려준다면 반드시 불가능하지만은 않을 걸세. 그러면 불안한 자네의 미래 역시 구원받을 수 있겠지. 하지만……."

갑자기 이시건은 윤이정을 바라보며 말끝을 흐렸다.

"……?"

"내가 자네를 위해 내가 맡은 임무까지 방기하며 그 일을 해야 하는 이유를 아직까지 찾을 수가 없군. 솔직히 자네와 나는 조직이라는 큰 틀에 묶여 있긴 하지만 또 어떻게 보면 단지 그것뿐인 아무런 사이도 아니지 않나? 내가 자넬 위해 그걸 해줄 의리는 없다는 것일세. 나 같은 거야 어차피 자네에게 있어서 여기저기 널려 있는 수많은 상관 중 하나에 불과할 테니 말일세. 안 그런가?"

"그… 그건……."

이시건의 오만한 시선이 윤이정을 향했다. 그 눈빛은 이렇게 묻고 있었다.

'어찌할 텐가?'

선택하지 않으면 앞으로 나갈 수 없다고 그 눈빛은 그에게 강요하고 있었다. 운명 앞에서 도망치는 것은 용납되지 않았다. 그는 자리에서 벌떡 일어나더니 이시건의 앞으로 다가와 한쪽 무릎을 꿇었다. 오가 형제도 따라 무릎을 꿇었다.

"저 윤이정, 이공자님만 믿고 의지하며 열과 성을 다해 충심으로 따르겠습니다. 저의 충성을 받아주십시오. 그리하여 이공자님의 오른편에 서서 함께 싸울 수 있는 영광을 주십시오."

윤이정은 이 열쇠를 찾는 이가 이시건 본인이 된다면 그의 입지는 매우 튼튼해질 것이며 자신은 그 과정을 위해 헌신할 만반의 준비가 되어 있음에 대해 이야기했다. 그는 지금 이시건의 파벌 안으로 들어가고자 하고 있는 것이다. 어느 조직이나 파벌은 존재했고, 그중에서도 가장 강력한 파벌은 후계자 후보의 휘하 파벌들이다.

한 산에 두 마리의 호랑이가 있을 수 없는 것과 마찬가지로 조직의 후계자는 오직 한 사람뿐이며 자신은 그 자리에 적합한 사람이 자신과 매우 가까운 거리에―이를테면 엎어지면 코 닿을 데―있다고 마음속 깊이 생각했었다는 사실을 강조했다. 그 자신은 매우 유용하며 많은 부분에서 활용할 수 있으며, 특히 현재 이시건이 속한 곳을 내단이라 한다면 외단 격인 곳에 소속된 자신을 휘하에 넣을 수 있다면 손해 볼 일은 없을 뿐만 아니라 막대한 이익을 얻을 수 있다는 점은 무척 매력적이라는 부분을 부각시키는 것 또한 잊지 않았다. 이 중년 표사는 자신의 가치를 적절하게 과장할 줄 아는 재주가 있었다. 물론 대신에 이시건은 그의 실책은 상당 부분 누락시켜 주고 그의 성공만을 부각시켜 주는 등의 조치를 취해주어야만 했다. 그러나 이런 것 저런 것 일일이 꼼꼼하게 계산을 때려봐도 이시건으로서는 나쁜 조건이 아니었다. 아니, 오히려 원하는 바였다.

이시건은 얼른 자리에서 벌떡 일어나 윤이정의 어깨를 잡고 일으켜 세웠다.

"아니, 이거 왜 이러나? 일어나게. 굳이 그렇게 거창하게 예를 차릴 필요는 없네. 우린 이제 함께 싸우고 함께 즐거워해야 할 한 식구가 아닌가."

이시건은 특히 한 식구라는 말을 강조했다. 동고동락에 대해서도 이야기했다. 그들은 이제 운명공동체가 된 것이다. 아니, 이제부터 윤이정의 운명은 이시건의 운명에 속박되고 만 것이다. 그러므로 이시건이 날면 그 자신도 날고 이시건이 추락하면 그 역시 추락하게 되는 것이다. 그러나 선택의 여지가 없다는 사실에는 여전히 변함이 없었다.

"감사합니다, 주군(主君)!"

여러 가지 의미가 이 단어 하나에 고도로 함축되어 표현되고 있었다. 호칭이 바뀌면 덩달아 지위와 입장이 바뀌게 된다. 아니, 지위와 입장이 바뀌었기 때문에 호칭이 바뀌는 것인지도 모른다. 윤이정은 이시건에 대한 호칭을 바꿈으로써 자신의 의지를 표현했다. 이제 그에게 더 이상 물러설 곳은 없었고, 마지막 남은 희망은 이시건뿐이었다. 그는 이 젊은 주인에게 모든 것을 걸기로 한 것이다. 물론 이 표현은 기회를 노리며 세력을 모아 조직 내에서 차근차근 영향력을 높이고 있는 이시건을 기쁘게 했다. 그가 흥겨운 목소리로 외쳤다.

"자, 그럼 다시 회의를 재개해 볼까? 어떻게 하면 열쇠를 되찾을지 의논해야 하지 않겠나?"

"물론입니다. 물론이고말구요."

윤이정이 반색하며 대답한 다음 서둘러 다시 자기 자리에 가서 앉았다.

"나한테 한 가지 생각이 있네."

이시건은 아까부터 머릿속에 굴리고 있던 생각을 조금 전에 막 생각해 낸 것처럼 머릿속에서 꺼냈다.

"경청하겠습니다."

"일을 처음부터 시끄럽게 벌일 필요는 없네. 조용하게 해결될 수 있다면 그것보다 좋은 일은 없지. 그래서 일단 한번 미끼를 던져 볼 셈이네. 반응을 한번 본 다음에 결정하도록 하지. 내일 한번 방문하는 게 어떻겠나?"

첫 지시는 느닷없는 정면 돌파였다.

"예? 누가 말입니까?"

"누구긴 누구겠나? 바로 자네지. 자네만큼 적합한 사람이 이 자리에 있을까?"

중원표국의 이름있는 대표두이자 중원표국 남창지국의 실질적인 책임자인 그는 비록 경쟁 상대라고는 하나 같은 동종 업계에 종사하고 있는 중앙표국의 대문을 마음껏 두드릴 수 있는 위치에 있는 사람이었다.

"없습니다."

"그럼 결정됐군. 게다가 그 아이들, 일단 자네의 숙질 되는 셈 아닌가? 숙질의 고통을 위로해 주는 것이 숙부 된 도리 아니겠나?"

그 말 안에 틀린 말은 없었지만 이번 경우에는 적용되는 사람이 문제였다. 윤이정은 꽤나 음흉한 미소를 지어 보였다.

"그럼 그건 그렇게 하도록 하고 다음 사안으로 넘어가 볼까? 나도 일단 일은 해야 되니까 말일세."

다음 사안으로 넘어갔다. 드디어 상자 안에 들어 있는 물건들이 빛을 발할 차례였다.

"그 얄미운 놈에게 이 몸을 조롱한 대가를 뼈저리게 치르게 해줘야지!"

이시건의 입가에 잔인한 미소가 맺혔다.

순찰
—표대식

"대사형, 순찰 나갈 시간입니다."

기숙사 문을 열고 들어온 남궁상의 한마디에 비류연의 표정이 삐딱하게 변했다. 현재 나머지 세 다리는 제쳐 둔 채 한 다리로만 비스듬히 삐딱하게 그의 몸을 받친 채 아슬아슬한 균형을 이루고 있는 의자와 잘 어울리는 그런 표정이었다. 팔걸이에 올려진 그의 오른팔은 삐딱해진 그의 고개가 더 기울어지지 않도록 하기 위해 최선의 노력을 기울이고 있었다.

"순찰은 개뿔!"

삐딱하게 그어진 그의 입에서 나온 말은 그 기울어진 각도만큼이나 그리 곱지 않았다.

'꼬였다!'

남궁상은 순간 긴장했다.

이 인간의 심사가 지금 이 순간 상당히 여러 가닥으로 비비 꼬여 있다는 것을 눈치챘기 때문이다. 사실 순찰의 의무가 주어진 자 중에서 이 순찰을 좋아하는 이는 단 한 명도 없었다.

아무래도 저 의자에 단단하게 붙어 있는 엉덩이를 떼는 일은 쉽지 않을 것 같았다.

"하지만 어쩔 수 없잖습니까? 지침이 그렇게 내려왔으니 따라야지요."

이틀 전 갑자기 나붙은 공문에는 다음과 같은 지침이 하달되어 있었다. 그 공고를 본 '황금 완장'들은 모두들 눈을 부릅뜨지 않을 수 없었다.

입관 시험관들은 하루 한 번 이인 일조로 조를 짜서 시내를 순찰해야 한다.

명목은 입관 시험 예비생들이 사고 치지 않도록 감시하는 감독 역이라고 하지만 숨겨진 목적은 너무나 명명백백해서 악의(惡意)마저 느껴졌다.

며칠 계속되는 습격—입관 시험관들은 대결 신청보다 이 표현을 더 선호했다—으로 인해 피곤해진 입관 시험관들은 점점 더 외출을 삼가하고 학관 안에 편히 처박혀 있으려고 했다. 사서 고생할 필요는 없다는 것이 중론이었다. 그러나 어르신들 입장에선 그래선 곤란했다. 이번 순찰 조치는 이런 일련의 행위를 저지하기 위한 고육지책(苦肉之策)임이 분명했다.

친절하게도 조까지 미리 짜여 있었다. 아무래도 시작 전에 이미 이런 일이 발생할 줄 예상하고 있었던 모양이다. 상당히 용의주도한 준비가 아닐 수 없었다. 시험관들 사이에서는 순찰 나간다는 것을 가리켜 냉소를 담아 '제물 행진'이라고 부르는 이도 있었다. 그리 틀린 말은 아니었다.

어쨌든 사태가 이 지경에 이르자 황금 완장들도 함부로 경거망동할 수 없게 되었다. 그들은 신중해져야만 했다. 선배로서의 체면이라는 게 있고 위계라는 게 있는 이 마당에 후배 예비생들과의 비무 따위에 진다는 것은 곧 선배들의 위상이 땅에 곤두박질친다는 것을 의미했다. 한 번 꺾인 위엄은 어지간해서는 회복되지 않는다. 선배로서 후배에게 순순히 패배를 진상하는 것은 용납되지 않았다.

여기까지는 내키지 않지만 남궁상도 수용할 수는 있었다. 그러나 자신과 한 조가 된 사람이 누군지 알았을 때 그는 자신도 모르게 비명을 지르고 말았다.

'이건 거짓말이야!'

왜 하필이면 하고많은 사람 중에 그 꿈에 보기도 두려운 악질 대사형과 한 조가 되지 않으면 안 되냔 말이다. 자신의 머리 위에 빛나고 있는 별은 분명 불행의 별임이 분명했다.

순찰조는 상급생과 하급생으로 구성되며 동급생끼리는 조를 짤 수 없게 되어 있는 이유는 알고 있었다. 상급생이 하급생을 챙겨주라는 친절한 배려겠지.

'친절은 얼어죽을 놈의 친절!'

어떤 생각없는 조 편성 담당 한 명 때문에 그의 부담과 정신적 피해와 육체적 피해는 이만저만 큰 것이 아니었다. 누가 누굴 챙긴단 말인가? 오직 몽땅 떠맡을 뿐이었다. 몸은 하난데 해야 할 몫은 이 인분이었다.

"저, 대사형… 물론 대사형께서 이런 귀찮고 비생산적이고 돈 안 되는 일에 힘을 낭비하려 들 리가 만무하다는 사실, 잘 알고 있습니다. 하지만 어쩔 수 없지 않습니까? 지침이 그렇게 내려온 걸 어쩌겠습니까? 조금만 수고해 주세요."

비류연은 들은 척 만 척 여전히 의자 다리 하나에 몸을 위탁한 채 의자에 엉덩이를 붙이고 앉아 있었다.

"대사형……."

남궁상이 더 풀 죽은 목소리로 비류연을 불렀다. 이번에는 반응이 있었다.

"능구렁이 같은 영감탱이들 같으니! 이런 식으로 나온다 이거지? 추가 노동은 하지 않는다고 계약서에 확실히 명시해 두는 건데 말야. 실수했어!"

빙글!

다리 하나로 균형을 지탱하고 있던 의자가 팽이처럼 한 바퀴 빙글 돌았다. 그런데도 그 위에 앉아 있는 비류연의 몸은 전혀 흔들림이 없었다. 그는 여전히 손으로 턱을 괸 채 삐딱하게 앉아 있었다.

"귀찮게스리……."

귀찮다는 것, 그게 제일 문제였다. 그러나 그것만이 문제의 모든 것은 아니었다.

"주제를 파악하는 게 그렇게 어려운가?"

아니면 분수만이라도. 둘 중 하나만이라도 알면 귀찮음을 조금이라도 덜 수 있었을 텐데.

"사람을 가려가면서 상대해야 될 것 아닌가? 그렇게 보는 눈이 없어서야……."

"확실히 귀찮긴 하죠. 번거롭기도 하고 피곤도 하고."

남궁상도 동의했다. 그는 요즘 남보다 서너 배 이상 힘들고 피곤했다. 아직 죽지 않고 살아 있다는 사실이 기적처럼 느껴졌다.

"내 말이 그 말이다. 웬일이냐? 오랜만에 올바른 소리를 하는구나."

비류연이 턱을 괸 채 고개를 끄덕거렸다.

"현재까지 몇 명 성공했지?"

"아직 한 명도 없습니다. 한 명이라도 당했으면 큰 난리가 났겠죠."

"그렇겠지? 체면치레 빼면 남는 것도 없는 녀석들이니간 말이야? 선배의 위신 어쩌고저쩌고하면서 한바탕 소동을 일으켰겠지. 엄마~ 엄마~ 하면서 말이야."

비류연이 우는 시늉을 해 보였다.

"아직까지 그런 일 없이 조용한 걸 보면 성공 사례는 없다고 보는 게 타당한 것 같습니다. 아마 황금 완장들이 외출을 삼간 것이 주효했겠지요."

"하지만 한 명도 없다니 좀 실망인걸? 다들 그렇게나 무능했다니… 올해 신입생 녀석들도 별 볼일 없을지도 모르겠다."

"다른 시험관들이 유능하다고 생각하면 어떨까요?"

남궁상이 좀 더 긍정적인 해석 방향을 제시했다.

"그건 안 돼! 거짓말은 나쁜 거라구!"

비류연의 입에서 저런 상식적인 대사가 나오다니 남궁상은 놀라지 않을 수 없었다.

"무능한 건 무능한 거지. 무능한 걸 유능하다고 할 수는 없는 거잖아?"

"하지만 거기엔 대사형도 포함된다구요."

남궁상이 비류연의 오른팔에 차여 있는 황금 완장을 가리키며 말했다.

"아, 나야 물론 예외지."

그 뻔뻔스러울 정도의 당당함에 남궁상은 갑자기 말문이 막혔다.

"그럼… 그 무능한 이들한테 진 녀석들은 뭐라 불러야 되죠?"

"뭐, 첩첩 무능한 놈들이겠지."

그 어이없는 대답에 멍해진 남궁상은 한동안 아무 말도 할 수 없었다.

"첩첩 무능? 그런 표현도 있나요?"

"물론 없지. 방금 만들어낸 거야."

급조품이라는 이야기였다.

"그… 그런……."

"아니, 유능하다면 모르겠는데, 왜 굳이 무능함 따위를 묘사하는 데 머리를 굴릴 필요가 있는 거지? 낭비잖아?"

"냉혹한 평가군요."

"그럼 착한 놈하고 나쁜 놈하고 똑같이 대우해 주는 게 평등이겠냐?"

"그건 아니지만……."

"똑같은 거야."

"그, 그런 거군요……."

그만 납득해 버리고 만 남궁상이었다.

"음, 첩첩 무능한 놈들 때문에 귀찮아졌다고 생각하니 좀 열이 받는다. 좀 편해지는 방법이 없을까?"

직면한 현실을 타개할 대안에 대해 묻자 남궁상은 고개를 갸우뚱

했다.

"그런 방법이 과연 있긴 있을까요?"

천무학관에 들어오는 것만을 인생의 목표로 여기고 살아온 슬픈 군상들이다. 비록 불쌍하긴 하지만 그 무시무시한 집념은 무시할 수 있는 종류의 것이 아니었다.

"음… 하나 있긴 하지."

"그건 뭡니까? 그런 게 진짜 있기는 한 겁니까?"

"恐怖!"

"예? 공포라니요?"

너무 압축되어 있는 짧은 대답에 남궁상은 이해하지 못했다.

"공포의 확산!"

조금 길어진 대답과 함께 비류연의 입가로 미소가 번져 나간다.

"두 번 다시 덤벼들 맘이 생기지 않도록 심장과 영혼에 공포를 새겨 넣어주는 거지. 친절하고 상냥하게, 있는 힘껏! 흐흐흐흐!"

괴이쩍은 웃음소리를 내는 비류연의 전신에서 어둡고 칙칙한 기운이 일렁거렸다.

진짜 할 셈인가?

'저 사람이라면 진짜 저지를지도……'

남궁상의 뇌리 속으로 그가 상상할 수 있는 가장 끔찍한 영상들이 스쳐 지나갔다.

찢어발겨지는 사지, 후두둑 떨어지는 육편, 그리고 낭자한 피…….

갑자기 오싹한 마음이 들었다.

"아무리 그래도 역시 살인은 안 좋습니다."

남궁상이 떨리는 가슴을 달래며 진심을 담아 조언했다.

"엥? 누가 죽인다고 했냐? 나같이 심약한 사람이 어떻게 그렇게 끔찍한 일을 저지르겠냐?"

'충분히!' 라고 생각했지만 감히 입 밖으로 내서 대답하지는 않을 만한 분별력은 아직 남아 있었다. 입 밖에 내면 목청이 찢어질지도 모를 위험을 굳이 감수할 필요는 없는 것이다.

"아, 아닌가요?"

다시 얼빵한 표정으로 남궁상이 반문했다. 그런 그를 비류연은 한심하다는 듯이 쳐다보았다.

"또 어디다 정신을 팔아먹었냐? 그 정도 썩은 정신이면 얼마 받지도 못할 테니 빨랑 반품해라!"

그 뒤에 '좋게 말할 때'라는 말이 생략되어 있지만 남궁상의 귀는 이미 그 사라진 구절까지 자동 반사적으로 찾아 듣고 있었다. 놀라운 학습 효과가 아닐 수 없었다.

"하지만 그렇게 되면 이번 입관 시험이 엉망이 될 텐데요?"

분명 혼돈의 도가니탕 속에서 팔팔 끓는 사태가 발생할 것이다. 학관 측으로서도 원하는 바는 아닐 것이다.

"그렇게 될 가능성도 분명 크지."

비류연은 부정하지 않았다.

"그렇겠죠?"

"하지만 지금의 이 지루하고 귀찮은 전개보다는 더 재미있어지지 않을까?"

평범한 걸 좋아하는 미덕 따위는 이 인간과 거리가 먼 게 분명했다.

"진짜 하시려고요?"

남궁상이 목소리를 가라앉히며 조심스럽게 묻는다.

"글쎄? 넌 내가 어쩔 것 같아?"

"글쎄요……."

비류연의 입가에 번져 가는 불길한 미소를 바라보며 남궁상은 몸을 움츠렸다.

"궁상아, 너 어째 눈동자가 흔들린다?"

지금 흔들리는 게 신뢰냐, 아니면 눈동자냐 하고 묻는 듯한 지적에 남궁상은 흠칫했다. 마치 자신의 속마음이 엿보인 듯한 그런 느낌이었다.

"그… 그럴 리가요? 저의 대사형에 대한 신뢰는 절대부동입니다!"

"정말이냐?"

"그, 그럼요. 그렇고말굽쇼."

다행히 더 이상 가타부타 다른 말은 하지 않았다.

'휴우~'

더 이상 추궁당하지 않는 것만 해도 다행이었기에 남궁상은 가슴을 쓸어내렸다.

"그럼 가볼까?"

"가시죠!"

"오늘은 또 몇 놈이나 개길까? 기대되는군."

'제발 기대하지 마!'

남궁상은 속으로 비명을 지르며 그의 평온한 인생이 계속 유지될 수 있도록 하늘에 기도했다.

'귀찮다면서 기대는 무슨 기대!!'

남궁상은 그런 놈들 수가 제발 줄어들었기를 바랬다. 그도 그럴 것이, 그 파리 떼를 처리하는 것은 언제나 옆에 붙어 있는 자신의 몫이었던 것이다. 비류연은 손가락도 하나 까딱하지 않을 때가 더 많았다.

'약속한 비무도 얼마 안 남았잖아? 설마 진령이랑 헤어지고 싶은 건 아니겠지?'

그렇게 말하는데 어떻게 아니라고 대답할 수 있겠는가? 자신이 감히 어떻게!

안 그래도 며칠 앞으로 다가온 대결 때문에 신경이 곤두서 있는 탓에 더 이상 육체와 정신이 혹사당하는 것만은 사양하고 싶었지만 비류연의 수련—이라 쓰고 떠넘기기라 읽는—은 혹독하기만 했다.

넌 아직 한계를 경험하지 못했어!

그가 애송이들을 쓰러뜨릴 때마다, 그가 빙검과의 대련에서 쓰러졌다 다시 일어날 때마다 비류연이 내뱉던 말이 귓가에 이명처럼 맴돌았다. 언제쯤 되어야 이 귓병을 고칠 수 있을까? 과연 그런 날이 오기는 할까? 또 한 번의 의심으로 그날의 접근을 가로막은 남궁상은 힘없이 발걸음을 옮겨 비류연의 뒤를 쫓아갔다. 그의 그림자를 밟지 않도록 신경 쓰면서.

순찰 교대는 언제나 정문 초소에서 이루어지는 것이 관례였다. 전 순찰조는 이미 정문 초소에 도착해서 그들을 기다리고 있었다.

"아! 예린!"

정문 초소에서 순찰을 교대하기 위해 기다리고 있던 두 명의 여자 중 한 명을 보자 비류연이 반색하며 손을 흔들었다. 연인과 만난다는 것은 언제 어느 때나 즐거운 일이었기에 짜증나던 그의 기분을 조금 풀어주었다.

낮과 밤, 태양과 달의 반복되는 순환 주기에 관계없이 나예린은 아름답고 우아했다. 하지만 밤의 한가운데 서 있는 그녀는 달빛을 받으며 이 세계에 속하지 않은 선녀처럼 독특하면서도 환상적인 분위기를 전신에 두르고 있었다. 밤이 그 안에서 영원처럼 빛나고 있는 것 같은 심원한 눈빛은 별빛보다도 아름답고 달빛보다도 신비로웠다.

나예린은 엉겁결에 손을 올리려다 다시 내린 후 고개를 가볍게 숙이며 우아하게 인사했다.

"좋은 밤이에요, 류연!"

밤을 비추는 달처럼 그녀는 은은하게 빛나고 있었다.

"안녕하세요?"

옆에 같이 동행하고 있던 여인이 따라 인사했다.

"어? 아!"

방금 알아채고 말았다는 듯한 노골적인 연속 반응에 여인의 볼이 뾰로통 부풀어 올랐다. 알고 보니 진령이었다.

"령!"

그녀를 알아본 남궁상이 인상을 활짝 펴며 외쳤다.

우울할 때 연인의 얼굴을 보면 힘이 나는 법이다. 비록 그때 본 얼굴이 뾰로통한 얼굴이라 해도 말이다. 그녀 역시 궁상의 얼굴을 보니 기분이 풀리는 모양인지 부풀어 오른 볼의 공기를 조금 뺐다.

"상!"

무척 짧은 인사였지만 두 사람에겐 충분한 모양이었다. 비류연은 두 사람만의 세계에 빠진 그 둘을 무시한 채 나예린에게 웃으며 말을 걸었다.

"예린, 요즘은 밤에도 파리 떼가 날아다녀서 많이 힘들죠?"

요즘 이 날파리 떼의 이상 증식 때문에 황금 완장들은 다들 이만저만 고민이 아니었다. 나예린은 자신의 지위와 특수한 상황 때문에 특혜를 받을 수도 있었지만 그러지 않았다.

'피하기만 해서는 전진할 수 없잖아요?'

나예린만 특별히 빼주겠다고 했을 때 그녀가 마진가에게 했던 말이다.

"아니에요. 별일없었어요. 밤인데 그 사람들도 자야죠."

나예린의 다소곳하면서도 평온한 대답에 진령의 고개가 갸우뚱 움직였다. 이 작은 몸짓과는 달리 그녀의 마음은 기가 막힌 나머지 비명을 내지르고 있었다.

'벼, 별일없었다고……?'

어떻게 저 여자는 저렇게 무표정한 얼굴로 아무렇지도 않게 아무 일도 없었다고 말할 수 있는지 진령으로서는 도무지 이해가 가지 않았다.

나예린은 거짓말을 했다. 요즘 파리들은 낮밤은 물론 암수도 가리지 않는다. 밤잠도 설친 채 벌게진 눈으로 사냥감을 찾아 헤맨다.

빙봉영화수호대라는 녀석들이 그녀를 호위하겠다며 서른 명이나 달라붙으려 했던 일, 그것을 극구 사양하며 모두 되돌려보낸 일, 겨우겨우 편하게 순찰을 도나 했더니 두 사람—분명 두 사람이다—의 미모에 혹해 얼굴 도장이나 한 번 찍으려고 비무를 신청한 남정네 셋과 자기가 이기면 연인이 되어달라는 '뻔뻔이' 셋과 침을 질질 흘리며 눈에 핏발을 세운 두 놈을 우아하게 '아작' 낸 일련의 사태들을 가리켜 '별일없었다'라고 표현할 수만 있다면 그때서야 비로소…….

'그래, 그때서야 비로소 오늘 순찰은 '별일없었다'라고 말할 수 있겠지!'

그러나 그 이전에는 차마 양심의 가책 때문에라도 그런 표현을 쓸 수 없을 것 같았다.

그런데 그녀는 그때 당시 무엇이라 말했는가!

"괜찮아요. 익숙한 일인걸요!"

그때 처음으로 질투심을 유발할 정도로 아름다운 이 절세의 미인이 상상 이상으로 험난한 인생을 살아온 게 아닌가 하는 의심이 들었다. 또한 처음으로 대단한 여자임과 동시에 무서운 여자일 것이라는 확신을 가지게 되었다.

"역시 보통 사람이 아닌지도……."

그렇게 혼잣말로 중얼거리며 진령은 비류연의 옆모습을 힐끔 바라보았다.

'하긴 저런 남자랑 사귀려면 맨 정신으로는 불가능하겠지…….'

그런 면에서는 진짜 경의를 표할 만했다.

"아, 그러고 보니 저희 사부님께서 또 한 번 자리를 같이하자고 하시네요."

"또요?"

식사를 같이한 지도 얼마 되지 않았던 터였다.

"예. 이번에는 식사뿐만 아니라 가볍게 '운동'도 한번 하자고 하시네요."

"가볍게 운동이라……."

결코 가볍지 않을 것 같은 예감이 들었다.

"그 말뿐이 아니었을 텐데요?"

"맞아요. 사실 또 다른 말씀이 있으셨죠."

"뭐라 그러시던가요?"

"천 마리로 안 된다면 이천 마리를 베면 되니까 며칠만 기다려 달라고요."

화산 천무봉에서 오랜 시간 동안 궁리(窮理)해서 만들어낸 '해상비조천참절(海上飛鳥千斬切)'이 파훼당한 일을 아직도 마음에 담아두고 있는 모양이었다.

설욕전이라고 하기에는 어폐가 있지만 아무래도 그 비슷한 것을 위해 초식을 강화 중인 모양이다. 아니, 개량이라 불러야 할까? 어쨌든 이미 완성되어 있는 그런 무서운 초식에 추가로 위력을 덧붙일 수 있다는 사실은 실로 가공스럽기 짝이 없다. 초식이란 복잡하고 체계적인 동선의 연결이기 때문에 그 복잡무쌍한 흐름을 끊지 않게 위력을 강화한다는 것은 단단한 바위틈 사이에 꽃을 심는 것만큼이나 지난한 일이었다. 아무리 일류고수라 해도 보통은 꿈도 못 꾸는 일이었다. 게다가 며칠만이라니…….

"아무래도 목적은 명확한 것 같군요."

자신을 무릎 꿇리기 위해서인 것이다.

"그분은 원래 지고는 못사는 성격이시죠. 아마 검성, 도성 두 분이 그 사실을 가장 잘 알고 계실 겁니다."

"많이 당했던 모양이군요."

"상당히요."

그러면서 나예린의 입가에 보기 드문 미소가 떠올랐다.

"그나저나 안타깝군요."

"뭐가요?"

나예린의 반문에 비류연은 자신의 솔직한 감상을 피력했다.

"천도 많은데 이천이라니……. 곧 남해에 바닷새의 씨가 마를 것 같아서요."

검후라면 진짜 그렇게 만들 수 있는 능력이 있었다. 어제의 당연한 풍경을 오늘의 존재하지 않는 풍경으로 만들 만한 힘을 그 괴물 할머니는 지니고 있었다.

"새가 날지 않는 바다는 쓸쓸하죠."

그러면서 한마디 덧붙인다.

"특히 그 희생이 헛될 때는 말이죠."

모든 바닷새를 한꺼번에 벨 수 있는 검법이 나온다 해도 절대로 성공할 수 없다. 나를 쓰러뜨리는 것은 불가능하다. 나는 절대 지지 않는다는 뜻이었다.

"그 말을 들으면 사부님께서 기뻐하시겠군요."

일반인하고는 다른 의미로 사용되겠지만 틀림없이 기뻐할 터다.

"오랜만에 진짜 쓰러뜨릴 만한 녀석을 만났다구요."

"그거 영광이군요."

검후의 검끝이 자신을 향하고 있다.

정상적이고 일반적이며 상식적인 무림인이라면 얼굴에 핏기가 가시고 공포로 몸을 벌벌 떨 만한 일이었음에도 불구하고 비류연은 미소 지었다.

연령을 초월하여 미인의 관심을 받는 건 언제나 기분 좋은 일이었다.

순찰 교대 의식은 간단했다.

전 순찰 조가 지닌 신분 증명용 순찰패를 넘겨받고 순찰 장부에다 서명만 하면 그걸로 끝이었다. 추가로 확인할 건 오른팔에 황금 완장이 제대로 차여져 있는지 여부 정도뿐이었지만, 그것이 정말로 속 보이는 악의적인 절차라는 점에는 의심의 여지가 없었다.

교대가 끝나고 이별의 아쉬움을 뒤로한 채 비류연과 둘만 남게 되자 남궁상이 물었다.

"대사형?"

"왜?"

"왜 나예린 소저를 호위하러 가지 않으셨습니까? 호위라는 거창한 명목이 싫다면 적어도 동행으로라도 말입니다. 너나 나나 다 한자리 끼어보려고 대소동이었는데 말입니다."

달빛 아래에서 별빛도 무색케 하는 천하제일미인과의 밤나들이(그것이 비록 순찰이라는 명목이 붙어 있다 해도, 그 행위의 본질이 전혀 다르다 해도 그 유사성만으로도 충분히 매력적이었다). 남자라면 누구나 한 번쯤 꿈꾸는 이 불타오르는 상황을 그 편린만큼이라도 체험하고자 하는 남정네들 때문에 한동안 소동이 벌어졌던 것이다. 너도나도 나예린의 순찰에 동행하겠다고 날뛰자 대소동이 일었다. 같은 순찰 조에 꼭 뽑히지 않아도 외출을 명목으로 함께 동행할 수 있었는데, 그 일을 성사시키기 위해서라면 통금(通禁)을 어길 각오도 되어 있었다. 그런 큰 소동의 와중에도 비류연은 거기에 끼어들지 않은 채 조용히 돈이나 세며 책이나 읽었고, 그 점이 남궁상의 궁금증을 자극했던 것이다.

"응? 내가 왜 그래야 하지?"

질문을 받은 쪽은 오히려 궁상이었다.

"아니, 그거야……."

남궁상은 자신의 상식이 부정당하자 갑자기 말문이 막혀 버렸다.

"난 그녀를 모욕하고 싶지 않아."

그 대답 역시 그의 상식 범위 안에 포함된 답이 아니었다.

"어째서 거기서 모욕이란 말이 튀어나오죠?"

"예린은 어린애가 아냐. 더욱이 그녀의 검은 상당히 날카롭지. 아무리 너라 해도 승부를 장담할 순 없을걸?"

"그거야 그렇지만……."

그 너무나 뛰어난 미모에 가려 잘 드러나진 않지만 그 역시 검객 나부랭이인지라 빙백봉 나예린이 얼마나 강한지 싸워보지 않고도 알고 있었다. 어쩌면 질지도 몰랐다.

"하지만 여자잖아요?"

남궁상은 마침내 말하고 말았다. 그의 말은 일반적 상식과 고정관념의 결정체라 할 만한 것이었다. 때문에 그만큼 사회 내에서 강력한 설득력을 지닌 채 유통되고 있었다. 하지만 비류연에게 그것은 이미 유통 기한이 만료되어 있었던 모양이다.

"응? 여자가 뭐 어때서? 강하잖아? 자기가 스스로 할 수 있는 일을 내가 해줄 필요가 어디 있지? 그것도 여자라는 이유 하나 때문에? 그런 건 부모라도 피해야 마땅한 행동이라구. 의타심을 잔뜩 키워봤자 느는 건 어리광뿐이니까."

"하지만 아무리 그래도 여잔데……."

모기가 기어들어 가는 듯한 목소리로 남궁상이 말했다.

"넌 앵무새냐, 아니면 세뇌당했냐? 그 말밖에 할 줄 모르냐? 막상 싸우면 이길 수 있을지도 장담 못하는 주제에?"

비류연의 입가에 낀 그것은 역력한 비웃음이었다. 그러나 정곡을 찔린 남궁상은 아무런 대꾸도 할 수 없었다.

"그 집요한 병적 미행자들이 주제 파악도 못하고 자꾸만 자기들이 보호해 주겠다고 날뛰는데 그거야말로 민폐지. 예린보다 족히 백배는 약해 빠진 놈들이 누가 누굴 감히 보호하겠다는 건지. 앵앵거리기 전에 자기 자신의 꼬락서니들이나 제대로 돌아보라고 말해주고 싶군."

남자라는 생물학적 사실이 자신이 약자라는 사회적 현실을 바꿔주지 못함에도 불구하고—당연한 일 아닌가!—턱없는 착각에 빠지곤 하는 게 큰 문제였다.

"내가 예린의 순찰에 동행한다는 것은 내 사고방식 근저에 그녀를 믿지 않는다는 바탕 생각이 깔려 있다는 이야기랑 똑같아. 즉, 나의 무의식은 이미 그녀가 무능하다고 결론을 내렸다는 소리가 되는 거라구. 예린이 그런 취급을 받고 싶을까? 게다가 이건 사적인 일도 아니고 공적인 일이잖아? 일단은 말이지. 만일 내가 예린이라면 그런 취급을 당했다면 무척이나 불쾌하게 느껴졌을 것 같은데?"

"하지만… 하지만… 나 소저는 여자고, 남자는 언제나 여자를 보호해야……."

남궁상의 목소리는 조금 전에 비해 더욱더 한없이 위축되어 있었다. 이미 그는 자기 자신이 하는 말의 정당성을 믿지 못하고 있었다.

"그래, 예린은 여자야. 난 남자고."

당연한 소리 지껄여서 공기를 낭비하지 말라는 뜻이었다.

"동등(同等)하다고 생각하면 그에 상응하는 태도를 보여줘야 할 거 아냐? 입만 살았냐? 말로만 떠들어대면 끝이냐? 여자들도 그렇게 무시당하며 살고 싶진 않을걸?"

"그럼 여자를 보호하지 않아도 된다는 겁니까? 아무리 약한 위치에 있는 여자라도요? 아무리 위기에 빠진 여자라도요?"

남자보다 여자가 더 위험에 처하는 일이 많다는 것은 엄연한 사실이

자 현실이었다.

"너 진짜 바보구나? 여자만 약한 게 아니지. 남자 중에도 약한 사람 많아. 다만 남자 중의 약자에 비해 여자 중의 약자가 상대적으로 많은 것뿐이잖아? 여자라서 도와주는 게 아니라 약자라서 도와줘야 되는 거 아냐? 아니면 여기저기 널린 다른 여타의 사람들처럼 강자 앞에서 약하고 약자 앞에서 강하던가."

비류연의 말은 신랄하기 그지없었다.

"여자라서 앞뒤 안 재보고 무조건 도와줘야 한다니? 검후한테 가서 그런 이야길 해보지 그래?"

"그, 그건……"

아무리 자신이 조금쯤 궁상맞다 해도 그런 무모한 자살 방식은 택하고 싶지 않았다. 남궁상은 백기를 들 수밖에 없었다.

"이제 와서 그녀에 대한 믿음을 저버릴 생각은 추호도 없다."

비류연이 단호한 목소리로 말했다.

"말로만 존중하지 말고 실천으로 옮겨. 말을 자위 수단으로 삼지 마. 행동이 따르지 않는 말만큼 추하고 비겁한 건 없으니깐 말야. 입 발린 말이 무슨 면죄부라도 되는 줄 착각한단 말이지. 쯧쯧."

남궁상은 더 이상 말을 이을 수 없었다.

그래서 비류연은 불쌍한 궁상의 걱정을 덜어주기로 했다.

"궁상아."

"예?"

"근데 거기 너도 껴 있었나?"

"예? 어딜요?"

화들짝 놀란 목소리로 남궁상이 반문했다.

"대소동의 한가운데 말야."

알면서 뭐 하러 되묻느냐는 투로 비류연이 쏘아주었다.

"부, 불길한 소리 하지 마십시오! 그랬다간 전 즉시 사망이라구요!"

너도 한 마리의 파리가 아니었느냐는 물음에 남궁상은 얼굴이 사색이 된 채 몸을 부르르 떨며 부정했다. 아무리 조연보다는 주연이 낫다지만 아직은 연인에게 살해당하는 비극의 주인공 역할 따윈 맡고 싶지 않았다. 그 다음 작품은 틀림없이 들어오지 않을 테니 말이다.

생명을 아끼고 사랑하는 것은 여전히 미덕이었고, 특히 그 생명이 자기 자신의 것이라면 그것을 아끼고 사랑하고 유지하는 것은 열심히 생을 유지하기 위해 움직이는 육체에 대한 의무라 할 수 있었다.

"하긴 네 녀석에게 그 정도 담이 있을 거라곤 생각 안 하지만……."

"그, 그럼요. 그렇고말굽쇼. 대사형도 아시다시피 저 소심하잖아요? 안 그렇습니까? 간도 튼튼해서 부기도 없다구요."

아무래도 미래가 훤히 들여다보였다.

그것도 삶의 한 방식일지도 모르지만 자신의 취향은 아니었다. 잘도 저런 한심한 상태이면서 여성 보호를 외치고 있구나 하는 생각이 절로 들었다. 그리고는 어떤 예감 같은 것이 매우 강력한 확신 속에서 그의 뇌리를 스치고 지나갔다.

'저 녀석, 잡혀 살겠군.'

새로운 깃발
―최고의 상징

"어떻습니까, 국주님?"
"으음."
장우양은 자신이 받아 든 옷을 이리저리 돌려보며 찬찬히 살펴보았다. 그의 눈은 무척 신중했고 태도는 매우 진중했다. 눈에 확 띄게 전면에 새겨진 백호 문양이 당장이라도 포효할 듯했다.
"좋군. 이걸로 가도록 하지. 표기(鏢旗)는 아직 완성 전인가?"
"예. 표사복만 먼저 완성되었기에 우선적으로 가져왔습니다."
"홍보는 어떻게 되고 있나?"
"이미 손을 써두었습니다."
"좋아, 좋아! 지금이야말로 우리 중앙표국이 중원표국을 뛰어넘어 천하제일표국으로 비상할 때일세!"
장우양은 매우 흡족해하며 외쳤다.

"이 권리를 위해 우리는 상당한 투자를 했네! 이제 그 이상을 뽑아내
야 할 때이네!"
"물론입니다!"
그 진땀나던 거래의 순간을 다시 떠올리며 몸을 부르르 떨었다. 절
대 실패란 있을 수 없었다. 승산은 충분했다. 이 자리에서 노사부와 마
주 보고 앉아 있던 며칠 전 그 순간이 알 수 없는 뜨거운 열기와 함께
다시 떠올랐다. 마치 마법처럼 그때 그 당시 느꼈던 뜨거운 야망과 열
정과 꿈이 다시 한 번 그의 가슴속에서 불꽃처럼 일어났다.

* * *

"어떻습니까, 노사부님?"
장우양은 침을 꼴깍 삼키며 조심스럽게 물었다. 그의 인생이 이번
한마디에 걸려 있었다. 어찌 신중하지 않을 수 있겠는가.
"음… 그러니깐 자네의 말은 우리 '하양이'를 중앙표국의 얼굴로
삼고 싶다 이건가?"
"그, 그렇습니다. 표기나 의복 등에 모두 아미산의 수호신이자 백호
중의 백호, 하얀 뇌광 백무후의 늠름한 문양을 넣고 싶습니다. 또
한……."
"중앙표국의 수호신으로 받들고 싶다 이거지?"
이미 다섯 번이나 반복된 말이었기에 치매가 아닌 이상 노사부도 기
억하고 있었다.
"예. 물론 그에 상응하는 조치는 취할 생각입니다."
지금 중앙표국에 무엇보다 가장 절실하게 필요한 것은 특별한 '상

징'이었다. 현재 자신의 표국이 계속해서 세력을 확장해 가며 꾸준한 흑자를 기록하고 있다고는 하나 역사가 깊지 않은 신생표국이었다. 반면 현재 업계 일위를 기백 년간 고수하고 있는 중원표국은 백오십 년도 넘는 까마득한 역사를 지니고 있었다. 긴 역사는 곧 신용과도 직결되기에 백오십 년의 시간은 중원표국의 신용도를 나타내는 상징이 되었다.

그가 인생을 바친 중앙표국이 천하제일표국이 되기 위해서는 강호제일로 인정받고 있는 중원표국의 오랜 연륜과 명성을 위협할 만한 최고의 상징이 절실히 필요했다. 어지간히 강력한 무기 없이는 오랜 역사를 방패로 사람들의 뇌리 속에 기억되어 있는 중원표국의 짙은 그림자를 깨기란 거의 불가능했다.

"그런데 사용료는 얼마나 낼 생각인가?"

노사부가 조용한 목소리로 본론으로 들어갔다. 장우양에게 있어서 그것은 밤의 뒷골목에서 날아오는 기습 공격과도 같았다.

"네? 사용료요?"

"물론일세. 하양이의 얼굴을 사용하려면 그에 따른 올바른 대가를 지불해야 하지 않겠나? 설마 공짜로 거저먹으려 한 것은 아니겠지? 그건 상도덕에 어긋날 뿐만 아니라 매우 파렴치한 짓이라네."

"무, 물론 내야죠! 그런데 누구한테 사용료를 내면 됩니까? 설마 공물이라도 바쳐야 하는 건가요?"

"굳이 멀리까지 갈 필요 없네. 공물 같은 복잡한 절차도 필요없고. 가까운 곳에서 찾게, 가까운 곳에서. 엎어지면 코 닿는 데 있으니 이 어찌 아니 친절한가. 허허허허!"

티 한 점 없이 새하얀 수염을 쓰다듬으며 노사부가 말했다.

"그, 그럼 노사부님께요?"

노사부는 서슴없이 고개를 끄덕였다.

"물론일세. 난 그 녀석의 전권 대리인이니까. 물론 자네가 다른 사람을 중개인으로 해서 협상을 진행할 용의가 있다 해도 노부는 말리지 않겠네. 그거야 자네가 판단할 문제지. 하지만 그 중개인의 사지나 머리통 중 하나가 협상 도중 없어진다 해도 날 원망하지는 말게나. 그것까지 일일이 책임져 줄 수는 없는 노릇이니까 말일세."

절대로 자신하고만 일을 진행해야 한다는 이야기보다 더 무시무시하게 들렸다.

"그럼 무단으로 사용하면 어떻게 되는 겁니까?"

장우양이 조심스럽게 질문했다.

"아니, 자네, 지금 범행 예고를 하는 건가?"

노사부의 눈이 휘둥그레지는 것을 본 장우양은 오해를 살까 두려워 급히 손사래를 치며 자신의 범행 예고를 전면 부인했다.

"아, 아닙니다. 설마 그럴 리가 있겠습니까? 그냥 단순한 호기심이었습니다. 왜 있잖습니까? 사람이라면 누구나 가지고 있는, 별 쓸모 없다는 것을 알면서도 물어보고야 마는 그런 허무한 호기심 말입니다."

"흠, 나야 혹여 그런 일이 일어난다 해도 아무 일도 안 할 작정이네. 굳이 노부가 뭔가를 할 필요는 없으니까. 하.지.만. 어느 날 자네의 표국이나 표행이 호환(虎患)을 당하는 일이 있다 해도 그건 내가 어찌해 줄 수 없는 문제겠지. 그런 위험을 무릅쓰고까지 그런 용기를 낼 수 있다면 그건 진정으로 장한 일일세. 암, 장한 일이고말고."

만용도 용기로 구분할 수 있다면 그렇다는 얘기였다.

"그, 그렇군요. 아무래도 전 장해지고 싶은 마음이 없는 것 같습니다."

입을 뻐끔거리며 대답하는 장우양의 등줄기를 타고 식은땀이 흘러내렸다. 사실 간단한 양해만 구하면 가능하리라 여기고 있었던 자신이 너무 물렀던 것이다. 그는 이 노인이 누구의 사부인지 잠시 망각하고는 치명적인 실수를 저질렀던 것이다.

"최고의 것을 얻기 위해서는 그만한 대가를 지불해야만 하지. 자네는 과연 그런 각오가 되어 있나?"

꼴깍!

자연스레 마른침이 넘어갔다.

잠시 생각할 짬을 준 다음 노사부가 선언했다.

"자, 그럼 협상에 들어가 볼까?"

장우양은 온몸을 바짝 긴장시키며 일생일대의 거래에 돌입했다. 사천제일만으로 만족할 수 없는 그에게 실수가 있어서는 아니 되었다. 사실 협상은 이미 끝나 있었다. 마지막 말은 협상의 시작을 알리는 게 아니라 협상이 끝났음을 알리는 소리였다. 최고의 대가를 지불하라. 성심을 내보여라. 장우양은 그럴 용의가 있었다.

"아, 그리고 '하양이'로부터의 추가적인 요구도 있네."

이건 또 무슨 말인가?

"무슨 요구 말씀이십니까?"

"한 달에 한 번 다양하고 신선한 먹이를 소홍루의 '소홍주' 다섯 동이와 함께 공급할 것이 바로 그것일세."

"백호가 수, 술도 마십니까?"

장우양이 어이가 없어 반문했다.

"당연하지. 그 녀석은 저래 봬도 꽤나 입맛이 까다로워서 아무 술이나 마시지 않는다네. 자넨 왜 아미산 밑에 위치한 소홍루의 술 창고가 몇 달에 한 번씩 정기적으로 부서지는지 궁금하지 않았나?"

물론 궁금했다. 근방에서는 유명한 이야기였으니까.

"서, 설마 그 '그믐의 방문자'가……."

"바로 그 설마지!"

달이 어둠의 그림자 뒤에 모습을 숨긴 칠흑 같은 밤이면 언제나 나타나 소홍루의 술 창고를 부수고 사라지는 의문의 방문자.

그때마다 최고급술 다섯 동이씩이 정확하게 없어져서 주인의 골치를 썩였으나 아무리 경비를 강화해도 매번 똑같이 당하는 바람에 이제는 자포자기하는 심정으로 손 놓고 있는 실정이었다. 그 신출귀몰한 범인에 대해서 이런저런 설들이 많았지만 그것이 인간의 영역을 벗어난 적은 한번도 없었다. 그런데 설마 이 산중지왕의 짓이었을 줄이야.

"그렇지, 하양아?"

부름과 동시에 어둠 속에서 황금빛 눈이 번쩍 빛나며 한 형체가 드러났다. 그 두 태양 같은 눈동자를 마주하자 벌써부터 오금이 저려지는 게 느껴졌다.

크르르르르!

백무후가 그르렁거렸다.

"어떠냐, 하양아? 이 정도 조건이면 만족하느냐?"

크륵크륵!

백무후는 고개를 가로저었다. 명백한 거부 표시였다.

크르르륵크르르르르!

"음… 뭐? 그렇게 해달라고?"

사부는 하양이가 크르렁거릴 때마다 고개를 끄덕이며 맞받아쳤다.

'설마 대화를 나누는 건가?'

진짜 알아듣긴 알아듣는 건가? 아니면 흉내만 내는 건가? 그러나 그에게는 그 사실을 물어볼 용기가 부족했다.

"저… 뭐라고 하던가요?"

"술이 부족하다는군. 최소한 열 동이는 준비해야 한다는구먼."

"그, 그건 너무합니다! 안 그래도 거기 술은 고급이라서 비싼데… 열 동이면……."

"불만인가?"

"이, 일곱 동이로 어떻게 안 될까요?"

크륵!

물어볼 것 없다는 듯 백무후가 고개를 획 옆으로 돌렸다. 크기가 크기다 보니 상당히 위협적인 동작이었다.

장우양은 칼을 뽑아 들고 싶은 충동을 억지로 참아냈다. 어차피 뽑아도 갈가리 찢기는 것은 자기 쪽이 될 것 같았다. 그럴 바에는 인내심을 갈고닦는 편이 훨씬 더 유리할 것이다.

"그럼 할 수 없지. 포기할 수밖에."

노사부가 한마디 더 덧붙였다.

"안타깝게도 교섭은 결렬이군."

"자, 잠깐만 기다려 주십시오!"

깜짝 놀란 장우양이 벌떡 일어나 사정했다.

"서로의 의견이 다르면 같아지게 조율할 수 있는 것 아니겠습니까? 잠시만 더 기다려 주십시오."

미련없이 자리를 뜨려 하던 노사부는 다시 못 이기는 척 자리에 앉았다. 그러나 정작 장우양은 골똘히 생각에 잠긴 채 말을 잇지 못하고 있었다.

"……."

그는 아직도 결단을 내리지 못하고 있었다. 망설이고 있는 게 눈에 훤히 보였다. 노사부가 한마디 했다.

"한마디만 충고해 주겠네. 사람들은 보통 이 세상이 순서대로 서열이 매겨져 있을 거라고 생각하지. 일, 이, 삼 등 이런 식으로 말일세. 그러나 그건 큰 착각일세."

노사부가 손가락 두 개를 들어 보였다.

"알겠나? 이 세상에는 오직 두 무리밖에 없다네. 최고인 것과 그렇지 않은 것."

그 말은 날카로운 창이 되어 즉시 그의 폐부 깊숙이 박혔다.

그랬다. 천하 제이, 제삼 표국 따위는 아무도 거들떠봐 주지 않는다. 천하제이표국이라는 어정쩡한 간판보다는 사천제일표국이라는 간판이 훨씬 높은 상표 가치를 지니고 있다. 그 때문에 최근 중앙표국에서도 이 점 '사천제일표국'을 강조하며 영업에 임하고 있었다.

"자넨 둘 중 어느 쪽에 속하고 싶은가?"

그는 다시 중요한 선택의 기로에 놓이게 되었다. 그러나 그에 대한 결정은 이미 오래전에 끝나 있었던 터다. 남아 있는 것은 실천뿐.

마침내 장우양은 결심을 굳혔다.

도전할 만한 가치가 충분히 있었고, 투자한 것 이상의 실익을 뽑아낼 수도 있었다. 최고가 되는 것과 이인자가 되는 것은 이윤 획득 측면에서 보아도 하늘과 땅 차이였다. 그는 경험을 통해 그것을 체득하고 있었다.

현실에 안주하고 싶은 자만이 모험을 두려워한다. 앞으로 나아가고 싶었다. 위험을 짊어진 모험을 해서라도 최고의 것을 손에 넣고 싶었다. 주판은 다른 쪽으로도 퉁겨지고 있었다.

자신 같은 표사 나부랭이 입장에서 노사부 같은 무림의 기인과 연을 맺는다는 것은 쉽지 않은 인연이었다. 전체 소득 중 일정 지분을 요구한다는 것은 반대로 생각하면 동업자가 된다는 의미였다. 그가 많은 수익을 올릴수록 상대에게 더 많은 이익이 돌아가기 때문에 일종의 운명공동체가 형성되는 것은 당연한 수순이다.

이런 기인과 동업자 입장에 놓이게 된다면 앞으로 사업을 하는 데 있어 유리한 점이 있을 터다. 약간 손해를 보더라도 좋은 인상을 남기는 게 훨씬 유리했다. 이 업계에서는 평판이란 게 매우 중요했다. 또한 신용을 잃어버리면 모든 것을 잃어버리게 된다.

"좋습니다! 동의하겠습니다! 모두 받아들이겠습니다!"

노사부는 이 거래에 무척 만족한 듯 미소를 지으며 고개를 끄덕였다.

"최고의 상징을 손에 넣은 것을 축하하네."

"감사합니다."

합작
―정말 믄거 기인?

"한 가지 더 물어볼 게 있네."
장우양이 계약 성사를 채 자축하기도 전에 노사부가 다시 입을 열었다.
"하문하십시오."
장우양은 어떤 이야기든 귀를 기울일 준비가 되었다는 자세로 공손히 대답했다.
"그 아이들을 어찌할 셈인가?"
"그 아이들이라 하시면… 청룡은장의 생존자인 그 두 아이 말씀이십니까?"
노사부는 고개를 한 번만 끄덕였다.
"지금 나와 자네가 함께 공유하고 있는 세계 내에서 아이들이라고 하면 그 두 아이뿐이지. 다른 아이는 없지 않은가?"

"부끄럽습니다만 도착하고 나서 표물의 인계 때문에 정신이 없어서 미처 생각지 못하고 있었습니다. 그 아이들이 원하는 곳으로 호위를 두어 명 붙여서 보내줄까 하는 생각도 해보았습니다만… 연고도 모두 잃었고 가업도 모두 잃었으니 어디 의지할 데가 있겠습니까?"

"쯧쯧, 그건 모르는 일이지."

노사부가 딱 잘라 대답했다.

"예?"

"가업을 잃어버리지 않았는지도 모른다는 이야길세. 혹여 잃었다 해도 그게 무슨 상관인가? 다시 세우면 될 게 아닌가?"

오늘 저녁을 뭘 먹을지 고민하는 사람처럼 가볍고 태평한 어조였다.

"다시 세우다니요? 어떻게 말입니까? 그렇게 간단한 문제가……."

"자네의 마음이 그걸 어렵게 만들지 않는 이상 간단해. 자네는 왜 그렇게 하양이를 원했나?"

"그거야 노사부님께서도 말씀하셨듯이 중앙표국의 비약적인 발전을 위한 발판으로써의 상징이 필요했기 때문이지요."

"오십 점짜리 답안이군."

"예?"

장우양은 아직 노사부가 하는 말의 의미를 완전히 깨닫지 못하고 있었다.

"자네, 사업을 확장해 볼 의향이 있나?"

앞 머리카락이 기다란 누군가에게서 얼마 전에 들었던 말과 토씨 하나 틀리지 않은 그 말에 장우양은 묘한 기시감을 느꼈다.

"복안이 있으시다면 삼가 경청하겠습니다."

몸가짐을 바로 하며 장우양이 물었다. 그러면서 그는 보통 사람이 일생에 한두 번 만날까 말까 한 운명의 파도와 조우하고 있다는 느낌을 받았다.

"복안이라면 이미 얘기해 주지 않았나?"

노사부가 조금 냉담한 목소리로 말했다.

"예에?"

장우양이 다시 얼빠진 목소리를 냈다.

"이렇게 둔해서야, 앞으로 어떻게 사업을 키워가려고. 내 다시 한 번 말해주지. 불타 버린 청룡은장 재건에 자네들 중앙표국이 발 벗고 나서는 게 어떤가 하는 것일세."

"전장업에 뛰어들라… 그 말씀이십니까?"

정말 예상치 못했던 제안에 장우양의 눈이 크게 떠졌다.

"물론일세. 이건 하늘이 준 기회인지도 모르네."

"그건 좀……."

장우양은 무의식중에 몸을 움츠렸다. 그건 너무도 많은 위험을 무릅써야만 하는 일대 모험이었다. 사업의 무리한 확장은 언제 어느 시대나 위험을 담보로 하기 마련이었다. 자칫 잘못하면 있던 기반마저 무너질 수 있었다. 장우양이 꼬리를 슬며시 마는 것도 충분히 이해가 갈 만한 일이었다. 그러나 이 정도로 물러나면 비류연의 사부가 아니었다.

"중원표국이 왜 천하제일표국으로 불릴 수 있었는가? 그자들이 수많은 사업에 여기저기 문어발식으로 발을 뻗었지만 그런 문어발식 사업 확장이 가능했던 것은 그들이 직접 운영하는 중원전장이 있었기 때문임을 모르지는 않겠지?"

산속에 파묻혀 산 은거 기인이라고는 도무지 상상이 가지 않는 현실

파악 능력이었다. 어디서 그런 정보를 다 얻는 것일까?

"정말 잘 아시는군요! 그건 사실입니다. 중원전장에서 나오는 막대한 자금력을 무기로 중원표국은 지금의 기반을 쌓았지요."

"한 산에 두 마리 호랑이가 있을 수 없는 법. 중원이란 들판은 한 마리의 호랑이만 있으면 족하네. 자네가 중앙표국을 천하제일표국으로 만들기 위해서라도 어차피 중원표국은 넘지 않으면 안 될 산이자 벽일세. 그러기 위해서는 배후에서 지원해 줄 자금줄이 꼭 필요할 걸세."

삼 년 전만 해도 꿈같았던 이야기가 점점 더 현실로 다가오고 있었다.

"지금부터 새롭게 전장을 세우고 판로를 뚫고자 한다면 천년만년이 흘러도 앞서 달려가는 이들을 따라잡을 수 없다네. 하지만 청룡은장과 연합하게 된다면 이야기는 달라지지. 자네는 청룡은장의 대주주이자 은인이 되는 걸세. 기존에 청룡은장과 신용을 트고 있던 고객들도 잿더미가 되어 날아간 돈을 회수해 준 자네에게 감사를 느낄 걸세. 그러면 청룡은장이 가지고 있던 막대한 인맥이 고스란히 살아나는 데다가 평판도 올라가 더욱 많은 손님들을 모을 수도 있지 않겠나?"

"그것도 그렇군요."

이제야 비로소 조금 전 노사부가 말한 의미를 이해할 수 있었다. 백무후가 하나의 상징이듯 두 아이 역시 청룡은장 재건의 대의명분을 지닌 상징적인 존재였다. 지금 하나의 상징을 손에 넣었고, 확실히 실현 가능성이 있었다.

노사부의 이야기는 여기까지가 끝이 아니었다. 놀랍게도 이 자칭 은거 기인은 그 자칭이 의심이 갈 정도로 이재에 밝았다.

"청룡은장을 재건하기 위한 가장 큰 걸림돌은 두 가지라 할 수 있네."

"두 가지… 음, 두 가지……."

장우양은 필기하고 싶은 마음을 꾹 누르며 한 자도 놓치지 않기 위해 온 신경을 귀 쪽으로 몰아넣었다.

"하나는 소실된 장부를 복원하는 일일세. 쫄딱 망해 버린 청룡은장의 기존 고객들을 다시 유치하려면 그들이 은장에 예금해 놨던 은자를 다시 환급해 줘야만 하네. 처음에는 손해 보는 것도 같고 부담도 크겠지만 나중에 가면 그 신용이 큰 힘을 발휘하게 될 걸세. 고객의 돈을 날려먹은 은장에 다시 돈을 맡길 고객은 없을 테니 말일세. 그럴 바에는 청룡은장이란 이름을 쓸 필요가 없지."

노사부는 장우양의 머릿속에서 이야기가 정리되는 동안 잠시 기다렸다가 다시 말을 이었다.

"이 첫 번째 문제에 비하면 두 번째 문제는 가볍다고 할 수 있네. 그러나 간단하지만 쉽지 않을 수는 있네. 왜냐하면 두 번째는 단순한 돈 문제이기 때문일세. 그러므로 중앙표국의 재정이 튼튼하면 이 일은 쉽게 해결될 걸세. 반대는 이야기하지 않아도 알 테고. 자네도 알다시피 다시 은장을 열기 위해서는 먼저 두촌(頭寸:지급 준비금)을 마련해 놓아야 하네. 그래야만 고객들의 인출 요구를 제때 제때 들어줄 수 있지. 때문에 이게 제대로 마련되어 있지 않으면 허가가 나오지 않네. 물론 청룡은장은 이미 관에 등록된 정식 은장이지만 한 번 큰 난리를 겪고 그 터까지 잿더미가 되었으니 관에서 감사를 요구할 걸세. 그러니 일정분 이상의 두촌을 마련할 필요가 있지. 그 다음은 고객들에게 잠시간의 양해를 구해야 하네. 자금이 모이기도 전에 예금 인출 소동이 일어나면 그 돈을 어찌 감당할 수 있겠는가?"

"최소한도로 마련된 지급 준비금만으로는 감당하기 어려울 수도 있겠군요."

장우양으로서도 충분히 상상할 수 있는 일이었다. 그런데 이 노인은 어떻게 보통 장사치들도 잘 모르는 그런 세부사항들을 이토록 소상히 알고 있는 것일까?

"하지만 너무 걱정하진 말게. 사천성과 현에서도 도움을 줄 걸세. 그들도 자신들의 가장 큰 돈줄 중 하나가 날아가는 것은 원치 않을 테니 말일세."

신선 같은 모습을 하고 있는데도 노사부는 풍진의 세속사를 훤히 꿰뚫고 있었다. 장우양은 그 탁월한 식견에 감탄하지 않을 수 없었고, 그 시점에서 그는 이미 유혹에 팔 할 이상 넘어가 있었다.

"자네는 그 아이들의 후견인이 되는 걸세. 중앙표국이 적극적으로 청룡은장 재건에 앞장선다는 것을 알게 되면 관(官)과 고객들도 안심하고 지지해 줄 걸세."

들으면 들을수록 솔깃한 이야기가 아닐 수 없었다. 장우양은 자신의 눈앞에 펼쳐지는 장대한 꿈을 보았다. 그것이 그가 평생 감히 뛰보지 못한 엄청나게 장대한 꿈이었다.

"그러려면 하루빨리 소실된 장부를 복원할 필요가 있겠군요. 하지만 어떻게 그걸 복원하죠? 이미 예전에 검은 재가 되어 공기 중에 흩어졌을 텐데 말입니다."

"걱정 말게. 청룡은장주가 똑똑한 사람이라면 여벌의 장부를 남겨두었을 걸세. 전에 이야기를 들어봤을 때 그 아이들을 탈출시킨 건 청룡은장주 본인이었네. 아들에게 미래를 위탁하지 않았을 리가 없지. 그 아이는 부친이 남긴 희망의 씨앗을 그 안에 품고 있을 걸세. 그 씨앗을 발아시키고 키우는 것이 자네 몫이고."

장우양의 입이 함지박만큼 커졌다.

"그렇게 되면 청룡은장은 재 속에서 다시 일어서고, 중앙표국은 천하제일표국으로 도약할 마지막 발판을 손에 넣게 되겠지. 양쪽 모두에게 득이 되니 이 얼마나 좋은 일인가?"

그리고 잃어버린 자신의 노후 보장 연금도 다시 찾게 되겠지만, 그런 시시콜콜한 이야기까지 굳이 해줄 필요는 없었다. 둘보다 셋이 함께 잘되면 매우 좋은 일이었지만 노사부는 자신을 감춤의 미덕을 아는 사람이라고 스스로 생각하고 있었다.

장우양이 자리에서 벌떡 일어나더니 갑자기 노사부를 향해 큰절을 올렸다.

"이 못난 우부의 절을 받으십시오, 노사부님!"

"절 같은 거 받으려고 한 일이 아닐세."

장우양은 절을 멈추지 않았다. 그리고는 탄성을 내질렀다.

"탄복했습니다, 노사부님! 오늘 이 장모가 크게 개안하는 날입니다! 정말 고명하신 수법입니다! 둘 다 이기는 거래를 하기란 정말 천에 한 번 있을까 말까 할 정도로 힘들죠. 노사부님 덕분에 저희 중앙표국은 날개 단 호랑이를 얻게 되었습니다!"

호랑이가 날개 단 격이라는 것보다 훨씬 상황에 맞는 표현이었다. 그 호랑이는 눈처럼 새하얀 백호였다.

또 다른 방문
—윤이정, 중앙표국을 방문하다

현재 중앙표국의 식객 신세인 소년 유경영이 그 황색 배첩을 본 것은 단순한 우연의 일치였다. 소년이 그것을 목격했을 때 그 황색 종이 쪼가리는 보초 당직을 서고 있던 장씨의 손에 들려 '임시' 국주 집무실로 향하고 있는 중이었다. 방문자들이 자신의 신분을 알리기 위해 흔히 사용하는 이 배첩에 평상시와 달리 흥미가 동한 것은 배첩을 들고 가는 표사 장씨의 얼굴에 나타난 노골적인 적의 때문이었다. 도대체 누구이기에 사람 좋은 장씨가 저토록 인상을 찌푸리는 것일까?

담장 밖으로는 한 걸음도 나가고 싶지 않았던 소년은 언제나 어린 여동생과 함께 남창지국의 담벼락 안에서만 놀았고, 이런 둘을 딱하게 여겼는지 심심할 때마다 그들을 상대해 준 이가 바로 이곳의 말단 표사인 장씨였다. 언제나 장씨의 얼굴에 맺힌 웃는 얼굴만 보아오던 소년으로서는 궁금증이 일지 않을 수 없었다.

'임시' 국주 집무실에서 나온 장씨의 얼굴은 더욱더 찡그려져 있었다. 자신이 맡은 역할에 생리적인 거부감을 가지고 있음이 분명했다. 소년이 장씨의 그런 복잡한 심리 상태를 세세하게 읽은 것은 아니었지만 간단한 인상만으로도 질문할 거리는 충분했다.

"장 아저씨, 그 배첩 누구 건데 그렇게 인상을 팍팍 쓰세요?"

유경영이 장씨 옆에 가까이 다가가서 물었다. 장씨의 발걸음이 우뚝 멈추었다. 그의 고개가 서서히 소년 쪽을 향해 돌았다.

"아, 경영이구나. 난 또 누구라고. 이것 말이냐? 이건 아주 나쁜 놈들의 두목이 가지고 온 거란다."

장씨는 손에 든 황색 배첩을 부채질하듯 흔들며 시큰둥하게 말했다.

"나쁜 놈들의 두목이요?"

그렇게 말하면 악이 범람하는 이 세계에서 그 한 사람을 찾기에는 범위가 너무 넓었다.

"그래, 중원표국이라는 아주 나쁜 놈들의 소굴이지."

장씨가 고개를 크게 끄덕이며 말했다. 그는 진심으로 그렇게 생각하는 게 분명했다.

"하지만 걱정 마라! 이제 그놈들이 이 용맹한 백무후의 표식 아래 무릎을 꿇을 테니 말이다!"

장씨가 새로 바뀐 무복에 새겨진 늠름한 백호 문양을 자랑스럽게 앞으로 내밀며 당당하게 외쳤다. 그때 백무후의 믿지 못할 신위를 목격한 그곳에 장씨도 함께 있었던 것이다. 그날 이후 그 백호는 그의 수호신이 되었다.

유경영은 중원표국이라는 이름 넉 자에 깜짝 놀랐다.

"그, 그 배첩을 보낸 사람의 이름이 뭐죠?"

떨리는 목소리로 소년이 물었다.

"어라? 경영아, 너 왜 그러냐? 얼굴이 창백하다."

갑작스럽게 안색이 나빠진 유경영을 보며 마음씨 착한 장씨가 되물었다. 그러나 소년은 장씨의 그런 따뜻한 호의에 감사하고 있을 경황이 없었다.

"그 사람 이름이 뭐죠?"

자신도 모르게 목소리가 커지고 말았다. 옆에 있던 동생 선아의 눈이 동그래진다. 오빠의 갑작스런 반응에 질겁한 탓이다.

"음… 그러니깐… 잠깐만!"

조금 전 들었던 이름을 까먹은 장씨가 다시 배첩을 열어보았다. 그러나 곧 자신이 까막눈이라는 것을 기억해 냈다.

"에… 그러니까… 유… 아니, 윤인가……?"

까막눈이라 글을 읽지 못하니 다시 기억 속에서 그 이름을 불러낼 수밖에 없었다.

"이리 줘보세요. 제가 글을, 아니, 제가 읽어볼게요."

소년은 장씨의 손에 있는 배첩을 낚아채듯 빼앗았다. 너무나 돌발적인 행동이라 장씨는 미처 방비하지 못하고 있었다.

"어, 그러면 안 되는데……?"

그러나 유경영은 이미 배첩에 적힌 이름을 확인하고 있었다.

팔랑!

어디선가 불어온 산들바람이 멍하게 서 있는 소년의 손에서 배첩을 빼앗아갔다. 장씨가 깜짝 놀라 허공에서 팔랑거리는 황색 배첩을 향해 손을 뻗었다. 땅바닥에 떨어뜨려 먼지투성이가 되게 할 수는 없었기 때문이다.

"너……."

장씨는 무례한 소년에게 뭔가 주의를 주려고 했으나 소년은 어린 소녀의 팔을 이끌고 저만치 달음박질치고 있었다.

"왜 저러지?"

어리둥절한 표정으로 장씨는 그 광경을 바라보다가 다시 배첩을 열어보았다. 그러나 그는 여전히 까막눈인 채 그대로였다. 그래도 그는 이름이 있는 부분이 어딘지는 알고 있었다. 그곳에는 다음과 같이 적혀 있었다.

중원표국(中原鏢局) 금강십이벽(金剛十二壁) 풍마도(風魔刀) 윤이정(尹利貞).

백무후의 신태가 수놓아진 깃발이 북쪽에서 불어오는 바람에 사납게 펄럭였다. 사방에서 펄럭이는 수십 개의 백호 문양 깃발에 놀란 윤이정이 장씨에게 물었다.

"이봐! 사방에 정신없이 나부끼는 이 하얀 깃발들은 다 뭔가?"

"보시다시피 백호기(白虎旗)입죠."

그것도 모르냐는 투로 장씨가 대답했다.

"본 대표두도 눈은 뚫려 있네. 저것이 백호 문양이 그려진 깃발이란 건 알아. 근데 중앙표국의 표식은 내가 알기로 검(劍)과 연화(蓮花) 아니더냐?"

"그 깃발은 저쪽에 있습죠."

장씨가 한쪽 구석을 가리켰다. 과연 검과 연화가 수놓아진 중앙표국의 깃발이 보였다.

"그럼 이 많은 백호기는 무엇이냐?"

"이 백호는 저희 중앙표국을 지키는 수호신입죠."

"수호신?"

"예. 그렇습죠, 나으리. 이번에 사천에서 이 먼 남창까지 오는 대장정에서 저희들은 그만 악당들을 만나고 말았습죠. 시커먼 복면을 쓴 자들이었는데 다들 뼈가 아릴 정도로 으슬으슬 살기를 내뿜으며 저희 표사들을 주눅 들게 했습죠. 이상한 놈들이었습니다. 표행을 털면서 아이들을 내놓으라고 그러지를 않나… 표물을 터는 산적들이 자주 대는 이유하고는 좀 다른 이유였죠. 아무래도 산적질을 한 지 얼마 안 되는 놈들이었던 같습니다요."

대수롭지 않게 장씨의 주절거림을 듣고 있던 윤이정은 '아이들'이라는 말에 눈을 번쩍 떴다.

"지금 뭐라고 했나, 장 표사? 자네 방금 아이들이라고 하지 않았나?"

어느새 그의 어조는 누그러져 있었고, 호칭도 '너'에서 '자네'로, '장씨'에서 '장 표사'로 바뀌어져 있었다.

"아, 예. 분명 그 악당 놈들이 그렇게 말했습죠."

장 표사가 미간을 좁히고 눈꼬리를 치켜세운 다음 눈을 가늘게 뜨고는 몸을 짐승처럼 낮게 숙인 채 낮고 음침한 목소리로 말했다.

"흐흐흐, 순순히 아이들을 내놓아라!"

가던 걸음을 멈추고 윤이정이 반색하며 외쳤다.

"그 얘기 좀 다시 해주게. 꼭 듣고 싶어서 그러네."

행방불명된 부하들의 단서를 생각지도 못한 곳에서 찾게 된 것이다. 그가 비록 차갑고 잔인한 사내라 하나 어찌 흥분하지 않을 수 있겠는가.

"전 안내만 해드리고 다시 일하러 가야 되는뎁쇼? 나으리처럼 귀하신 분이 저 같은 천한 것과 오래 붙어 있으실 수 있겠습니까?"
장씨는 본능적인 감으로 몸을 뒤로 뺐다. 한번 튕기고 보는 것이다.
"어허, 장 표사! 왜 이러나? 같은 동업자끼리! 자, 이걸로 술값이나 하게."
손바닥에서 느껴지는 차갑고 묵직한 느낌에 장씨는 입이 헤벌쭉 벌어졌다. 게다가 그 유명한 윤이정이 자신을 동급으로 치켜세워 주니 우쭐해지는 느낌이 들었다.
"어디서부터 이야기해 드릴까요?"
장씨는 자신이 지닌 모종의 출생의 비밀부터 이야기를 시작할 준비가 되었다는 기세로 물었다.
"그 습격자 복면인들의 인상착의부터 시작해 주게."
"좀 긴데요? 국주님을 기다리게 할 수야……."
"갑자기 배탈이 나서 뒷간에 갔다가 간다고 전하고 오게."
"알겠습니다. 그렇게 전합죠."
잠시 후 장씨가 국주 집무실에 전언을 전하고 돌아왔다.
"어떻게 되었나?"
"걱정 마십쇼. 잘 싸고 오시랍니다."
"고맙… 쿨럭! 뭐, 일단 자리를 옮기세. 여긴 사람의 이목이 너무 많아."
두 사람은 일단 뒷간 쪽으로 자리를 옮겼다. 약간 냄새가 나도 할 수 없었다.
"자, 이제 이야기해 보게."
"음, 그러니깐 말입죠……."
장씨는 자신이 알고 있는 것들을 술술 이야기하기 시작했다. 황금은 사람의 혀를 매끄럽게 하는 데 탁월한 효능이 있음이 다시 한 번 밝혀지는 순간이었다.

"그게 진짜 있긴 있었던 사실인가?"

장씨의 목격담을 전해 들은 윤이정의 첫 반응은 어안 벙벙, 어리둥절로 요약할 수 있었다.

"물론 한 치의 틀림도 없는 사실입니다. 사실이고말구요. 제가 비록 일자무식의 까막눈이라 해도 평생 정직을 자랑으로 삼은 놈입니다. 그런 제가 어찌 감히 제 소중한 주둥이로 거짓을 씨부렁거릴 수 있겠습니까. 그렇게 의심하시면 섭섭합니다요, 나으리."

"으음, 미안하네. 너무 황당해서 그러네. 너무 현실성이 떨어지는 이야기 같아서 말일세. 느닷없이 벽력처럼 새하얀 백호의 무리가 나타나 순식간에 스물 가까이 되는 복면 고수들을 깡그리 청소했다고 하니 어찌 쉬이 믿음이 가겠나?"

"그러니 바로 전설입죠! 그러니 바로 기적입죠! 그것을 하늘의 가호로 여기신 국주님이 그 백호님들의 은혜를 기리기 위해 저희 중앙표국의 새로운 상징으로 삼으신 겁니다. 이 옷을 입고 있는 한, 저 깃발이 흔들리고 있는 한 어떠한 악당 놈도 감히 저희 중앙표국을 건드리지 못할 것입니다."

그건 두고 봐야 알 일이지. 그런 말을 속으로 조용히 되뇌며 윤이정이 물었다.

"그게 끝인가?"

"끝입니다. 뭐 또 물어볼 일 있으십니까?"

"자네 혹시 그 아이들이 이곳……."

탈환 계획의 발동에 대비해 두 아이가 머물고 있는 숙소의 위치가 어디쯤인지 확인해 놓고자 했던 윤이정의 시도는 느닷없이 들려온 쩌렁쩌렁한 목소리에 묻혀 빛을 잃고 말았다.
"어이! 이보게, 장씨! 아직인가? 너무 오래 걸려서 국주님이 그분이 혹시 똥통에 빠지신 게 아닌가 하고 걱정하고 계신다네! 별일없나?"
세상 사람, 귀가 있는 사람은 다 들으라는 듯 큰 소리로 외친 사람은 장씨의 오랜 친구이자 목청 좋기로 유명한 한씨였다.
가까이 다가와서 귓속말로 얘기해도 충분할 것을 굳이 저토록 쩌렁쩌렁거리는 큰 소리로 외치다니 무슨 속셈인지 알 수가 없었다.
"별일없네! 이분도 똥통에 빠지지 않았으니 걱정 말게나!"
장씨도 지지 않겠다는 듯 큰 소리로 대답했다.
"그런가? 잘되었군! 어서 빨리 돌아오게! 국주님께서 기다리신다네!"
"알겠네!"
대답을 마친 장씨가 재빨리 윤이정을 향해 말했다.
"아무래도 빨리 가봐야겠습니다, 나으리. 더 늦었다가는 제가 경을 치겠습니다. 어서 절 따라오시지요. 소인이 앞장서겠습니다."
장씨가 앞장서서 성큼성큼 앞으로 걸어가기 시작했다. 윤이정은 아쉽지만 문답을 포기할 수밖에 없었다.
"쳇, 나머지는 직접 알아보는 수밖에 없나?"
그래도 성과는 충분했다.

뒷간으로 볼일 본다며 사라졌던 장씨와 윤이정이 다시 모습을 드러내자 유경영은 선아를 데리고 재빨리 굵은 나무 뒤로 숨었다.
"오······!"
숙녀를 대하는 처신이 이래서야 되겠냐고 한마디 불평을 터뜨리려던 여동생의 입을 소년은 조그만 손으로 재빨리 틀어막았다.
"쉿! 조용히 해!"
심각한 기색에 멈칫했는지 여동생의 반응이 조용해졌다.

"어서 오시오, 윤 대표사. 중원표국을 지키는 금강석처럼 단단한 열두 개의 방패에 대한 쟁쟁한 명성은 귀 따갑게 들었으나 만나기는 처음이구려. 만나서 반갑소이다."
"원 무슨 과찬의 말씀을! 저야말로 사천에서 욱일승천하고 있는 대중양표국의 명망 높으신 국주님을 만나게 되어 광영입니다. 그리고……."
"그리고?"
"전 대표사가 아니라 대표두입니다."
윤이정이 딱 잘라서 단호한 어조로 말했다. 하지만 얼굴은 여전히 웃음이 걷히지 않은 얼굴 그대로였다.
"아아, 참! 그랬었지? 그랬었어! 내 잠시 착각했구먼! 미안하네, 윤 표두!"
"대표두입니다!"
이번에는 약간 신경질적인 대답이 튀어나왔다. 웃고 있던 소안(笑顔)의 가면(假面)에 엷은 금이 갔다. 반면 장우양의 가면은 여전히 완전무결한 웃음을 보여주고 있었다. 겉에 쓰고 있는 얄팍한 '유리 가면'이 먼저 깨지는 쪽이 패배였다.
"으음, 거듭 미안하구먼. 듣자 하니 변비가 있는 것 같은데 시원하게 잘 싸셨는가?"
"그게… 잘 쌌습니다."
대답할 말이 궁한 윤이정은 잠시 당황해서 무슨 말을 할지 고민하다가 그만 입에서 나오는 대로 말하고 말았다. 단 한 마디 변명도 하지 못한 채. 졸지에 그는 변비 환자가 되고 만 셈이다.

"저런저런! 조심해야지. 과일을 좀 많이 드시게나. 물도 많이 마시고. 그래야 미리미리 사전에 예방된다네. 잘못하다 찢어지면 고생이 바가지니 변비는 빨리 낫는 게 좋다네."

"벼, 변비는 없지만 조, 조언은 감사합니다."

자신을 변비 환자로 낙인찍고 하는 조언에 윤이정은 부글부글 끓어오르는 분노를 안으로 삭여야만 했다. 끝내 장우양은 그를 정식 명칭으로 부르지 않았다. 절대 실수나 착각이 아닌 의도적인 우롱(愚弄)이었다. 앉으라는 권유도 하지 않은 채.

"그래, 어쩐 일인가?"

'이놈이 진짜……'

"그전에 좀 앉을 수 있겠습니까? 작은 방에 서 있으려니 불편해서요."

말속에 뼈가 없을 수 없었다. 그러나 예의를 차리러 여기 온 것은 아니었다.

"아, 미안하네. 또 깜빡했구먼. 어서 앉으시게, 어서."

"감사합니다."

엎드려 절 받기였지만 자신을 도발하려 한다는 것을 알고 있었기에 가까스로 참아낼 수 있었다.

"오빠, 어디 가?"

"쉿! 조용히 따라와. 소리 내지 말고. 알겠지?"

소년은 소녀를 데리고 건물 벽에 바짝 붙은 채 고양이걸음으로 살금살금 '임시' 국주 집무실을 향해 다가갔다. 의심의 안개를 거두고 확신을 얻기 위해서라도 저 방문 너머로 무슨 이야기가 오가는지 반드시 알아야만 했다. 소년은 위험을 무릅쓰기로 했다. 여동생까지 끌고 온 것이 크나큰 실책이었지만 이미 돌이키기에는 너무 늦어 있었다. 다행히 동생은 아직 조용히 있었다. 마침내 국주 집무실에 다다른 유경영은 살짝만 건드려도 깨질 것 같은 유리 인형처럼 조심조심 벽 쪽으로 다가간 다음 벽에 귀를 바짝 댔다. 그러자 익숙한 장 국주의 목소리가 벽 너머로 들려왔다.

"이상한 말씀을 다 하시는구려, 윤 표두. 혹시나 해서 묻는 건데 잘못 알고 오신 것 아니오? 아무래도 잘못 찾아오신 것 같구려."

"잘못 찾아왔다라……. 제가 잘못 찾아온 겁니까, 아니면 장 국주께서 잘못 말하고 계신 겁니까?"

두 사람의 언사는 어느덧 날을 세운 칼처럼 날카로워져 있었다. 두꺼운 진흙 벽도 두 사람 사이의 긴장감을 전하는 데 방해가 되지는 못했다. 유경영은 마른침을 삼킨 채 귀에 온 신경을 집중했다.

"확실히 답변해 주겠소. 우리 중앙표국에서는 청룡은장주의 자식을 보호하고 있지 않소이다."

"장 국주님, 그 말에 책임지실 수 있습니까?"

"물론입니다."

"조금 전에도 얘기했다시피 전 그 아이들의 숙부 되는 사람입니다."

"알고 있습니다. 하지만 친숙부는 아니지요."

피도 이어지지 않았는데 무슨 상관이냐는 투로 장우양이 대꾸했다.

"물론 피는 이어져 있지 않습니다. 그렇긴 합니다만 유 장주와 전 피보다 진한 의리로 맺어진 누구보다도 돈독한 의형제 사이였습니다. 그런데도 제게 사실을 숨기셔야만 하겠습니까?"

그 말을 벽을 통해 들은 유경영은 갑자기 소름이 오싹 끼쳤다. 갑자기 세상이 캄캄해지고 두려움이 파도처럼 밀려들었다.

"피보다 진한 의리라……. 그럴 수도 있겠지요. 하지만! 본 국주는 제가 직접 확인하지 못한 것에 대해 책임지고 싶지 않습니다. 윤 표두의 말만 덜컥 믿기에는 사안이 너무 무겁군요. '의리'가 '오리'가 될 수도 있는 일 아니겠습니까?"

마침내 윤이정이 폭발했다.

"전 며칠 전 이곳 시장터에서 그 아이들을 직접 만났습니다! 그 아이, 경영이가 저에게 직접 이곳에 머무르고 있다고 말했단 말입니다! 그런데도 이곳에 그 아이들이 없다고요? 흥! 그 말을 누가 믿겠소!"

"세상은 시시각각 변하는 법이오. 며칠 전과 오늘의 상황이 똑같다는 보장이 어디 있겠소?"

"말 돌리지 마십시오, 장 국주! 경영이는 제게 이렇게 말했습니다. 전 아직도 잘 기억하고 있지요. 중앙표국의 장 국주께서 청룡은장의 혈사를 엄밀히 조사하여 반드시 진상을 밝혀주시겠다고 해서 그 말을 믿고 여기에 머무르겠다고 말입니다."

거짓말! 거짓말! 거짓말!

유경영은 당장 방 안으로 뛰어들어 가 외치고 싶었다. 방금 한 발언 중 일부는 사실이었지만 나머지 부분은 몽땅 거짓부렁이라고 말이다. 소년은 이를 악문 채 거칠게 벽을 움켜잡았다.

"그 아이들이 왜 '자칭' 숙부라고 주장하는 댁을 따라가지 않았나 궁금하구려. 왜 '자칭' 피보다 진한 의리로 맺어진 부친의 의형제이자 자신들의 숙부인 당신에 비해 난 그냥 생판 남이나 마찬가지 아니오? 뭔가 미심쩍은 점이 있어서 그런 것 아니겠소이까?"

말해놓고 보니 본인이 생각하기에도 꽤 그럴듯한 가설이었다. 그 점을 집중 공략해야 할 듯했다.

"자꾸만 말을 돌리지 마십시오. 전 분명히 제 귀로 똑똑히 들었습니다. 그런데도 이곳에 청룡은장의 후계자가 없다고 말씀하시는 겁니까?"

"그렇소."

"진짭니까?"

"진짜요."

벌컥! 탕!

"그럼 이건 뭡니까?"

장우양이 말릴 새도 없이 윤이정은 거칠게 방문을 열어젖혔다. 윤이정과 유경영의 시선이 정면으로 부딪쳤다. 소년의 눈이 삽시간에 공포로 물들었다.

"장 국주님, 이제 이 아이들을 보고 뭐라고 말씀하실 겁니까?"

"그건······."

갑자기 방문이 벌컥 열리는 바람에 유경영은 어떻게 대처해야 할지 알 수가 없었다. 어둡고 탁한 검은 눈과 마주치자 그는 몸이 떨려오는 것을 느낄 수 있었다. 무서웠다. 그 압박은 아직 열두 살 소년이 견디기에는 힘든 것이었다.

"잘 있었느냐, 경영아?"

"예, 잘 있었습니다, 숙······."

차마 뒷말이 떨어지지 않았다. 소년은 말끝을 흘려 버렸다.

"아니, 왜 그러느냐? 안색이 좋지 않구나. 무슨 일이라도 있느냐?"

"아, 아닙니다. 별일없습니다."

"그러냐? 다행이구나. 난 또 이곳에서 너희를 괴롭히는 줄 알았잖느냐."

윤이정의 냉소 섞인 시선이 장우양을 향했다.

"자, 이제 중앙표국의 평판은 땅에 떨어지지 않을 수 없겠군요. 국주씩이나 되시는 분이 그런 거짓말을 하셨다니 말입니다."

"그건……."

장우양은 뭔가를 결심하며 입을 악물었다.

"그 아이는 청룡은장주의 후계자가 아닙니다."

이건 또 무슨 억지란 말인가? 윤이정은 장우양의 입에서 튀어나온 얼토당토않은 주장에 황당하기 짝이 없었다. 당황스럽기는 소년도 마찬가지였다.

"그럼 뭐란 말입니까? 갑자기 국주님의 의견이 궁금해지는군요."

우선 궁색한 변명이나 한번 들어보자는 생각이 들었다. 그러나 장우양은 이러한 유인책에 동요하지 않은 채 또박또박 선언하듯 말했다.

"유 소협은 더 이상 청룡은장의 후계자가 아닙니다. 그는 청룡은장의 장주로서 저희 중앙표국의 가장 중요한 동업자입니다."

"예에?"

"뭐, 뭐라고!"

쿠쿵!

실로 엄청난 충격적인 발언이 아닐 수 없었다. 윤이정은 물론이고 당사자인 유경영까지 어안이 벙벙할 정도였다.

"무슨 뜻으로 그런 말씀을 하신 겁니까, 장 국주님?"

"들으신 그대로요, 윤 표두. 우리 중앙표국은 청룡은장의 부활과 재건을 위해 전폭적인 지지를 아끼지 않을 작정입니다."

"그 말, 진심이십니까?"

"무례하구려, 윤 표두. 상인 앞에서 그런 말을 하다니 말이오. 계약을 농으로 한단 말이오?"

"하지만 저 아이가 동의하지 않으면 말짱 헛것 아니겠습니까? 제가 보기엔 저 아이도 이번 일을 꽤 뜻밖으로 여기고 있는 것 같은데 말입니다?"

십대 소년이 얼버무리기에는 너무나 큰 정신적 혼란이었다.

"경영아, 장 국주님과 내가 지켜보는 앞에서 네 생각을 말해보거라. 정말 장 국주와 동업할 생각이냐? 그렇지 않으면 숙부인 날 따라가겠느냐?"

숙부라……. 따뜻하게 느껴져야 할 정겨운 이 말이 왜 이리도 저주스럽고 증오스럽게 들린단 말인가.

"저는……."

소년이 뭐라고 입을 열었다.

"저는… 입니다."

아직 감정이 주체가 되지 않는지 잘 들리지 않았다.

"뭐라고? 잘 들리지 않는구나."

"유 장주, 확실히 이야기를 하게. 이제 자네는 사업가야. 일가를 짊어져야 할 우두머리라네. 나이 따윈 상관없네. 어깨를 펴고 당당하게 서게! 사람들은 확신없는 우두머리를 따르지는 않네."

소년은 숙이고 있던 고개를 들었다. 이미 소년의 눈에 망설임은 없었다. 소년은 불타는 눈으로 숙부라 불리던 작자를 바라보았다. 그리고는 그의 마음속에 새겨 넣기라도 하듯 또박또박 말하기 시작했다.

"저는 이제 청룡은장의 제구대 장주인 성은 유, 이름은 경영입니다. 저는 저기 계신 중앙표국의 장 국주님과 더불어 비열한 배신과 화염 속에서 무너져 내린 청룡은장을 다시 부활시킬 것입니다."

그 당당한 선언에 장우양이 반색하며 말했다.

"오! 잘 말해주었네, 유 장주. 우리 중앙표국은 전력을 다해 자네를 지원해 줄 걸세."

"많은 조력 부탁드리겠습니다."

"맡겨두게. 우린 이제 한 배를 탄 동지 아닌가!"

의젓한 인사와 함께 유경영은 깊숙이 허리를 숙이며 사례했다.

"진심이냐?"

한때 숙부였던 자와 한때 숙질이었던 소년의 눈이 허공중에 부딪쳤다. 소년은 무릎을 꿇고 싶은 공포를 이겨내기 위해 이를 악물었다. 그러나 소년이 견디기에는 너무나 강력한 살기였다. 숨조차 제대로 쉴 수 없었다. 소년의 얼굴이 창백하게 변했다. 일이 심상치 않음을 느낀 장우양이 소년을 돕기 위해 기세를 방출했다. 그제야 유경영은 숨 쉬기가 조금 편해졌다는 사실을 알았다. 그리고는 필사적으로 외쳤다.

"전 지, 진심입니다!"

그러자 폐를 쥐어짜고 있는 듯한 압력이 거짓말처럼 싹 사라졌다.

"후회하게 될 것이다!"

그 말을 마지막으로 남기고 윤이정은 자릴 떠났다. 이만 물러가겠다는 인사도 없는 무례한 행동이었지만 장우양은 말리지 않았다. 앞으로 이 합작 단체를 어떻게 이끌어갈지에 대한 생각으로 머릿속이 아주 복잡했던 것이다.

'후회라……. 그 말은 소년에게 한 말일까, 아니면 자기 자신에게 한 말일까?'

장우양은 짐작만 할 수 있을 뿐 확신할 수 없었다. 단 한 가지 확실한 것은 이제 그는 이 어린 소년과 운명공동체라는 것이었다.

한밤중의 비명
―비류연은 어디에?

"어이, 노학! 대사형 봤어?"
"아니, 못 봤는데? 왜 그래, 현운?"
"아니, 저녁부터 안 보여서."
"그럼 잘된 일이잖아?"
"아, 물론 그렇기야 하지만… 안 보이면 또 안 보이는 데서 무슨 일을 꾸밀지 불안하잖아?"
"하긴 그것도 그래."
현운의 의견에 노학이 전적으로 동의한다는 듯 고개를 끄덕였다.

    *   *   *

"오아아아아악!"

편월의 밤 아래에서 처절한 비명 소리가 울려 퍼졌다.
"응?"
확실히 비류연은 본인이 생각하기에도 평소보다 열심히 자신에게 도전하는 어리석은 아해들을 계도하기 위해 남다른 열성을 보이고 있다고 생각하고 있었다. 그러나 천리마보다 빠르다던 그 소문이 이번에는 골병이라도 든 모양인지 별로 소용이 없었다. 그 바람에 그에 대한 도전은 아직도 끊임없이 이어지고 있었다. 겉보기에 눈에 띄는 특출난 기운이 없고, 들고 다니는 마땅한 무기가 안 보이다 보니 만만해 보인 모양이었다.

글쎄, 그러니까 그런 건 낭비라니깐······.

자신이 강하다는 걸 여기저기 광고하고 다녀서 좋을 건 없다는 게 평소 비류연의 지론이었다. 원래 드러난 칼보다 갈무리된 칼이 더 무서운 법이니까.

"억억억억억!"

그때 다시금 비명 소리가 울려 퍼졌다.

"응? 어디지?"

비류연이 고개를 두리번거리며 주위를 살폈지만 아무것도 없었다.

"억컥컥컥억컥컥컥!"

또다시 어디선가 들리는 연속적이면서도 독특한 비명 소리.

기분 탓일까? 비명은 매우 가까운 곳에서 들리고 있었다.

"꾸에에에엑!"

마지막으로 단말마처럼 터져 나온 돼지 멱따는 소리에 비로소 비류연은 자신의 발밑을 내려다보았다. 어둠으로 묻힌 그곳에 한 인영이 바둥바둥 힘겹게 발버둥을 치고 있었다. 첫 비명을 제외한 비명 소리는 모두 그의 발밑에서 터져 나온 소리였던 것이다.

"응? 너, 언제부터 거기 있었냐?"

마침 오늘 처음 만나기라도 한 듯한 얼굴로 비류연이 물었다.

"아까 전부터요."

그의 발밑에 깔려 있던 청년이 퉁퉁 부운 얼굴 위로 눈물을 콸콸 쏟으며 대답했다.

"아참, 그랬었지?"

그제야 기억이 난 모양이었다.

"깜빡 잊고 있었군."

숨 가쁘게 얻어터지고 있던 쪽으로서는 기가 막힐 노릇이었다.

"으엉엉엉엉엉! 제발 살려주세요! 다신 안 그럴게요!"

"진짜?"

"진짜요."

"그럼 네가 왜 맞는지 알고 있는 거냐?"

"저… 아뇨……."

"그래? 그럼 계속 맞아라!"

"으아아아아아악! 사, 살려주세요! 엉엉엉엉!"

"걱정 마! 설마 죽이기야 하겠어?"

　　　　　　*　　　　*　　　　*

"헉헉헉!"

청년은 삭신이 쑤시는 몸을 이끌고 남창의 어둠 속을 질주했다.

등 뒤로 그 자신을 압박하는 어떤 존재로부터 몸을 피하기 위해.

입관 시험을 치르기 위해 쌓아두었던 내공이 모래 위에 뿌려진 물처럼 급격히 소진되고 최상의 상태를 유지하기 위해 몇 달씩이나 공들여 특별 관리해 왔던 육체의 근육은 피로에 찌들고 고통에 비명을 지른다.

앞으로 보름이면 드디어 평생을 바쳐 준비해 왔다고 해도 과언이 아닌 입관 시험 날이었는데…….

'젠장! 왜 이렇게 된 거지?'

그동안 그의 삶은 오직 이 하나의 관문을 통과하기 위해 준비되어 왔다고 해도 과언이 아니었다. 그가 아직 철이 들기도 전에, 자신의 마음을 들여다보고 자신의 미래를 바라보는 눈이 생기기도 전에, 자기 자신이 누군지 확인하기도 훨씬 이전부터 그는 이 좁은 등용문을 통과하기 위해 헤엄치기를 강요당해 왔던 것이다.

그런데 지금 자신은 무엇을 하고 있는가? 갑작스런 위협에 정면으로 맞설 엄두도 내지 못한 채 필사적으로 도망치고 있을 뿐이다. 승천무제를 통과하는 방법 이외의 것을 배워본 적이 한 번도 없었기에 그 이외의 사태가 자신에게 닥쳤을 때 어떻게 처신해야 되는지 판단이 재빨리 서지 않았다. 혼란스럽기만 했다.

'이럴 땐 대체 어떻게 대처해야 하는 거야! 썅!'

사실 그동안 그의 모든 판단은 타인이 대신해 주고 있었다. 부모와 사문이 모든 의사 결정권을 독점하고 있었다. 하지만 그 사실에 대해 의문을 품어본 적은 없었다. 철들기 전부터 그것은 당연한 풍경이었으니까.

편리한 점도 있었다. 스스로 뭔가에 대해 결정을 내릴 필요가 전혀 없었으니까. 그로 인해 뇌가 굳고 뇌 주름 사이에 이끼가 끼거나 곰팡이가 피는 것 정도는 그에게 용납할 수 있는 수준이었던 모양이다. 그래서 그는 삶의 기로에서 스스로 판단하고 결정한 다음 그 결과에 대해 책임지는 법을 한 번도 제대로 배운 적이 없었다. 누가 따로 가르쳐준 적도 없었다. 그가 배운 것은 오직 천무학관 입관 시험을 통과하기 위한 기교들뿐이었다.

어떻게 하면 삶을 풍요롭게 살 수 있는지, 어떻게 하면 순발력있게 위험에 대처할 수 있는지, 어떻게 하면 자신 안에 내재된 가능성을 현실로 실현시킬 수 있는지는 언제나 주된 관심사에서 벗어난 주제였다. 천무학관에 들어가기만 하면 모든 것이 보장되는 줄로만 줄곧 믿고 있었다.

그런데 지금 그는 그곳에 들어가기는커녕 문 앞에 서보지도 못한 채 생애 최초로 홀로 덮쳐 오는 위협과 맞서 싸워야만 했다. 갑자기 눈앞이 깜깜했다.

싸운다고 했지만 사실 그것은 천재(天災)처럼 갑작스럽게 그를 덮친 것뿐이었고, 그가 할 수 있는 것은 고작해야 전력을 다해 도망치는 것뿐이었다.

"어떻게 해야 하지? 어떻게 해야 하지?"

격(格)이 다른 강적과 조우했을 그가 할 수 있는 일이라고는 혀끝에 붙어 다니는 상스러운 욕지기를 내뱉으며 시선을 회피한 채 줄달음질 치는 것뿐이었다.

그러나 남창의 어둠은 끝없는 미로라도 되는 듯 희망의 빛을 전혀 던져 주지 않았다.

'포기할까?'

목소리가 들려온 것은 숨이 목까지 차올랐을 때였다.

"뭐야? 벌써 포기하는 거냐, 시시하게?"

등 뒤에서 자신을 위협하던 적이 어느새 눈앞에서 자신을 위협하고 있었다.

"어, 어떻게……."

헐떡이는 숨 속에서 겨우 목소리가 삐져 나왔다.

"밤이 너의 모습을 감춰줄지는 몰라도 너의 소리까지는 감춰주지 못하는구나. 도망치는 것조차 제대로 못해서야. 쯧쯧쯧!"

진심 어린 걱정이 가득한 어투였지만 그 어투 안에 담긴 내용은 그다지 상냥하지 않았다.

"그, 그럼 어떻게 해야 한다는 겁니까? 도망치는 것에도 방법이 있다는 겁니까?"

죽음을 목전에 두고 갑자기 인생 상담을 받아볼 충동을 느낀 것은 아니었다. 다만 조금이라도 시간을 끌어보려는 의도에 불과했다.

"좋은 질문이군."

이런 얕은 수작에도 상대방은 서슴없이 응해주었다.

"내가 성심성의껏 대답해 주지."

다음 약속 시간까지는 아직 시간이 있는 모양이었다.

"도망이라고 다 똑같은 도망이 아니야. 어차피 태어날 때부터 최강자가 될 수는 없으니까. 괜히 작전상 후퇴란 말이 있는 게 아니거든. 어디로 도망칠지, 어떤 방식으로 도망칠지, 어떻게 하면 추적자를 속이고 따돌릴 수 있을지 등등, 어떻게 해야 보다 효과적이고 효율적으로 도망칠 수 있을지 끊임없이 머리를 굴리지 않으면 안 된다, 이 말씀이지. 도망갈 때 가더라도 그 정도는 염두에 두라고."

그러면서 한마디 덧붙인다.

"최악의 사태에 대해 항상 대비하는 사람만이 제대로 도망칠 수 있지."

그런 세부적인 방식의 도망에 대해서는 들어본 적도 없었다.

"하, 하지만 그런 방식 같은 건 배운 적이 없는걸요?"

청년은 오직 '싸운다'와 '도망간다' 두 가지밖에 생각지 못했던 것이다.

"쯧쯧, 누가 안 가르쳐 줬다고 못한다는 건가? 정말 가소롭기 짝이 없군 그래. 그럼 어깨 위의 그 동그란 건 뭐 하러 달고 다니느냐 말이야. 거치적거리게스리."

괴인은 무척이나 한심하다는 듯 청년을 바라보았다.

"자네, 이름이 뭔가?"

그러나 곧 손사래를 쳤다.

"아니, 됐네, 됐어! 어차피 자기가 누군지도 모르는 놈한테 이름을 물어봤자 헛수고겠지."

"이름 정돈 가지고 있다!"

"있다?"

괴인의 목소리가 조금 사선을 그리며 올라갔다.

"이, 있습니다."

청년은 금세 꼬리를 말았다. 그제야 괴인은 만족했다.

"어차피 남이 모두 결정해 준 인생이잖아? 이름은 물론이거니와 과거도 현재도 미래까지도. 그런데 굳이 귀찮게 살아서 뭐 하려고? 마시는 공기와 물이 다 아깝군."

괴인의 말투는 신랄하기 그지없었다.

"그, 그런 심한 말을……."

태어나서 한 번도 혼나본 적이 없는 청년은 분함에 눈물을 글썽였다.

"풋!"

계집애 같은 말에 괴인은 그만 폭소를 터뜨리고 말았다.
"푸하하하하하하! 푸하하하하하하! 으하하하하하하!"
남이 들어도 상관없다는 듯 그는 크고 성대하게 웃어 젖혔다.
"그럼 네가 천무학관에 들어간 다음 뭘 할지 결정해 놨단 말야? 만일 그런 게 있다면 한번 들어보고 싶군. 말해봐! 말해봐!"
"그… 그건……."
아무리 기억의 서랍을 뒤져 봐도 그 후의 일은 텅 빈 새하얀 백지 상태로 남아 있었다.
"것 봐! 어차피 들어간 다음에 뭘 할지도 모르고 있잖아? 무엇을 위해 들어가고 싶은지도 모르는 곳에 들어가서 뭘 할 수 있겠어? 거기 들어가면 갑자기 깨달음이 우주에서 삐리리 날아와 득도라도 할 수 있을 거라고 착각한 거 아냐?"
괴인의 말투는 여전히 신랄했다.
"하, 하지만… 일단 들어가기만 하면……."
괴인은 고개를 가로저으며 청년의 말을 사정없이 끊어버렸다.
"그러니까 소용없다니깐 그러네, 그 정도 포부로는. 그러니 그냥 죽어. 귀찮잖아?"
함께 저녁이나 하자는 듯한 가벼운 말투였다.
"어차피 피륙(皮肉)의 몸으로 숨은 쉬고 있지만 죽은 거나 마찬가지잖아? 그러니 죽는다고 해도 변하는 것도 없을 거고."
괴인의 말은 사실일지도 몰랐다. 그냥 꼭두각시의 실이 끊어지는 것 정도의 일일지도 몰랐다.
"너 하나쯤 없어도 세상은 잘만 굴러가. 어차피 너 같은 건 똑같은 게 하도 많아서 하나쯤 빠져도 티도 안 나거든."

괴인의 말이 계속될수록 청년의 정신은 끝없는 나락의 바닥으로 떨어지고 있었다.

"하지만 안심해. 날 웃겨준 보답으로 고통없이 잠들게 해줄 테니."

짤랑!

괴인이 어둠 속에서 한 걸음 빠져나왔다. 달빛이 그자의 몸을 적신다. 밤에 녹아들어 간 긴 소매의 흑의무복, 그리고 눈까지 가리는 긴 앞머리. 긴 앞머리 밑으로 드러나 있는 그자의 입가에 상냥한 미소가 어렸다.

사라락!

바람이 불었다.

보이지 않은 사신(死神)의 손길을 그 안에 품고서.

검시(檢屍)
―번거로운 절차

날이 밝았다.

때때로 빛은 밤의 어둠 속에 숨겨져 있던 추악한 진실을 들추어내 보여주곤 한다. 자신의 동의를 받지 않았다는 사실에 밤은 항의하지만 그 항의는 언제나 빛의 물결 속에 묵살당할 뿐이다.

빛은 선악을 판단하지 않는다. 다만 보여줄 뿐. 그곳에 경계를 긋는 것은 언제나 인간의 몫으로 남겨져 있다. 이번에도 어김없이 선은 그어졌고, 그것은 몇몇 사람들을 매우 수고롭게 만들었다.

웅성웅성!

천무학관 소속으로 보이는 무인들이 노란 금줄을 치고 행인들의 접근을 막았다. 오늘 아침에 들어온 신고를 접수하고 막 출동한 참이었다. 그들의 임무는 현장이 훼손되지 않도록 사건 현장을 보존하는 일로, 이들 중 어느 누구도 단위 면적당 얼마나 많은 발자국이 찍힐 수 있는지 시험하고픈 충동을 느끼는 이는 없었다. 특히 그 현장에 떨어진 머리카락 하나도 놓칠 수 없는 살인 사건 현장일 때는 더욱더 그러했다.

남창은 대도시인만큼 관(官)의 영향력도 크다.

보통 이런 인명 사고를 수습하고 조사하고 처리하는 큰일은 관의 역할이었고, 관은 그 책임을 방기할 생각이 추호도 없었다. 그러나 그 피해자의 신분이 무림인임이 밝혀질 때 관의 태도는 갑작스럽게 변한다. 그 사건에 대한 조사 책임과 권한이 천무학관으로 넘어가게 되기 때문이다. 정확히는 천무학관 휘하에 있는 한 대대가 그 일을 맡게 된다. 관과 무림 사이에 이루어진 고도의 정치적 조율 덕분에 가능한 일이었다. 물론 아무리 무림에서 이름이 쟁쟁하다 해도 관의 입장에서 보면 민간인은 민간인임이 분명했다. 민간인에게 공무를 수행할 자격이 없는 것은 당연한 일이었다.

때문에 이 경우 관은 관련 분야 전문가에 대한 '협조 요청'이라는 형태로 '무원대(無怨隊)'의 출동을 요청하게 된다. 무원대는 천무학관 휘하의 조직이지만 한시적인 임시 고용의 임시직이라는 형태로 일시적인, 그러나 합법적인 공권력을 지니게 된다. 이런 일련의 복잡하고도 세련된 고도의 정치적 거래 및 조율을 통해 천무학관은 바라 마지않던 남창 내에서 벌어지는 무림인 간의 상해 사건 및 살인 사건에 합법적으로 개입할 수 있는 적법한 권한을 지니게 된 것이다.

억울함을 없게 하라는 뜻을 지닌 이 부대의 최우선 목적은 시체를 검시하고 그 살해 방법을 파악한 연후에 이를 근거로 하여 범인을 검거하는 것이었다. 이때 수반되는 검시 및 조사가 모두 합법적인 권력의 방패 뒤에 가려지게 된다는 점이 특기할 만한 점이라 할 수 있었다.

현재 이 무원대를 맡고 있는 사람은 바로 형산일기 백무영과 삼절검 청혼으로 두 사람 모두 구룡의 일인이자 구정회의 두 기둥이었다.

그들은 관도의 신분임에도 벌써부터 몇 가지 중임을 맡고 있었다. 남창에서 일어나는 대부분의 무림 관련 사고는 천무학관에서 전담하는데 이때 대부분 학생들이 직접 나서서 처리한다. 학생들의 자율성을 높인다는 취지하에 진행되므로 어른들이 그 일에 관여하는 일은 많지 않다. 직접 경험을 쌓게 해주기 위한 배려에서였다. 현실이라는 게 살다 보면 이론과 실제가 다른 경우가 워낙 빈번하게 발생하다 보니 직접 경험해 보지 못하면 알 수 없는 일이 잔뜩 있다. 때문에 아직 한창 배울 나이에 이것저것 많은 경험을 쌓아둔다는 것은 나중에 다 피가 되고 살이 되는 것이다. 머리에 든 것은 언제나 자주 망각의 숲 속에 버려지지만 몸에 새겨진 것은 쉽게 잊혀지는 법이 없다.

"그럼 시작할까?"

"준비됐네."

백무영의 말에 청혼은 고개를 끄덕이며 대답했다.

"…하지만 이 일은 몇 번을 해도 익숙해지지 않는군."

청혼은 거적으로 덮인 시신을 바라보며 눈살을 찌푸렸다.

"익숙해지는 것 또한 의무라네, 친구."

친구의 불평에 백무영이 한마디 했다.

"의무라……."

그들 역시 좋아서 이 일을 하는 것은 아니었다. 이런 종류의 특수한 일에 종사한다고 해서 정신이 고양되거나 삶이 풍요로워지는 일은 결코 없다. 오히려 정서를 메마르게 하고 감정을 피폐하게 하는 데 이보다 더 좋은 환경은 찾기 어려울 정도였다. 때문에 모두들 이 일을 기피하고 꺼려한다. 두 사람 역시 난자당한 시체를 보며 흥분하는 악취미 따위는 지니고 있지 않았다. 그러나 역설적이게도 사람들이 모두 꺼려한다는 그 이유 때문에 그들은 이 일을 자원했다.

"세상에 공짜는 없는 법이지."

남들보다 위에 선다는 것은 더 많은 권리를 지니기만 한다는 것이 아니다. 그 권리를 행사하는 것만큼의 의무를 이행해야만 한다. 양쪽의 균형을 잘 맞출 수 있는 소수만이 사람들의 존경과 부하들의 신망을 한꺼번에 받을 수 있는 것이다.

부하들이 자신보다 더 열심히 일하길 기대하는 것은 그다지 희망적인 관측이 아니다. 그러므로 그들은 남들보다 더 높은 지위를 가지고 있는 것에 대해 의무를 이행해야만 했다. 그래서 남들이 기피하고 본인이 그다지 원치 않음에도 이 일을 택한 것이다. 물론 남들에게 강제로 이 일을 떠넘길 수도 있었다. 그만한 힘 정도는 두 사람에게 모두 주어져 있었으니까. 하지만 그렇게 되면 주위의 지지를 점점 더 잃어버리게 되고 만다.

달콤한 권력만을 탐하는 윗대가리를 좋아할 부하는 어디에도 없다. 어떤 조직이든 위는 적고 아래는 많다. 건물과 마찬가지로 조직도 안정적으로 유지되기 위해서는 구성원 간의 강력하고 견고한 믿음과 지지가 필요하다. 신뢰는 조직이란 건물을 단단히 이어주는 아교와도 같은 것. 그것을 잃어버린 체제는 필연적으로 와해될 수밖에 없다.

"옛부터 자격이 부족하면 역성혁명(易姓革命)도 가능하다는데 우리 같은 보통 사람이야 더 말해서 무엇 하겠나!"

"누구 말씀인가? 옛날을 강조하는 것을 보니 유명인의 말씀이 분명한 것 같은데?"

"아주 유명인이시지. 맹자(孟子)님 말씀이라네."

"나 같은 무지렁이 무부도 들어봤을 만큼 유명인이시로군."

한나라 이후 유학(儒學)이 국가의 통치 도구로 채택됨에 따라 기득권 수호적인 측면이 특별 강화되었지만 그 실체를 파고들어 가보면 결코 그런 안이함을 용납하지 않는 엄격함이 깃들어 있는 학문이다.

정명(正名)이란 그런 것이다.

군군신신(君君臣臣)! 부부자자(父父子子)!

임금은 임금답게, 신하는 신하답게. 아버지는 아버지답게, 자식은 자식답게.

그럼 임금이 임금답지 못하면? 이름을 바꿀 순 없으니 그 이름을 걸고 있는 대상을 바꿔야 하지 않겠는가?

정명이란 쉽게 말해 이름값을 못하면 그 이름을 가질 자격이 없다는 등가교환의 법칙에 충실한 사상인 것이다.

때때로 이름은 그 값을 시세에 비해 너무 후려치는 경향이 있다. 하지만 언제나 에누리가 없다는 것 또한 특징이다.

때문에 청혼과 백무영 역시 예외는 아니어서 내키지 않더라도 값을 온전히 치러야만 했다. 그렇지 않으면 이름을 가진다 해도 유지할 수 없게 되기 때문이다. 지속적인 투자와 관리가 필요하고 제대로 투자 관리를 못하면 쫄딱 망한다는 점에서 장사랑 일맥상통하는 면도 있었다.

"유명인이기 때문에 그 말이 오래도록 남은 것일까, 아니면 말이 시간의 풍상에 지워지지 않고 오래도록 남아 있었기에 유명인이 된 것일까? 자넨 어떻게 생각하나?"

"나한테 묻지 말게. 난 학자도 아닌 데다가 도가(道家) 사람이라고.

설마 내가 무당파 사람이란 걸 잊은 건 아니겠지, 친구?"

"학문에 경계가 있겠나? 시야가 좁아지면 절름발이나 다름없게 된다네, 친구. 다양성을 인정하지 못하는 순간 그 사상은 썩어 들어가기 마련이라네. 여기 이 시체처럼 말이지."

그러면서 백무영은 시체 거적을 한번 툭툭 쳤다.

"나의 사문인 형산파도 도가 계열이지만 유학도 재미있다네. 무공을 익히는 것만큼 문(文)을 익히는 것도 흥미진진하지."

"누가 구정회의 문상 아니랄까 봐서. 하지만 아마 천무학관의 관도 대부분이 자네 말에 동의 안 할 걸세. 그런 하품나는 걸 왜 하냐고, 질풍처럼 칼을 휘두르고 번개처럼 주먹을 내지르며 땀이나 흘리는 게 훨씬 더 신나고 통쾌하다고 말할 걸세."

"그렇겠지. 인정하네. 하지만 이런 사람이 한 사람쯤 있어도 나쁘지 않잖나?"

"적당히 해주게."

"알겠네. 그럼 우선 현장 기술부터 시작하도록 하지."

검시의 기본은 현장 묘사에서부터 시작된다. 무턱대고 시체를 후비적거리는 게 검시라고 생각하는 사람이 있다면 그건 정말 크나큰 착각을 하고 있는 것이다.

검시란 매우 엄격한 규정과 규칙에 의해 진행되는 과정이며 언제나 신중을 요하는 일이기도 했다.

그는 절차를 사랑했고, 굳이 절차를 무시할 필요가 없는 일에 대해 규정된 정식 과정을 무시할 생각은 추호도 없었다. 특히 이런 인명과 관련된 공적인 일은 통일성 유지와 원활한 업무 관리를 위해서도 절차를 지켜주어야만 했다.

"시친(屍親:시체의 친척)이 있나?"

절차에 따라 백무영이 물었다.

"목격자에 따르면 시친은 없지만 동료로 보이는 인물을 봤다고 합니다. 이 근처에 사는 자는 아니니 시친은 멀리 있을 겁니다."

"그럼 시친을 검시 증인으로 삼을 수는 없겠군."

그럴 경우는 시친이 도착하지 못했다고 기술하고 검험(檢驗)에 참여한 증인 수 명에게 각각 다짐을 받아둬야 한다. 시친이 오기를 하릴없이 기다리다 시체가 부패할 수도 있기 때문에 일을 신속하게 처리하기 위한 조치였다. 또한 이럴 때는 이웃사촌이나 친구를 대신 증인으로 세우기도 한다.

백무영은 시체를 위에서부터 아래로 한 번 훑어 내렸다. 품새를 보아하니 천무학관 입관 시험을 치르기 위해 남창에 온 이가 틀림없었고, 그럴 경우 혼자 오는 경우는 드물었다. 특히 그자가 군소방파가 아닌 대문파에 소속된 사람일 경우에는 더욱 그러했다.

"그 동료로 보이는 자들이 어디 있는지 아나?"

청혼이 물었다.

"예, 증언에 의하면 청운객잔에 여장을 풀고 있다고 합니다."

"그럼 지금 부대원 다섯을 데리고 가서 데려오도록 하게."

"알겠습니다."

검시를 하기 전에는 증인의 확인을 받을 필요가 있는데 천무학관에서는 관에서 하는 것처럼 똑같은 과정으로 검시를 진행했다. 그래야 나중에 관에 자료를 넘겨줄 때 문제가 발생하지 않도록 잡음을 최소화할 수 있었던 것이다.

"그럼 우선 안색부터 살펴보기로 하세."

달려가는 부하의 등을 눈으로 전송하며 백무영이 말했다.

안색은 사인(死因)을 밝히는 매우 중요한 지표였다.

때문에 안색도 살피지 않고 다짜고짜 무턱대고 시체의 배부터 가르는 무식한 짓이었고 상식적인 검시관이라면 피해야 마땅한 행위인 것이다.

환자에게 칼을 대는 것이 의사에게 남겨진 최후의 수단이듯 시체에 칼을 대는 것은 검시의 가장 마지막에 홀로 남겨진 단계라는 점에서 생자와 사자를 다루는 것은 다르면서도 동일하다고 할 수 있었다.

굳이 비상식적이고 무능한 검시관이 될 필요성을 느끼지 못한 백무영과 청흔은 천천히 시체의 안색을 자세히 살피기 시작했다.

"전체적으로 흑암색을 띠는 걸 보니 타물에 의한 상처인가?"

흑색은 구타나 목을 매는 상흔의 매우 중요한 지표였다.

"그렇다면 굳이 이 은비녀는 쓸 필요가 없겠군."

청흔이 순결한 처녀처럼 은빛으로 새하얗게 빛나는 은색 비녀를 하나 들어올리며 아쉽다는 듯한 어조로 말했다.

그것은 무원대의 소유품으로 관에서 직접 관리해서 품급까지 매긴 진품 중의 진품이었다.

그러나 중독사가 아닌 경우 이 비싼 검시 도구가 활약할 기회는 없다고 할 수 있었다.

"그래도 일단 찔러보기는 하세. 혹시 또 모르는 일 아닌가? 실낱같은 가능성도 그냥 지나쳐서는 안 되지 않겠나?"

백무영이 아무렇지도 않은 얼굴로 말했다.

"그냥 심심해서 찔러본다고?"

청흔의 귀에 그렇게 들린 것도 무리는 아니었다.

"뭐든지 조심해서 나쁠 것은 없잖나. 게다가… 비싼 물건인데 자주 써줘야 본전을 뽑을 수 있지 않겠는가? 놀려두기만 하는 것도 가물 낭비일세. 도구는 쓸 때에 비로소 그 가치를 드러내는 법이지. 이 은비녀가 머리 장식용은 아니지 않나?"

청흔은 어떤 불쾌한 상상에 그만 눈살을 찌푸렸다.

"나라면 수백 개의 시체를 찔러본 비녀를 순도가 높다는 이유로 머리 위에 달지는 않겠네."

게다가 차마 입에 담을 수 없는 사실 하나를 그는 애써 무시했다. 중독사한 시체의 경우 초검이나 복검을 할 때 모두 은비녀를 넣어 시험하도록 하는데 그 넣는 곳이 문제였다. 검시 권장 절차에 의하면 은비녀를 인후(咽喉) 깊숙한 곳에 찔러 넣었다가 잠시 시간이 흐른 후 꺼내어 비녀의 색이 변했는지를 살피는데 은색이 검은색으로 물들면 중독된 것으로 간주한다.

귀하고 비싼 은비녀를 찔러 넣는 곳이 목구멍이라는 것만 해도 큰 문제인데 개중에는 이 인후의 위치를 잘못 이해해 콧구멍에다가 찔러 넣는 사고가 비일비재하게 일어나곤 했다. 그럴 때마다 행인지 불행인지 사후 경직 후라 콧물이 딸려 나오는 경우는 거의 없지만 정체를 알 수 없는 누르스름한 조각들이 심심찮게 묻어 나오곤 했는데, 결코 상쾌한 경험이라고는 할 수 없는 그런 종류의 경험들이었다.

시체의 콧구멍에 사정없이 쑤셔졌던 그런 물건을 머리채에 꽂는다는 상상만으로도 청흔은 온몸에 식은땀이 흐르는 것을 느꼈다. 어떤 미인이라도 단숨에 그 빛을 잃어버리고 말 것이다.

"상상만 해도 소름 끼치는군. 그 정도 되면 이미 살인 무기가 아닐까?"

적어도 정신이 피폐해질 것만은 분명했다.

"동감일세. 그렇다면 이 은비녀의 사용처는 단 한 곳뿐이군."

그러면서 백무영은 한마디 더 덧붙였다.

"혹시 모르지 않나. 독을 먼저 먹인 다음 신체가 마비되어 움직임이 원활하지 못한 상태에서 습격했을지도 모를 일이지."

충분히 가능성이 있는 추론이었다.

"자네가 그렇게까지 말한다면……."

청흔이 마지못해 동의했다.

"콧구멍에다가 꽂진 말게."

백무영이 친절하게 검시관의 가장 빈번한 실수에 대해 언급했다.

"자네 콧구멍과 착각하진 않을 걸세. 그러니 걱정 접게나."

청흔은 약간의 감미롭고 어두운 유혹을 느꼈지만 적절한 절제심을 발휘해 자신의 손으로 직접 은비녀를 시체의 인후 깊숙이 찔러 넣었다. 이곳은 그나마 나머지 몇몇 구멍들보다는 상당히 청결하고 건전하다고 자신을 위로하면서. 시체한테는 좀 미안한 일이지만 당사자가 불평불만을 터뜨릴 수 없다는 것이 그나마 크나큰 위안거리가 아닐 수 없었다.

얼마 후 인후에 꽂혀 있던 은비녀를 들어올린 청흔은 햇빛 아래에 이리저리 비춰보며 친구의 이름을 불렀다.

"이보게, 무영."

"왜 그러나?"

시체를 이리저리 살피며 시체 검시 기록표인 '결안정식'에 기록하고 있던 백무영이 고개도 돌리지 않은 채 대꾸했다.

"문득 궁금증이 하나 생겼는데 말일세……."

"뭔가?"

"독을 만들고 전문적으로 독충을 기르며, 식물의 독을 모으고 독약을 매매하며 사람의 목숨을 해친 경우에는 각각 일정한 형벌이 주어지게 되지 않나?"

"그렇지."

그것이 법이었다.

"그렇다면 사천당가(四川唐家)는 얼마나 오랫동안 형(形)을 살아야 할까?"

그제야 백무영은 이 친구가 농담을 했다는 것을 알아챘다.

"음… 우리가 살아 있는 동안 아마 두부 살 일은 없을 걸세."

하루가 멀다 하고 새로운 독을 실험하고 만들어내는 곳이 바로 사천의 악명 높은 당가가 아니었던가. 그들의 독과 암기에 대한 집착은 가히 편집증적인 수준이라 할 수 있었다.

당가의 가훈이 무엇이던가! 일일일독(一日一毒)!

하루에 한 가지씩 새로운 독을 실험하고 새로운 독을 만들어내라는 의미라고 한다.

"사실은 너무 오랫동안 가둬놔야 하기에 당가를 만든 건지도 몰라. 당가의 건물은 사실 공식 문서상엔 감옥으로 분류되고 있는지도 모르지."

백무영은 조심스럽게 가설 하나를 제시했다.

"음… 일리가 있군."

어차피 계속해서 형량이 쌓일 테니 잡아넣는 것 자체가 헛수고일지도 모른다. 그냥 그들이 살고 있는 집을 감옥으로 등록해 놓는 게 훨씬 편할지도 몰랐다.

"이상없네."

다행히 당가에게 의심의 눈을 돌리는 일은 하지 않아도 되게 된 것이다. 그런데 그때 백무영의 시야에 그것이 들어왔다.

"이쪽은 이상이 있군!"

흠칫!

청혼의 고개가 서서히 돌아갔다.

거미줄처럼 어지럽게 그어진 혈선들. 일견하기에도 범상치 않은 상흔이었다.

"선홍색(鮮紅色)이로군."

찌푸린 이마를 펴지 않은 채 청혼이 말했다.

"그럼 자상흔(刺傷痕)이군. 검상인가?"

"아닐세. 검상치고는 상처가 너무 미세하네. 아무리 정밀한 검초라도 이런 식의 얇은 상처는 만들어낼 수 없네."

"검은 아니라……. 그럼 흉기가 무엇인 것 같나?"

잠시 고민하던 백무영이 마침내 입을 열었다.

"아무래도 이건 사검(絲劍)에 의한 상흔 같네."

청혼은 친구의 판단이 잘 믿기지 않는 모양이었다.

"하늘하늘한 실 같은 걸로 사람을 베는 그 기술 말인가? 그런 걸로 이 정도 치명상을 입힐 수 있단 말인가?"

"숙달된 고수라면 충분히 그럴 수 있지. 이건 우리에게 유리한 상황일세."

"그건 또 왜 그런가?"

"이런 독특한 독문무기를 쓰는 사람은 정말 많지 않네. 그중에서 이토록 사람을 절명시킬 정도의 기술을 가진 자는 더욱 적다 할 수 있지. 우리는 이 살해 도구를 알아냄으로써 용의자의 범위를 최소한도로 축소할 수 있게 되었으니 어찌 유리하지 않을 수 있겠는가?"

"듣고 보니 그렇군. 이제야 시체를 뒤적거린 보람이 나타나는 모양일세. 그건 그렇고, 도대체 누구지? 이 남창 안에서 사검으로 이름 높은 무인의 이름이나 이야기는 들어본 적이 없는데?"

"그걸 밝혀내는 게 우리의 역할일세."

거미줄처럼 얽혀 있는 시체의 붉은 상처에서 눈을 떼지 않으며 백무명이 말했다.

"게다가 이런 상처, 전에도 본 기억이 있는 것 같거든."

요 이삼 년간 항상 평지풍파의 중심에 서 있었던 긴 앞머리의 청년을 떠올리며 백무영이 말했다.

시친 대신 생전 친구였던 네 명이 소환되었다. 다들 무슨 일 때문에 자신들이 잡혀왔는지 몰라 모두들 불안한 얼굴이었다.

"그렇게 떨 것 없네. 그냥 몇 가지 사항만 확인하면 될 테니까."

일단 청혼이 나서서 그들을 안심시켰다.

"예……."

모두들 쭈뼛쭈뼛 힘없이 대답한다.

"자자, 힘 빼게. 예전에야 혐의가 있든 없든 일단 두들겨 패고 시작했지만 요즘은 그렇지 않거든. 그러니 그렇게 긴장하지 않아도 되네."

본인은 위로랍시고 한 말인지 몰라도 차라리 안 하니만 못한 말이었다. 더욱 딱딱하게 굳어진 청년들을 향해 청혼이 입을 열었다.

"그럼 우선 신원 확인부터 하도록 하지."

청혼은 쫄아서 손톱만 하게 줄어들어 있는 네 명을 데리고 금줄을 넘었다. 뒤따라오던 네 명의 안색이 변한다. 금줄을 치고 있는 대원들의 분위기가 흉흉한 까닭이었다. 게다가 이곳은 어디로 보나 살해 사건 현장이었다. 그들이 용의자로 지목될 수도 있었다. 그러니 어찌 불안하지 않을 수 있겠는가.

청혼은 시신을 덮고 있던 거적을 들추었다.

"아는 얼굴인가?"

"헉!"

네 명이 눈이 동그래지면서 동시에 경악성이 터져 나왔다. 그곳에 누워 있는 것은 분명 어제까지만 해도 그들과 웃고 떠들며 음주가무를 함께 즐기던 친구였던 것이다.

"아아아아!"

그중 한 명은 어지간히 심약한지 그대로 기절해 버렸다. 그 한심한 모습에 청혼의 입에서 저절로 한숨이 흘러나왔다. 정신적으로 받은 충격은 알겠지만 그렇다고 여보란 듯 기절까지 해서는 곤란했다. 그것도 천무학관에 들어오겠다는 사람이 말이다.

"깨우게!"

기절했던 심약한 친구가 정신을 차리자 다시 청혼이 물었다.

"혹 의심 가는 사람은 있나? 누군가에게 원한을 샀다던가?"

별로 기대하지 않았는데 네 명 모두 동시에 고개를 끄덕이는 것이 아닌가!

"예, 있습니다."

청혼의 눈에 기광이 흘렀다.

"정말인가?"

"예."

여전히 불안한지 모기만 한 목소리로 대답한다.

"잠깐 여기 백 대주 좀 불러와라."

"옛!"

백무영은 이쪽 방면에 대해서는 그보다 전문가라 할 수 있었고, 그도 그런 친구의 전문성을 존중해 주고 있었다.

"흐흠, 이건 기대하지 않은 수확이로군."

그렇지 않아도 좀처럼 목격자가 나오지 않아 골치를 썩고 있던 참이다.

"우선 네 명을 각기 흩어지게 한 다음 진술을 듣도록 하지."

"왜? 한자리에서 들으면 편하잖나?"

청흔이 이의를 제기했다.

"그럼 서로 입을 맞췄는지 알기 어렵게 돼. 따로따로 경위를 들어야 나중에 대조했을 때 차이점이 일목요연하게 드러나는 법이지."

"과연! 그런 심오한 뜻이 있었군!"

청흔이 감탄하며 손바닥을 쳤다.

"심오는 무슨, 그냥 상식일세, 상식. 뿐만 아니라 네 가지 각기 다른 주관에 의한 관찰을 보다 객관화할 수도 있게 되는 일석이조의 효과를 누릴 수 있지."

"당장 그렇게 하도록 하겠네."

"음, 그리고 두 번 연속으로 진술받는 것도 잊지 말게."

"그건 왜?"

"그게 관례라네. 그래야 위증하기 힘들거든."

"번거롭군."

"참게! 관청들도 살인 사건 정도 되는 큰 사건의 경우 세 번 복검하는 것이 적법한 절차라네! 우린 두 번이니 그나마 다행 아닌가!"

인명 사건은 신중하게 처리한다는 이념하에 이루어지는 이런 절차를 '삼복제(三覆制)'라 칭했다.

"어떤가?"

사정청취가 모두 끝난 후 청혼이 물었다.

"음, 용의자의 용모파기에 대한 네 사람의 진술이 모두 일치했네."

침중한 목소리로 백무영이 대답했다.

"들어볼까?"

그의 친구는 말없이 고개를 끄덕이고는 증언이 기록되어 있는 서식을 펼쳤다.

"성별은 남자, 나이는 이십 세 전후, 소매가 긴 흑의무복을 입고 있었으며 오른팔에 황금 완장을 차고 있었다고 하네."

"뭐라고! 황금 완장을?"

"그래, 그렇다는군."

"그럼 입관 시험관 중에 범인이 있다는 건가? 누가? 왜?"

모든 일이 일어나는 데는 그에 따른 원인과 이유가 있는 법이다. 살인도 예외가 될 수는 없었다.

"그것까지는 아직 파악할 수 없었네. 하지만 몇 가지 추정은 가능하네."

그리고 백무영은 속으로 몇 가지 사안을 검토해 보았다. 그러자 즉시 몇 가지 가정이 떠올랐다. 어느 것 하나 재미없는 것들 뿐이었다. 그는 그중 하나를 신중하게 골랐다.

"한 가지로 꼽는다면?"

헷갈리는 것은 그다지 탐탁지 않았다.

"그중 가장 확률이 높은 것은 감정을 제어하지 못한 사건이네."

"홧김에 죽였다는 건가?"

"쉽게 말하면 그렇네. 자네도 알다시피 요즘은 다들 신경이 날카로워져 있지 않았나? 우리가 이 일을 맡고 있지 않았다면 우리에게도 그 황금 완장이 돌아왔겠지. 안 그런가?"

"내가 그 경우라 해도 과연 냉정을 유지할 수 있었을지는 장담하기 힘들어."

그것이 그의 솔직한 심정이었다. 요즘 주변에 유난히 소화불량 환자나 복통 환자가 많은 것도 그와 무관하지는 않을 것이 분명했다.

"또 다른 특징은 없는가?"

"사실 가장 중요한 특징이 하나 남아 있네."

"왜 그걸 이제야 말하나?"

"신중을 기해야 하기 때문이네."

'신중?'

신중하기로는 타의 추종을 불허하는 이 친구를 이토록 긴장시키는 것은 과연 무엇이란 말인가?

"마지막은 이건 네 명 모두 동의하는 특징인데 범인은… 앞머리가 무척 길어서 그 길이가 눈을 덮을 정도였다고 하는군."

그 순간 두 사람의 머릿속에 단 하나의 이름이 스치고 지나갔다.

투옥(投獄)
―비류연을 사형(死刑)시켜라!

"…시켜라!"

"…시켜라!"

요란한 함성이 좁은 창문을 비집고 들어와 집무실 전체를 뒤흔들었다.

"사형시켜라! 사형시켜라!"

"사형시켜라! 사형시켜라!"

천무학관주 마진가는 새벽잠을 설쳐야만 했다. 꼭두새벽부터 계속된 저 짓거리들 때문이었다. 이런 환경에서 잠은커녕 평소의 업무도 마비될 지경이었다.

"에휴~"

한숨만 길게 뽑아져 나올 뿐이었다. 보이지 않는 암습자가 자신의 머리통에다가 대갈못을 박고 있기라도 한 듯 골이 지끈거렸다.

그는 아직 피로가 덜 풀린 눈으로 업무용 탁자 위에 산더미처럼 쌓여 있는 상소를 바라보았다. 일일이 열어볼 필요도 없었다. 이 상소 더미는 밖에 흰 머리띠를 묶고 목청이 찢어져라 외치는 무리들과 똑같은 한 가지 일을 그에게 강요하고 있었다. 십수 명이 함께 연대 합동 서명한 연서(連書)도 몇 꾸러미씩이나 되었다. 그중 최고 기록은 백이십오 명을 기록한 것이었다.

그중 몇 명이나 이 일에 대해 적극적으로 생각하고 있을까? 한 명의 목숨이 관련된 일임에도 아마 대다수는 그저 별생각없이 붓을 놀렸으리라. 가장 경이로운 일은 이 모든 상소가 어제오늘 단 이틀 만에 올려진 것들이란 사실이었다. 다들 침식을 잊고 상소 쓰기에 매진하지 않았나 하는 의심이 저절로 들 정도였다.

'문파와 가문을 뛰어넘어 저 아이들의 의견이 저토록 단일화되었던 적이 언제 있었던가?'

잠시 기억을 반추해 보던 마진가는 고개를 가로저었다.

'아마 이번이 처음이겠지……'

좀 더 좋은 일로 일치단결하면 얼마나 좋은가. 꼭 이렇게 단결할 필요 없는 일을 가지고 일치단결할 이유는 또 무어란 말인가!

"에휴~"

마진가는 그 당당한 풍채에 어울리지 않는 한숨을 내쉬며 창가로 걸어갔다. 그리고는 이중으로 잠가두었던 창문을 열어젖혔다. 현재 그가 일하고 있는 집무실은 삼층에 위치하고 있었기에 밑의 모습이 일목요연하게 잘 들어왔다.

다들 머리에는 약속이라도 한 듯 흰 것을 하나씩 싸매고 있었는데 그 가운데는 '살(殺)'이라는 흉포한 글자가 쓰여 있었다.

여기저기 현수막도 보였다. 지난 밤새 제작한 모양인지 급조한 티가 역력했지만 그 안에 적힌 내용만은 명명백백했다.

즉살비류연! 卽 비류연 殺!
비류연을 즉각 사형시켜라!

하얀 현수막 위로 누빈 붉은 필치는 누구의 솜씨인지는 모르나 글쓴이의 진심이 깃들어 있어서인지 한 획 한 획 적의와 살기가 넘쳐흐르고 있었다.

그러나 한 가지 문구만으로는 단조롭다고 생각했는지 그 뒤쪽에 자리한 현수막에는 다른 내용도 적혀 있었다. 피처럼 붉은 글씨가 섬뜩한 느낌을 자아내고 있었다.

즉시 사형 악적 비류연!

그 오른쪽은 다음과 같았다.

연속 살인마 비류연 즉살!

"하루 만에 준비하려면 바빴을 텐데……. 다들 힘낸 모양이구려."
저들의 행태가 영 못마땅한지 마진가의 말에는 비꼬는 기색이 역력했다.
"실제로 구속된 것은 어제저녁이었으니 사실 반나절밖에 걸리지 않은 겁니다. 그런 것까지 따지고 보면 두 배 이상 더 애썼군요."

상담 역이자 군사인 은목 손문경이 내용을 정정해 주었다.
"공부와 수련에도 이만큼 신경 써주었으면 더 바랄 것이 없겠네."
"동감입니다."
"저 아이들이 정말로 비류연, 그 아이가 그 일을 저질렀다고 여기고 있는 거라 보나?"
손문경은 고개를 가로저었다.
"그럴 리는 없지요. 사실 그 비류연이란 청년은 용의자 신분이지 아직 범인으로 확정된 것은 아닙니다. 아직 수사 중이지요. 이 수사가 끝날 때까지, 그리고 그 수사의 끝에 범인으로 판명나기 전까지는 그저 한 사람의 용의자일 뿐입니다. 아직 죄인은 아니지요."
"그런데도 저들은 빨리 사형시키라고 주장하고 있네. 어떻게 생각하나?"
"사실 저들은 비류연이란 청년이 유죄든 무죄든 상관치 않을 겁니다."
"그게 왜 상관이 없어?"
"예, 단지 그 비류연이란 청년이 눈엣가시처럼 거슬릴 뿐이지요. 언제라도 기회가 되면 눈에서 뽑아버리고 싶었는데 때마침 좋은 건수가 생긴 것입니다. 저라도 이런 호기는 아까워서 그냥은 못 지나가겠군요."
"왜 그렇게 못 잡아먹어서 안달인 건가?"
"아마 질겨서 그런 것 같습니다. 시도는 해보았지만 번번이 실패한 모양이지요. 저 밑에 모인 군중들을 보고 뭔가 떠오르는 것은 없습니까?"
손문경의 말에 마진가는 흰 머리띠 무리들을 유심히 살펴보았다.

투옥(投獄) 193

"잘 보시면 유치한 흰 머리띠 말고도 뭔가 공통된 특징이 보이실 겁니다."

한참을 살펴보던 마진가의 동작이 딱 멈추었다.

"음?!"

"아시겠습니까?"

"그러고 보니 여자가 하나도 없군."

"그렇습니다. 저 밑에 급히 몰려든 이들은 모두 남자지요. 게다가 독신(獨身)입니다. 다들 짝이 없는 외기러기 신세지요."

"그건 몰랐네. 그것참 불쌍하군."

마진가의 입에서 진심이 튀어나오고 말았다.

"불쌍하죠. 그러니 저들을 움직이는 원동력이 무엇인지 짐작하실 수 있을 겁니다."

"쉽게 말해 질투라는 건가?"

"저들은 독신남으로 이루어진 거대한 질투단(嫉妬團)이라 보시면 됩니다. 저 정도면 거의 적이 없겠는걸요?"

"그렇다면 무적이란 말인가?"

"예, 무적(無敵)입니다."

마진가의 얼굴에 두렵다는 표정이 최초로 떠올랐다.

"저들의 저 분노는 발산되는 방향과 방법이 틀린 것 같네. 젊은 혈기가 무분별함을 가려주는 방패가 되어서는 안 되지 않겠나?"

"하지만 다수의 여론이 그 비류연이란 관도를 사형시키라고 주장하고 있습니다."

"아직 유, 무죄의 여부도 밝혀지지 않았는데 무슨 처벌이란 말인가? 오히려 소란죄로 저 밑에 모인 녀석들을 몽땅 처벌하고 싶은 게 솔직한 내 심경일세."

"그랬다가는 권력의 횡포라는 비난을 피하지 못하실 겁니다."

태연한 목소리로 손문경이 대답했다.

"그럼 저건 뭔가? 무지(無知)한 대중의 난동인가?"

저 아래 모인 시끄러운 무리들을 향해 삿대질을 하며 마진가가 신경질적으로 외쳤다. 그는 요즘 안 그래도 과중한 업무 때문에 녹초가 될 지경이었다. 높은 사람은 맨날 일을 아랫사람에게 맡기고 논다고 생각한다면 그건 정말 큰 오산이었다.

"글쎄요. 과연 저게 무지의 소산물일까요? 그 건에 대해서는 회의적입니다만……."

"저게 어리석음의 소산물이 아니면 뭐란 말인가?"

"물론 저기 모인 아이들은 작은 선동에도 크게 경도된 무지하고 가엾은 존재들이라 할 수 있겠지요. 하지만 저 무지한 대중을 움직이는 소수는 분명 자신의 손익을 계산하고 있을 겁니다. 때문에 저 많은 이들을 조직적으로 움직일 수 있었겠지요. 그러니 저들을 악의적 계산의 소산물, 혹은 모략의 산물이라고 할 수는 있어도 무지의 소산물이라고 할 수는 없다는 것입니다."

"그런 뜻인가?"

"그런 뜻입니다."

그러나 자신들의 학생 중 일부가 무지의 소산물이 아니라 해도 마진가는 그 사실에 대해 솔직하게 기뻐할 수 없었다. 저들이 무지의 소산물이 아니라 해도 여전히 무지하다는 사실에는 별다른 변화가 없었기 때문이다.

"명목상 그 비류연이란 청년은 이번 화산규약지회의 우승자이네. 그 일로 인해 그 청년은 천무학관에 대한 대표성을 손에 넣은 것이네. 우리가 원하든 원하지 않든 그건 상관없는 일이지. 그런 사람을 우리 손으로 사형시켜 보게. 그것도 수험생 연속 살인범이란 화려한 꽃관을 씌워놓고서 말일세."

"천무학관의 위신은 땅바닥 깊숙이 추락하겠지요."

상상은 그다지 어렵지 않았다.

"정말 강호에 길이길이 남을 추문이 되겠지."

"그리고 천무학관에 대한 백도 제 문파의 지지율도 하락하겠지요. 마천각에선 좋아하겠군요."

손문경은 솔직하게 말했다. 그는 상담 역이었다. 때문에 다른 모든 이가 진실을 은폐할 때 진실을 말해줄 의무가 있는 사람이었다. 정점에 서 있는 사람의 눈과 귀가 막혀 있다면 그것은 큰 문제였다. 때문에 정점에 선 자는 자신의 곁에 진실을 말해줄 사람을 반드시 한 명 이상 데리고 있어야 한다. 그렇지 않으면 절대 조직의 세세한 부분까지 살필 수 없게 된다. 반드시 자기 사람을 조직 계단의 중간중간에 심어놓아야지 그렇지 않으면 조직을 관리할 능력을 잃어버리게 된다.

손문경 역시 그중 가장 높은 곳에 위치한 사람 중 하나였다.

"궁금해서 그러는데 말일세."

"말씀하십시오, 관주님."

"저들 중 몇몇이 자신들의 이익을 증진시키기 위해 수사를 방해할 거라 생각하나?"

"충분히 그럴 가능성이 있습니다."

손문경은 다시 한 번 솔직하게 대답했다. 그 대답이 상관의 미간을 찌푸리게 만든다 해도 전혀 상관없다는 태도였다. 그는 상관 기분이나 맞춰주려고 이 자리에 있는 것은 아니었기 때문이다.
"그건 재미없는 대답이군."
"하지만 사실이지요."
손문경은 상관의 마음을 편하게 하는 데 별다른 재주가 없을 뿐만 아니라 관심도 없는 게 분명했다.
마진가는 고민하지 않을 수 없었다. 만약 그런 일을 당한다면 별로 유쾌하지 않을 것 같았다. 하지만 이렇게 여론이 들끓어서야 그냥 조심스레 덮어둘 수도 없는 노릇이다.
진실의 곤란한 점은 대상자의 심정을 절대로 헤아려 주지 않는다는 것이었다. 진실을 받아들이는 당사자가 유쾌하든 불유쾌하든 진실이 진실임에는 변함이 없는 것이다.
"어떻게든 해결(解決)하여 매듭짓지 않으면 안 돼!"
들끓는 여론이 폭발하기 전에. 그러다가 문득 우스운 생각이 들었다.
'해결은 푸는 건데 겨우 풀어놓은 걸 다시 매듭지으면 어떻게 되나? 다시 원상 복귀라는 소리인가?'
내뱉고 보니 어쩐지 불길한 말실수였다.
만일 풀어놓은 걸 다시 묶으려고 하는 놈들이 있다면 그냥 간과할 수 없었다. 어떤 방해도 용납되어서는 아니 되었다.
"사태가 수습할 수 없을 지경까지 커지기 전에 수를 내야겠네. 난 항상 자네가 이런 곤란할 때에 든든한 아군이 되어준다는 사실을 한 번도 잊은 적이 없다네."
어떻게든 궁리를 해서 뾰족한 수를 끄집어내 보라는 언외언(言外言)의 압력이었다.

"범인을 잡으면 되겠지요."
"누가 그걸 몰라서 물었나?"
마진가가 약간 화가 난 목소리로 퉁명스레 대꾸했다.
"혹은 사건의 진상을 파악하거나요."
"그것도 알고 있네."
"하지만 대부분의 사람들은 진상이 밝혀지기보다 덮여지기를 원한다는 데 문제가 있죠. 다들 사건 해결에 도움을 주기보다 훼방 놓고 싶어 안달일 테니 말입니다. 거참, 어떻게 처신하면 그 젊은 나이에 저렇게 대대적으로 반감을 살 수 있는지 정말 놀랍군요. 어떤 의미에서는 거물이라고도 할 수 있겠군요."
"그럼 어쩌면 좋겠나?"
"비밀리에 이 일을 맡길 만한 친구가 필요합니다. 남들 모르게 비밀리에 수사할 수 있으면서도 그들의 이익 관계에 결부되어 있지도 않고 비류연이란 청년에 대해서도 특별한 악감정을 가지지 않고 공정하게 대할 수 있는 그런 인물이면 더욱 좋겠죠."

마진가의 머릿속에 한 사람이 떠올랐다 사라졌다. 손문경이 방금 제시한 조건에 딱 부합되는 그런 인물이었다.

'홍(紅)을 불러야겠군.'

요즘 너무 부려먹는다고 투덜거릴지도 모른다는 걱정이 잠시 앞서기는 했지만, 현재 그가 할 수 있는 가장 생산적인 결정이었다.

침묵(沈默)으로 나누는… 대화(對話)
―비류연 對 청훈

이 사람과 있으면 말이란 그저 마음을 전하기 위한 보조 수단에 불과한 것이 아닌가 하는 의심이 든다고 나에린은 문득 생각했다. 말이 없으면 대화를 하지 못한다고 생각하는 건 인간의 단순한 강박관념은 아닐까 하는 의심과 함께.

말이 없는 대화라는 것이 가능하긴 한 걸까? 인간이 말에 의지하지 않고서는 의사 전달이 불가능하다는 것을 부정하는 것은 아니다. 다만 인간이란 상상 이상으로 시야가 좁아서 말이란 것에 너무 신경을 빼앗겨 말이 나온 근원을 때때로 잊어버리고 마는 것 같다. 그래서 말에 너무 의존하다 보니 자신도 모르는 새에 말[言]에 사로잡히고 만다. 한 번 말의 함정에 빠진 사람은 어지간해서는 그 무지의 늪에서 빠져나오지 못한다.

그런데 지금 그녀의 곁에 앉아 있는 사람은 달랐다. 그는 말에 사로

잡히지도 않았고, 심지어 관습에도 사로잡히지 않았고, 자신의 사심에도 사로잡히지 않았다. 그의 이름은 비류연이었다.

그는 자기 자신을 속이려 하지 않는다. 언제나 직접 부딪쳐 온다. 그 때문에 알기 쉽다. 그것이 일반적인 방법이 아닌 것을 모르는 것은 아니다. 때문에 사람들이 그에게 거부감을 표시하고 있는 것도 그 때문이리라. 그러나 그가 자신을 굽히는 것을 그녀는 한 번도 보지 못했다.

극렬히 반대하는 사람이 여전히 많긴 하지만, 이제 공인된 연인이라 할 수 있는 두 사람은 현재 독특한 대화를 나누고 있는 중이었다. 사용 중인 언어는 무언(無言), 또 다른 이름은 침묵이었다. 쉴 새 없이 혀를 놀리는 것만 아니라 잠시 혀를 쉬면서 조용히 앉아 있는 것만으로도, 무언의 언어가 가져다주는 고요함만으로도 대화가 가능하다는 것을 그녀에게 가르쳐 준 사람도 비류연이었다.

나예린은 대화가 무척 서툴렀다. 특히 남자와의 대화는 더욱더 그러했다. 어릴 적부터 그녀에게 있어서 남자란 경계의 대상이었지 대화의 대상이었던 적은 단 한 번도 없었다. 유일한 예외가 부친인 무림맹주 나백천이었지만 대화가 많은 부녀지간은 아니었다. 그때 그녀의 아버지는 직무상 너무나 바빴고, 그녀는 너무나 어렸다.

열두어 살 때부터 여인들만 있는 검각에서 생활한 덕분에 이런 경향은 더욱더 가속화되었다. 극단적인 환경은 극단적인 반응을 낳는다. 그것이 편협함이라 불린다 해도 어쩔 수 없는 일이었다.

삶의 아슬아슬함과 치열함은 외줄타기와도 같다고 한다. 줄을 타다 줄 위에서 중심을 잃은 곡예사는 언제나 크게 다치기 마련이다. 검각의 특수한 환경 때문에 발생할 수 있는 경험의 극단화를 우려한 검후는 일정 나이가 되면 한 번씩 타 명문정파의 남자 제자들과 함께 자그

마한 회합을 열곤 했었지만, 나예린은 그때도 방 안에 틀어박혀 있는 편이 더 좋았다. 그러니 대화가 능숙하면 오히려 그게 더 이상한 일이었다.

사람과의 접촉이 턱없이 부족하다 보니 무슨 이야기를 나눠야 되는지도 알 수 없었다. 차갑지만 맑게 울리는 그녀의 옥음 한마디라도 듣고 싶어 기를 쓰고 꼬꼬댁거리는 남정네들에게는 잔인한 이야기가 되겠지만, 그녀는 대화의 능숙 이전에 왜 대화를 나눠야만 하는지 그 필요성조차 회의적이었던 것이다. 그녀에게 있어 남자란 단지 혐오와 경계의 대상일 뿐이었고, 그 사실은 단 한 번도 변하지 않았다. 한 사람을 만나기 전까지는.

비류연은 처음 볼 때부터 다른 이들과 어딘가 달랐다. 그것은 기묘한 느낌이었다. 왠지 어디선가 만난 듯한 기시감, 본 적이 없음에도 본 것 같은 친숙한 느낌, 한순간이지만 마음의 방어막을 허물어뜨린 자연스러움. 그렇지 않았다면 '그런 일'까지 허용하지는 않았을 것이다. 정신이 다시 들었을 때는 이미 입술을 빼앗긴 이후였다. 달콤하지는 않았지만 역겹고 불쾌하지도 않았다. 다만 그것을 허용한 자신에게 화가 났다. 그래서 검을 휘둘렀다. 다시 연결된 접촉의 선을 끊기라도 하듯.

그러나 한번 이어진 인연의 사슬은 쉽사리 끊어지지 않았다. 다만 그 외피를 살짝 긁는 데 그치고 말았다. 아무리 삶은 예측할 수 없는 것이라고 하지만, 설마 그런 그들이 이렇게까지 발전할 줄은 당시의 나예린으로서는 상상도 못한 일이었다. 자신이 남자에게 마음을 줄 수 있다고 믿지 않았던 것이다. 물론 천무학관의 그 누구도 예상치 못했던 일이기도 했다.

비류연과 있으면 지루하고 권태롭고 하품나는 이야기의 실이 끊기지 않게 하기 위해 머릿속에서 애써 뭔가 화젯거리를 끌어내기 위해 안간힘을 쓸 필요가 없었다. 그저 가만히 나란히 어깨를 맞대고 같은 곳을 바라보며 조용히 앉아 있는 것만으로도 마음과 마음, 영혼과 영혼이 서로 조용히 감응하고, 고요히 소통하고 있다는 온기 어린 달콤함을 맛보기에 충분했다.

혀를 벗어난 말에 심장이 깃들어 있는 법 없고, 던져진 말엔 언제나 위선과 거짓이 끼어들 여지가 남아 있는 법. 백 마디, 천 마디, 만 마디 사랑의 말도 하루아침에 거짓과 위선과 허위로 뒤덮인 거대한 묘지가 될 수 있었다. 그러나 이 침묵에 위선이 끼어들 자리는 없었다. 마음을 울리기 위해서 필요한 것은 소리가 아니라 또 하나의 마음이기에. 공명(共鳴)이란 그런 것이리라.

그의 침묵이 자신의 마음을 울리고, 자신의 침묵이 그의 마음을 울린다. 백 마디 교언, 천 마디 기도로도 반응하지 않던 그녀의 굳은 마음이 단 한 음절의 말도 깃들어 있지 않은 무언의 침묵에 지금 진동하고 있었다.

묵묵히 울리는 마음과 마음이 만나 조화를 이루어 두 개의 울림이 하나의 울림을 만들어낸다. 마음을 퍼져 나가 세계로, 우주로 뻗어나간다. 그의 울림에 반응한 자신의 울림이 세계 속으로 뻗어나가는 게 느껴진다. 영혼이 함께 공명하며 조화 속에서 기뻐하고 있었다. 이 감정, 태어나서 처음 생겨난 이 마음을 무엇이라 불러야 할까? 얼어붙어 있던 마음속에서 희미한 물소리가 들려온다.

석양이 진다. 붉은 파도를 일으키려는 듯 바람이 분다. 홍수처럼 밀

러올 것 같은 붉은 노을을 바라보며 두 사람은 고요에 몸을 내맡겼다. 시간이 사라지고 공간도 사라졌다. 그리고 오직 하나의 선율만이 남아 있었다.

평소 한번 열리기만 하면 수많은 독설을 칼처럼 휘두르던 비류연의 입도 지금 이 순간만큼은 조용히 굳게 닫혀 있었다.

운향정에서의 만남 이후 그의 불꽃이, 그의 손끝과 입술에서 뿜어져 나오는 뜨거운 불꽃이 그녀의 마음을 꽁꽁 감싸고 있는 차가운 얼음을 한 겹 한 겹 녹여오고 있었지만, 완전히 녹이는 데는 성공하지 못했다.

그 손의 온기가 그녀의 얼어붙어 있던 손을 녹이고, 그의 입술이 그녀의 서리 친 창백한 입술에 뜨거운 생명의 숨결을 불어넣었지만, 아직 그녀의 마음을 두르고 있는 저 북해의 빙정보다도 차갑고 단단한 얼음 결정을 완전히 융해시키기에는 그 열기가 부족했다.

그러나 뜨거운 불꽃이 아닌 겨울 자락 끝에 비치는 이른 초봄의 햇살 같은 온기는 그녀의 얼어붙어 있는 마음의 장벽을 조금씩 조금씩 그녀 자신이 인식하지도 못한 사이에 융해시키고 있었다. 이 작업은 자각의 뒤편에서 조금씩 조금씩 이루어졌기에 그녀는 그 사실을 깨닫지 못했지만, 황폐할 대로 황폐했던 척박한 동토의 땅에는 어느새 조그마한 신뢰의 싹이 돋아나 있었다.

지금이라면 그에게 이 마음을 전할 수 있을지도 몰랐다. 이 아름다운 침묵을 깨뜨리는 것이 두렵지만 어떻게든 전하고 싶다고, 전해야만 한다고 생각했다. 방해자들만 나타나지만 않았다면 그녀는 그리했을지도 몰랐다.

그러나 영원히 울려 퍼질 것 같던 선율은 틈입자의 등장으로 인한 아주 조그마한 잡음에 땅에 떨어진 유리 조각처럼 산산조각 부서져 내렸다. 신경에 거슬리는 잡음의 파편들을 맞으며 나예린은 안타까운 어조로 입을 열었다.

"류연……."

오랜 시간 공들여 쌓은 침묵의 탑이 한순간에 무너졌다. 비류연이 고개를 돌렸다. 나예린 역시 고개를 돌려 곱지 않은 시선으로 두 명의 침입자를 바라보았다.

"실례합니다, 두 분! 잠시 시간있으신지요?"

완벽한 침묵 속에서 조화를 이루고 있던 두 사람의 세계를 침범한 이는 구정회의 문상이라 불리는 형산일기 백무영과 무상 비천룡 삼절검 청혼이었다. 투명한 이슬이 되어 조금씩 녹아가던 마음이 다시 급속도로 차갑게 재동결되기 시작했다. 그러자 잠시 가라앉아 있던 차가운 한기가 구름처럼 일어났다.

"무슨 일이죠, 백 소협, 청혼 소협?"

그 한겨울의 서릿발 같은 냉랭한 대꾸에는 구정회의 문상도 주춤하게 하는 서늘함이 깃들어 있었다. 그 서슬 퍼런 한기에 놀란 백무영은 그만 당황하고 말았다. 내가 무슨 중죄라도 지었나? 그녀의 이유없는 분노를 이해할 수 없었기에 그만 당황해 버렸다.

"아… 저… 그러니깐……."

날카로운 이성의 결정체라 불리던 남자가 당황해서 어쩔 줄 모르더니 그만 말을 더듬고 말았다.

'이 친구, 당황했군.'

청혼은 좀처럼 찾아볼 수 없는 의외의 모습에 깜짝 놀랐다. 그러나 한편으로는 감탄하고 또 즐거워하며 청혼은 친구의 그런 희한한 모습을 이끌어낸 이에게 망설임없이 경의를 표하며 속으로 탄식했다.

'그러기에 빨리 연인을 찾아보라니깐…….'
청혼은 혀를 차며 속으로 생각했다.
'잘생기고 똑똑하다는 평을 받고 있으면 뭐 하나? 실적이 없는데! 경험해 보지 못하면 알 수 없는 것이 이 세상에는 잔뜩 있다고 내가 그렇게 일렀는데 계속 무시하더니 결국 이렇게 되잖아!'
겉에서 보는 것과 그 안으로 들어가는 것은 엄연히 차원이 다른 일이었다. 그런데 이 친구는 다 좋은데 이론만으로 세상을 다 파악할 수 있다는 듯 행동하는 것이 단점이었다. 관찰만으로 사랑이 어떤 것인지 다 알았다는 듯 행동했다. '이미 해보면 어떻게 될지 뻔히 아는데 굳이 번거롭게 그걸 해야 할 필요가 있을까?' 이렇게 말해 버리는 것이다. 거기에 대한 자신의 반론은 정해져 있었다.
'아, 글쎄, 검증받지 않은 이론은 그저 가설에 불과할 뿐이라니까, 친구!'
물론 서로 자신의 의견을 절대 굽히지 않았으므로 타협점을 찾는 데는 실패했다. 그 탓인지는 몰라도 이 친구는 여성을 어떻게 대해야 하는지에 대해 실로 무지했다. 면역도 없었다. 한마디로 허점투성이였다. 체험이 들어가 있지 않은 가설은 공허하기 마련이라는 것을 몸소 실천해 보여주고 있는 것이었다.
"저기… 그러니까……."
일단 운을 띄웠으면 뒤를 이어야 하는데 문장은 황망함 속에서 분해되어 산지사방으로 흩어져 버렸다. 그의 가장 강한 무기였던 말문이 막히자 당황의 늪은 더욱 질퍽해져 발버둥 치는 그를 더 깊숙한 곳으로 끌어당겼다. 빠져나오는 것은 꿈도 꿀 수 없었다. 그는 지금 자신이 무슨 용무로 여기에 왔는지조차도 순간 망각하고 말았다.

나예린의 목소리가 더욱더 차가워졌다.

"듣고 있습니다. 말씀하세요. 전 아직 용무조차 듣지 못했으니까요."

딴청 부리느라 전혀 듣고 있지 않다는 말보다 더 차갑게 들리는 말이었다.

"저희는 그러니까… 그렇지! 공무(公務)! 바로 공.무.가 있어서 찾아왔습니다, 나 소저!"

마침내 백무영은 막대한 심력 소모의 대가로 흩어진 정신을 수습하여 자신의 용무가 무엇이었는지 기억해 낼 수 있었다.

"공무요? 곧 해가 지고 하늘 위로 별이 떠오를 이 시각에요?"

보통 공무 시간은 묘시 초(오전 6시)부터 신시(오후 5시)까지였다. 무인은 일찍 일어나야 하기 때문에 시작 시간이 빨랐고, 끝나는 시각은 평균적인 해 지는 시각을 기준으로 삼고 있었다.

"야, 야근 중입니다!"

'아니, 난 죄인도 아닌데 왜 이렇게 떨고 있지?'

자신이 죄인이 아니라는 것이 기억났다. 그러자 다음 말을 이을 용기가 솟구쳤다. 그렇다. 자신은 공무 중이었다. 잠시 박력에 눌려 움찔하긴 했지만 죄책감 따윌 느낄 이유가 없었다.

"야근이요?"

미심쩍은 어조로 나예린이 되물었다.

"예, 야근입니다. 저희도 쉬고 싶은데 워낙 사건의 중함이 시급을 다투는 일이라서요. 아직 젊은 나이에 혹사당하고 있습니다. 그러나 안심하십시오. 정직하고 모범적인 관도인 나 소저와는 전혀 관계없는 일이니 말입니다. 저희가 용무가 있는 쪽은 바로 저쪽입니다."

비류연을 가리키는 백무영의 손가락에는 왠지 모를 적의가 서려 있었다.

'이 친구, 여전히 동요하고 있구만.'

청흔은 조금 전부터 마치 작정이라도 한 듯 전혀 그답지 않은 행동을 연속해서 저지르고 있는 친구를 걱정 반 재미 반 섞인 시선으로 바라보고 있는 중이었다. 하지만 아무래도 이 친구에게 일을 계속 맡겨두는 것이 조금 불안해졌다.

청흔이 한 걸음 앞으로 나섰다.

"그렇습니다. 저희가 용무가 있는 쪽은 나 소저가 아니라 저 친구죠. 저희들도 두 분만의 오붓한 시간을, 에흠, 방해하고 싶지는 않았지만 워낙 이번 일이 화급을 다투는 일이다 보니 이렇게 실례를 범하고 말았군요. 부디 넓은 아량으로 관용을 베풀어주시기 바랍니다, 나 소저."

나예린이 비류연을 힐끔 바라보았다. 그러나 그는 상황이 어떻게 돌아가는지 좀 더 지켜볼 요량인지 그녀 곁에서 팔짱을 끼고 입을 다문 채 침묵을 고수하고 있었다. 그러다 보니 자연 대화의 주도권은 아직까지 나예린에게 넘어간 채 그대로였고, 어떻게든 그녀와의 대화를 서둘러 매듭짓고 좀 더 상대하기 편한—어디까지나 그들의 상상과 편견과 착각의 산물이긴 하지만—상대와 본론으로 함께 넘어가고 싶은 그들의 욕구는 계속해서 묵살당해야만 했다.

"방해했다는 것을 알고, 그것이 실례라는 것을 알고 계시는 걸 보니 저에게도 그 공무상의 이유를 들을 만한 자격이 있는 것 같군요. 그렇지 않나요, 두 분?"

난처한 표정으로 두 사람은 서로를 마주 보았다. 백무영과 청흔은 서로를 번갈아 마주 보며 누가 먼저 입을 열어 여인의 원한을 한 몸에 받는 영예를 누릴 것인지에 대해 눈빛만으로 치열한 대화를 나누었다. 전투를 방불케 하는 장렬함이 깃든 눈짓을 표현하기 위해 그들은 평소 쓰지 않던 미세한 안면 근육까지 최대한 혹사시켜야만 했다. 몇 가지 의견들이 오가더니 이내 무언의 합의로 끝을 맺었다.

먼저 입을 연 쪽은 백무영이었다.

"좋습니다. 저희들이 여기 온 이유를 알려 드리지요. 어차피 공무를 집행하다 보면 자연 아시게 될 일이니 말입니다."

비류연을 향해 약간 몸을 돌린 그는 품속에서 공무집행서 한 장을 꺼내 들더니 또박또박한 목소리로 자신들의 용무를 힘주어 읽어 내려갔다.

"천무학관 삼 년차 관도 비류연 자네를 다섯 건의 입관 희망자 살해 혐의로 구속하네!"

예상과 달리 두 사람의 은밀한 대처가 무색하게도 살인 사건의 용의자로 체포된다는 사실을 알게 된 비류연의 대응은 미쳐 날뛰는 것이 아니었다. 그렇다고 자신의 무죄를 주장하며 억울함을 호소하지도 않았다. 그는 단 한 마디도 말하지 않았다.

"류연······."

백무영의 비정한 선고를 들은 나에린의 목소리는 그를 바라보는 눈동자만큼이나 심하게 파르르 떨리고 있었다. 그녀의 눈에는 걱정의 빛만 있을 뿐 비난의 빛은 없었다. 나에린은 비류연의 결백을 믿었다. 타인의 말 한마디에 그동안 쌓아왔던 신뢰의 탑을 섣불리 무너뜨리고 싶지는 않았다. 그동안 자신이 보고 느껴왔던 그를 믿고 싶었던 것이다. 그가 무엇인가 한마디 해주길 내심 바랐다. 그러면 자신의 동요하는 마음도 진정될 것 같았다. 그 눈빛을 읽었는지 비류연은 자신을 바라보는 두 눈동자를 향해 쓴웃음을 지으며 어깨를 으쓱했다.

"흔히 있는 일이죠. 걱정 말아요."

뭐가 흔히 있는 일이라는 것일까? 설마 강호에서 일어나는 살인을 말함인가? 백무영과 청흔은 비류연의 말을 이해할 수 없었다. 그러나 나예린은 이해했다.

"그렇군요."

납득이 간다는 표정으로 그녀는 고개를 끄덕였다.

"이보게, 뭐가 흔히 있는 일이라는 건가?"

백무영은 나예린에게 묻기에는 켕기는 게 있는 모양인지 대신에 비류연에게 물었다.

"아니, 그것도 몰라요?"

그런 상식 중의 상식을 모르다니 믿을 수 없다는 듯한 그런 태도로 비류연이 되물었다.

"모르네."

상한 자존심 때문에 미간을 찡그리긴 했어도 백무영은 솔직히 대답했다. 그 점은 비류연의 마음에 조금 들었다.

"오호, 꽤나 솔직하네요. 좋아요. 그 솔직함을 봐서 얘기해 주죠."

비류연이 생색 내며 말했다.

"어서 말해보게."

선심 쓰듯 하는 비류연의 말에 백무영이 퉁명스레 대꾸했다.

"그래그래, 빨리 말해보게."

옆에서 청흔도 '나의 혀는 단지 거들 뿐'이라는 듯 한마디 거들었다.

"언제나 흔히 있는 일, 그래서 많은 선량한 사람들을 가슴 아프게 하는 것. 혹자는 자신의 죄를 피하기 위해, 혹자는 자신의 야심을 달성하게 위해 산 제물을 바치는 것. 바로 누명이죠."

그것이 마치 자신의 이야기 그 자체인 양 말하는 비류연의 목소리에는 거침이 없었다. 졸지에 무고한 자를 연행하러 온 악한, 내지는 사건의 진상을 파악하지 못한 '무능한 자'로 전락해 버린 두 사람으로서는 그냥 넘겨들을 수 없는 말이었다.

"자네는 지금 자신이 누명을 썼다고 주장하고 있는 건가? 그래서 억울하다 이건가?"

"아뇨. 억울하진 않아요."

그건 또 의외의 대답이었다.

"무슨 뜻인가?"

"어차피 백배로 되돌려줄 건데 굳이 지금 억울해할 필요는 없죠. 그게 누군진 몰라도 남에게 누명을 씌웠으면 그 응보를 받을 각오가 되어 있겠죠. 난 오늘부터 그때가 오기를 즐겁게 기다릴 테니 억울할 일이 어딨겠어요."

어떤 분노도 억울함도 서려 있지 않은 그의 말투는 마치 '내일 점심은 어디서 먹을까?' 정도의 일상적이고 평탄한 어조였으나, 어딘지 즐겁기까지 한 그 말에 오히려 갑자기 오싹 오한이 드는 두 사람이었다. '무서운 놈!' 이런 놈과 척을 지면 평생 괴로울 게 분명했다.

"그러니까 그게 곧 억울하다는 이야기 아닌가?"

백무영이 따지고 들었다.

"굳이 그렇게 해석하겠다면 말리지는 않겠어요. 사실 안 억울하다는 증거가 있나요? 그 증거를 눈에 보여주기만 하면 억울한 것을 그만두고 안 억울해질 수도 있죠. 물론 안 억울해질 수 있는 증거는 보여줄 수 있겠죠? 설마 그런 것마저 없다면 잡혀가는 사람이 무척 상심하지 않을까요?"

"그건……."

백무영이 말끝을 흐리는 모습을 비류연은 상대방은 볼 수 없는 날카로운 시선으로 노려보았다.

"호오, 설마 아직 없다는 이야기?"

그의 말꼬리가 위로 치켜 올라갔다. 다분히 의도적인 행동이었다.

"정말인가요, 백 공자?"

나예린도 놀란 얼굴이 되어 백무영을 바라보자 그의 부담은 두 배가 아닌 네 배로 증가했다. 무언가 대답해야만 한다는 강박관념이 그의 머릿속을 온통 꽉 채웠다. 이럴 경우 대답이 늦어지면 늦어질수록 상대방의 불신만을 초래한다는 것을 그는 경험으로 알고 있었다.

"그러니까… 증거는 없습니다. 하지만!"

백무영은 한 박자 쉬고 다시 말을 내뱉었다.

"증인은 있습니다."

그것이 그가 지금 할 수 있는 최선의 대답이었다. 그러나 그것은 비류연의 피식하는 콧바람 한 번에 날아가 버릴 만큼 덧없는 것이기도 했다.

"그러니까 역시 증거는 아직 없다는 이야기군요!"

나예린이 지적했다. 백무영은 갑자기 고개가 천근만근 무거워지기라도 한 건지 고개를 들 수 없었다. 땅만 바라보고 있는 그의 귓속으로 혀 차는 소리가 또렷이 들려왔다. 쯧쯧…….

"상상력이 매우 풍부한 분이시네요. 물론 상상력은 중요하죠. 인간이 경험한 그 이상의 지평으로 인간의 예지를 끌어가 주는 가장 궁극적인 원동력이니까요. 때문에 우리는 형이하의 세계에 살면서 형이상의 세계를 간접적으로나마 탐구할 수 있는 것이죠. 안 그렇습니까?"

"······?"

"저 친구, 지금 뭐라고 하는 건가?"

"알 것 없네. 신경 끄게. 그냥 이야기의 주제를 흐트러뜨리려는 수작이니 말일세!"

청흔의 물음에 백무영이 퉁명스레 대꾸했다.

"아, 그런가? 난 또 내가 못 알아먹다 보니 무슨 심오한 이야기인 줄 알았네. 음, 그랬었구먼!"

청흔이 소곤거리는 목소리로 대답했다. 비류연은 '그' 수작을 멈추지 않았다.

"하지만 그런 상상력도 경험과 체험이 바탕이 되지 않으면 안 되죠. 튼튼한 기반 위에 튼튼한 건물이 서는 것 아니겠어요? 그런데 자신의 경험이나 현실적 근거도 없이 무제약적으로 상상력을 전개했다가는 망상밖에 남지 않죠. 얼렁뚱땅 넘어가는 버릇은 좋지 않아요. 이 경우는 특히 더."

한마디로 요약하자면 '이봐요, 당신! 이제 그만 망상에서 깨어나시지!' 라는 것이었다. 저 한마디 욕을 하기 위해서 형이상의 세계를 돌아 현상을 거쳐 다시 형이하의 세계로 돌아오는 장대한(?) 여정을 거쳤던 것이다. 역시 만만히 볼 놈은 아니었다.

"우리가 얼렁뚱땅 넘기려 하고 있다고 말하고 싶은 건가? 헛다리 짚고 있다고? 증거도 없이, 증인이라 칭하기도 부끄러운 목격자도 못 되는 참고인만을 근거로?"

백무영이 날카로운 어조로 반문했다.

"그렇게까진 얘기하지 않았는데 두 분의 양심에 찔리는 데가 있었나 보군요. 그럼 두 분께선 자신들의 추측이 틀렸을 경우에 대한 특별한 각오는 되어 있으시겠죠, 물론?"

비릿한 웃음을 머금으며 비류연이 찬찬하게 힘주어 말했다.

"특별한 각오? 무슨 각오 말인가? 우린 맡은 바 임무에 따라 공무를 수행할 뿐이네."

백무영의 대답에 비류연은 검지를 좌우로 흔들며 고개를 가로저었다.

"죄없는 사람을 아무렇게나 잡아넣는 게 공무인 건 아니죠."

그의 지적은 날카로웠다. 하지만 백무영도 할 말이 없는 것은 아니었다.

"하지만 결정적이라 할 만한 정황 증거는 있네."

"그건 뭐죠?"

"바로 시흔일세."

"시흔?"

백무영이 그 반문을 기다렸다는 듯 힘주어 말했다.

"그렇네. 이번 시체에는 거미줄 같은 붉은 상처가 나 있었네."

그 순간 비류연의 눈빛이 불꽃처럼 반짝였다.

"류연… 설마……."

뭔가 말하려 하는 나예린을 비류연이 손을 들어 제지했다.

"괜찮아요. 예린은 가만히 있어요."

다시 비류연이 백무영을 바라보며 말했다.

"그건 무척 흥미롭군요. 좀 더 자세히 얘기해 주시겠어요?"

어디까지나 자신과는 관계없는 일이라는 것을 강조하며 비류연이 물었다. 백무영은 조금 귀찮긴 했지만 자신들이 검시하던 상황과 그때 발견하게 된 푸른 상흔들, 가슴패기의 미세한 상처에 대해 매우 자세하고 정확하게 설명해 주었다.

"나 백무영의 이름과 사문의 이름을 걸고 장담하건대 분명 검에 의한 상처는 아닐세. 그것은 보다 특수한 흉기에 의한 치명상이었네. 분명 사검(絲劍) 계통의 흉기일세. 내가 알기로 그런 상처를 남길 수 있는 사람은 내로라하는 고수들이 득실거리는 와호잠룡지지인 천무학관 내에서도 오직 자네뿐일세. 그리고 그 시체의 친구들 모두 자네가 그 친구를 마구잡이로 두들겨 팼다고 이구동성으로 주장했네. 그런데도 발뺌할 셈인가?"

비류연이 고개를 갸우뚱했다.

'저들 앞에선 그 기(技)를 보여준 적이 없었는데? 어떻게 알았지? 뭐라도 캔 건가?'

지피지기(知彼知己)면 백전불태(百戰不殆)라는 말에 따라 그동안 구정회는 비류연에 대한 정보를 꾸준히 모아왔던 것이다. 알면 알수록 알 수 없는 놈이기는 했지만 백무영은 꽤 많은 정보를 열람할 수 있었다.

"푸른 상흔은 내가 남긴 건지도 모르겠네요. 하지만 죽이지는 않았어요. 그런 쓰레기는 죽일 가치도 없으니깐. 게다가 새끼손가락 하나만 있으면 충분한 애송이 얼간이를 상대로 왜 그런 거창한 무기까지 꺼내 들어야 하는지 그 점이 이해가 안 가는군요. 닭 잡는 데 용 잡는 칼을 쓴다는 게 너무 낭비라고 생각하지 않아요? 선전하는 것도 아니고."

"맞아, 맞아. 사실 나도 그 점이 의문이긴 했지."

그런 의문은 청혼 역시도 최초부터 가지고 있었던 것이기에 무의식 중에 맞장구를 치고 말았다.

"청혼, 자넨 좀 조용히 하게. 그럼 자네는 여전히 인정할 수 없단 말인가?"

백무영이 짜증 섞인 말투로 한마디 했다. 청혼은 잠시 투덜거리더니 이내 입을 다물었다. 다시 주변이 조용해지자 비류연이 말했다.

"여전히 날 범인이라고 생각하고 있는 모양인데 나중에 가서 남의 장단에 꼭두각시 춤을 춘 책임은 어떻게 지실 건가요? 그것도 공적인 임무를 맡아 공정하고 사심없이, 냉철하게 공적인 업무를 수행해야 할 분께서 말입니다. 그런 헛짓거릴 하라고 사람들이 책임을 맡긴 것은 아니잖아요? 그 자리에 있는 만큼 그 책임을 져야죠. 안 그런가요?"

말투는 부드러웠지만 내용에는 칼이 숨겨져 있었다.

"만일 아니라면 자네가 우리에게 그 책임을 묻겠다는 건가? 감히!"

그러자 비류연의 입가에 미소가 번져 나갔다.

"그렇게 생각해도 큰 무리는 없을 것 같군요. 빚은 꼭 받아내야 하는 성격이라서요. 전 채무 관계를 무척 중시하죠. 그걸 잘 해결하는 것이 곧 신용을 지키는 일이니까요."

그 누구도 구정회의 문상과 무상을 두고 이토록 큰소리친 사람은 없었다.

"과연 자네에 대한 소문이 결코 과장이 아니었군. 오늘 보니 '안하무인(眼下無人)'이란 말은 오직 자네 하나만을 위해 만들어진 말인 모양일세. 과연 자네에게 그만한 역량이 있을까? 우리들을 누구라고 생각하나?"

백무영의 전신에서 보이지 않는 투기가 솟구쳐 나왔다. 그러나 이런 것에 눈 하나 깜짝하기에는 지난 짧은 인생 동안 겪은 일들이 너무 많았다. 비류연은 코웃음을 치며 그 위협을 흘려 넘겼다.

"그러니깐… 구정회라는 별 볼일 없는 애들 모임의 문상과 무상이었던가? 지위 한번 거창하네요. 그만큼 실력도 있었으면 좋겠군요. 빈 수레가 요란하단 말도 있잖아요? 만에 하나 그런 지위가 두 사람을 보호해 줄 거라 생각했다면 아직 늦지 않았으니깐 지금이라도 버리는 게 좋아요. 계산 착오가 이만저만 큰 게 아니니깐요. 그건 그렇고, 그쪽이야말로 날 누구라고 생각하는 건가요? 정말 날 안다고 생각해요? 내가 못할 거라 생각하나요? 그럼 좋아요. 내가 만일 지금 동행하지 않겠다고 하면 어떡하시겠어요? 무슨 좋은 방법이라도 궁리해 오셨나요?"

그것은 명백한 도발이었다. 마침내 청혼이 참지 못하고 검을 뽑아 들었다.

"순순히 따라가지 않겠다면 힘으로 끌고 가겠네!"

청혼의 위협에도 비류연의 입가에 걸린 미소는 걷히기는커녕 더욱 짙어졌다.

"할 수 있다면 얼마든지! 그동안 얼마나 강해졌는지 한번 견식이나 해볼까요? 그쪽 분은 안 끼어들어요? 난 둘이 같이 덤벼도 상관없는데? 그래 봤자 결과는 변하지 않을 테지만."

비류연의 자신만만한 태도가 아니꼽긴 했지만 백무영은 고개를 가로저으며 사양했다.

"아, 난 두뇌파라서 말일세. 보통 힘쓰는 일은 저 친구에게 맡겨두는 편이라네. 난 잠시 관망하도록 하지."

"그럼 불리할 텐데. 뭐, 휘 녀석을 힘들게 했던 그 무공을 한번 견식이나 해볼까요? 그때보다 얼마나 강해졌는지 보고 싶군요."
 "자네한테 굳이 그런 오의까지 쓸 필요가 있을까?"
 청혼이 냉소하며 말했다.
 "물론이죠."
 그 대답은 청혼의 바로 등 뒤에서 들렸다. 어느 틈엔가 비류연이 그의 등 뒤를 점하고 있었던 것이다. 청혼은 깜짝 놀라 기겁하며 급히 신형을 틀었다.
 "그렇게 긴장하지 말아요. 아직 아무것도 안 했으니깐."
 거 보란 듯 비류연이 웃으며 말했다. 청혼의 등 뒤로 식은땀이 주루룩 흘렀다.
 '어느새 등 뒤로 돌아간 거지?'
 방심했다고는 하나 자신이 미처 파악하지 못할 만큼 빠른 움직임이었다.
 "자네의 뜀박질 재간이 뛰어난 건 인정하겠네. 하지만 그 발재간만 가지고는 날 이길 수 없을 걸세."
 "그거야 두고 볼 일이죠. 그건 그렇고, 이제 생각이 바뀌었나요? 등 뒤에 매달린 나머지 두 개의 검도 장식은 아니겠죠?"
 "물론일세. 이 녀석들은 결코 자네를 실망시키지 않을 걸세."
 마침내 청혼은 전력을 다해 비류연을 상대하기로 결정했다.
 "옛날 그때만 생각하면 큰 오산일 걸세."
 "그때랑 같다면 죽어야죠. 아무런 진보도 없었다는 얘기니 말이에요. 날 실망시키지 말아줬음 좋겠군요."
 "물론 실망시키지 않겠네."
 청혼이 결의에 찬 눈빛으로 대꾸했다.

슉슉슉!

청혼의 등에 꽂혀 있던 두 자루의 검이 마치 의지를 가진 생물처럼 뽑혀 나왔다.

'삼환회선비검으로는 쓰러뜨릴 수 있는 상대가 아니다. 초반부터 삼정태극검혜의 지극(至極) 오의(奧義)인 무극검(無極劍)을 사용할 수밖에 없다.'

세 개의 검이 한데 어울리고 천지인이 합일하며 그 안에서 생겨나는 네 번째 검, 무극검! 그는 이 초식으로 이 년 전 삼성무제에서 모용휘와 은하류 개벽검과 맞붙어 비긴 적이 있었다. 최강의 오의를 사용하고도 이기지 못했다는 사실에 충격을 받고 그동안 절치부심하며 검기를 연마해 왔다.

'그때는 미완성이었지만 지금은 아니다!'

물론 깊이 면에서는 아직 부족하긴 했지만 기술적인 면에 있어서는 이미 완벽하다 자부하고 있었다.

그의 가슴 앞에서 세 자루의 검이 원형을 그리며 삼태극도처럼 회전하기 시작했다.

"흠, 그때 휘 녀석에게 썼던 그 기술인 모양이군요. 꽤나 강한 기술이긴 하지만 여전히 준비 시간이 오래 걸리네요. 게다가 이미 한번 견식도 해봤다구요."

그러니 조심하라는 경고였다.

"이것이 한번 봤다고 파훼될 무공이라고는 생각하지 않네. 그리고 그때와 똑같다 생각하면 큰 오산일세."

"글쎄, 그럴까요?"

"그런 말은 이걸 받아본 다음에나 하시게!"
삼원합일! 선천태극! 무극지도!
세 자루의 검이 한데 어우러지며 그 안에서 또 한 자루의 검이 튀어나왔다. 그때와는 비교할 수 없을 정도로 강한 기운을 지닌 검강이었다.
"받아라!"

삼정태극검혜 오의(奧義).
무극검(無極劍).
일관(一貫).

삼태극처럼 한데 어우러지는 세 자루의 검에서 발생한 무형의 검강이 모든 것을 꿰뚫을 기세로 비류연을 향해 맹렬한 속도로 쏘아져 나갔다. 가히 번천지복할 만한 위력이었다. 그러나 비류연은 당황하지 않고 정면을 향해 나아갔다.
"아, 글쎄! 순서가 틀렸다니깐!"
비류연의 오른팔에 차여 있던 묵룡환이 풀림과 동시에 그의 오른팔이 앞으로 나아갔다. 그러나 달팽이도 하품할 만큼 말도 못하게 느린 속도였다.
'끝났다!'
청혼은 자신의 승리를 확신했다. 그러나 그는 곧 눈을 휘둥그렇게 떠야만 했다.
"마, 말도 안 돼!"
기식이 흐트러질지 모를 위험에도 청혼은 그만 경악성을 터뜨리고 말았다. 그의 승리 확정을 시샘이라도 하듯 그의 눈앞에서 거짓말 같은 일이 벌어지고 있었다. 어떻게 된 일인지 무시무시한 기세로 날아들던 무형의 검강이 마치 그를 피하기라도 하듯 아무런 상처도 주지 못하고 있었다.

"하나를 셋으로 나눌 수는 있어도, 나눠진 셋을 다시 하나로 합친다고 하나가 될 거라고 생각하면 큰 오산이지요!"

비뢰도(飛雷刀) 상급오의(上級奧義).
변역(變易)의 장(章).
적중화(的中和).

느리게 움직이던 비류연의 오른손이 청혼의 가슴 앞에서 눈부신 속도로 회전하는 세 개의 검 사이를 여전히 느린 속도로 비집고 들어갔다.

'안 돼! 위험해!'

청혼이 보기에 그것은 자살 행위 그 자체였다. 그러나······.

쾅!

하늘이 무너지는 듯한 굉음과 함께 청혼은 반탄력을 이기지 못하고 십여 걸음 뒤로 연신 물러나고 말았다.

"우웩!"

청혼의 입에서 한 바가지 선혈이 쏟아져 나왔다.

"청혼—!!"

친구를 믿으며 안심하고 두 사람의 비무를 지켜보고 있던 백무영의 입에서 비명이 터져 나왔다. 그와 동시에 다급히 하늘 위로 솟구치는 그의 손에서 붉은 깃발이 펄럭였다.

깃발 신호와 동시에 정원 일대를 포위하고 있던 서른 명의 무원대 대원들과 그들을 돕기 위해 추가로 투입된 칠십여 명의 구정회 회원들이 엄폐를 풀고 일제히 뛰쳐나왔다.

다시 붉은 깃발이 좌로 두 번, 우로 세 번 움직였다. 그러자 무사들은 그 수기 신호에 따라 일사불란하게 몸을 움직이며 검진을 형성했다. 약 백여 명에 이르는 대인원으로 구성된 검진이 순식간에 비류연을 포위했다.

"이건 또 뭐죠? 환영 인파인가요? 그것치고는 숫자가 꽤 많군요."

비류연이 자신을 포위하고 있는 도검지림을 바라보며 나직이 휘파람을 불었다. 이미 이들의 존재를 알고 있었기 때문에 당황하거나 하지는 않았다.

"역시 두 사람만 오기에는 걱정이 됐나 보죠? 소심하기는."

비류연이 안됐다는 어조로 한마디 했다.

"난 그저 완벽을 기하고자 했을 뿐이네."

이 많은 인원을 깃발 하나만으로 일사불란하게 움직일 수 있는 것만 봐도 백무영의 능력은 결코 평범하지 않았다. 하지만 비류연은 자신을 포위하고 있는 도검지림에도 눈썹 하나 꿈쩍하지 않았다.

"이보게, 청혼? 자네 괜찮나?"

백무영이 연신 다섯 걸음을 뒤로 물러난 뒤에 피를 토한 청혼을 부축하며 물었다.

"난… 괜찮네……. 쿨럭쿨럭!"

진탕된 기혈을 가까스로 진정시키며 청혼이 대답했다.

"그러기에 늦기 전에 편먹고 덤비라고 했잖아요."

비류연이 혀를 차며 청혼에게 말했다.

"쯧쯧, 보아하니 이 년 전 그때 이후로 그다지 진전이 없었던 모양이네요. 그래서는 우리 깔끔이를 이기지 못하겠는데요. 좀 더 연마해 두는 게 좋을 것 같아요."

물론 그 깔끔이는 모용휘를 가리키는 말이었다. 본인이 들었으면 기겁할 호칭을 아무렇지도 않게 갖다 붙이는 비류연이었다.

"어, 어떻게 파훼했나?"

청혼이 넋이 나간 얼굴로 물었다. 그렇게 무식한 방법으로 평생을 연마한 지극한 검기가 파훼될 것이라고는 단 한 번도 상상해 본 적이 없는 청혼이었다.

"변화의 중심을 잡으면 어떤 변화도 무력해지기 마련이지요. 게다가 무극을 둘이나 셋으로 나눌 수는 있어도 그 둘이나 셋을 단순 덧셈식으로 더한다고 해서 무극이 된다는 식의 단순무식한 사고는 곤란하죠. 그렇게 간단한 문제가 아니라구요. 그러니 이렇게 손쉽게 변초의 뿌리를 파악당하는 거라구요. 댁이 진짜 무극(無極)을 체현(體現)했다면 이렇게 허무하게 깨지지는 않았겠죠."

당연하지 않느냐는 어투로 비류연이 대답했다. 그러나 말이 그렇지 그걸 직접 몸으로 실행할 수 있는 인간은 많지 않았다.

"아직 나의 공부가 부족했단 말이군. 내가… 졌네……."

청혼은 자신의 패배를 순순히 인정했다.

"뭐, 그렇다고 그렇게 크게 풀 죽진 말아요. 나야 천재니까 그걸 파훼할 수 있었던 거니까요."

자화자찬도 서슴지 않는 비류연이었다.

"자, 그럼 이겼으니 이제 그만 가도 될까요? 이 사람들 좀 치워주겠어요? 이거 살벌해서야 원."

겨누고 있는 검만큼이나 날카로운 안광으로 자신을 노려보고 있는 사람들을 둘러보며 비류연이 말했다.

"미안하지만… 그럴 순 없네. 자넨 우리와 함께 가야 하네."

백무영은 이대로 물러날 생각이 없는 모양이었다.

"비겁하군요."

챙!

잠시 잠자코 상황을 지켜보고 있던 나예린이 차가운 표정으로 검을 뽑아 들며 한마디 했다. 숫자로 핍박한다면 자신도 가만히 있지 않겠다는 의지의 표현이었다. 그것은 청혼과 백무영에게 있어 될 수 있으면 극구 피하고 싶은, 매우 곤란하기 짝이 없는 일이었다.

검진을 이루고 있는 이들 사이에서 순간 작은 소요가 일어났다. 이들도 모두 남자다 보니 빙백봉 나예린을 사모하는 이들의 수가 과반수가 넘었다. 그런데 그런 자신들의 우상에게 미움을 받아야 하는 처지로 전락하다 보니 심적 동요가 없을 수 없었다.

그러나 그렇다고 조직을 이탈할 수도 없는 노릇이니 이러지도 저러지도 못하는 진퇴양난의 처지에 빠지고 만 것이다. 물론 그런 만큼 비류연에 대한 증오는 더욱 깊어져만 갔다.

"아무리 자네의 무공이 뛰어나다 해도 이들 모두를 상대할 수는 없을 걸세."

백무영이 확신에 찬 어조로 말했다.

"자, 어떻게 할 텐가?"

만근보다 무거운 침묵 속에서 긴장이 흐르기 시작했다.

먼저 침묵을 깬 쪽은 비류연이었다.

"하나만 물어보죠. 이곳을 시산혈해로 가득 채우고 싶어요?"

입가에 차가운 미소를 그리며 비류연이 말했다. 그 순간 장내의 긴장감은 당겨진 활처럼 팽팽해졌다. 살짝 건드리기만 해도 금세 폭발할 것만 같았다. 그 후에는 혈육이 난무하는 피의 잔치가 있을 뿐이었다.

"자네가 그럴 수 있겠나?"

"물론 난 내가 그럴 수 있다는 사실을 믿어요. 뭣하면 증명해 보여줄 수도 있지만……."

그 순간 장내에 있던 백여 명의 사내들은 마치 사나운 맹수가 지척에서 내뿜는 듯한 서늘한 살기를 느끼고는 자신도 모르는 사이에 소름이 돋고 말았다.

스륵!

그러나 비류연은 위압적으로 들어올리던 손을 그대로 내려놓았다.

"에휴, 관두죠. 예린도 옆에 있고 죄짓지도 않았는데 그런 일로 괜히 덤터기 쓸 수는 없으니깐요."

비류연은 양 손바닥을 뒤집은 채 어깨를 으쓱하며 말했다.

"이런 싸구려 흉계를 꾸민 녀석은 나중에 대가를 치르게 해줘야죠."

"자넨 참으로 무서운 사람이로군."

청혼이 식은땀이 맺혀 있는 목뒤를 쓸며 탄식했다.

"칭찬 고마워요. 그들의―누군지는 아직 모르겠지만―이번 계획이 만일 실패로 돌아간다면―뭐, 반드시 그렇게 만들어주겠지만―그들도 그 무서움을 맛뵈기 정도는 할 수 있겠지요."

"지금 당장 그들을 쫓을 생각인 건 설마 아니겠지?"

아직도 연행을 거부할 생각인지 묻고 있는 것이었다.

"아뇨. 일단 시간이 필요하니까 굳이 지금부터 나설 필요는 없죠. 일단 동행하기로 하죠. 그런데 그러려면 장신구도 차야 하나요?"

"장신구? 아, 수갑 말이군!"

청혼은 조금 후에야 비류연이 한 말 뜻을 알아들을 수 있었다.

"자넨 아직 용의자니 반항하지 않겠다면 굳이 수갑을 채우진 않… 았으면 좋겠으나 규칙은 규칙이니 어쩔 수 없네. 이해해 주기 바라네."

비류연은 의외로 순순히 두 손을 앞으로 내밀었다. 그러자 그의 양 손목에 차여 있는 두 개의 묵룡환이 백무영의 시야에 가득 들어왔다. 눈에 띄지 않기엔 그것들은 너무 화려하고 독특했다.

"이건 뭔가?"

묵룡환에 새겨진 승천하는 용 문양을 바라보며 백무영이 물었다. 조금 전 바다에 떨어졌던 하나도 어느 틈엔가 원래 자리로 돌아가 있었다.

"이런! 선객이 있었다는 걸 깜빡하고 있었군요. 이것도 일종의 족쇄죠. 장신구 역할도 하지만. 그러니 뭐 하나 더 찬다 해서 큰 상관은 없을 듯도 하군요. 어서 채워요."

비류연이 두 손을 한데 모아 내밀며 재촉했다. 조금 찜찜하긴 했지만 큰일은 없을 듯싶어 그 위에다가 그냥 채우기로 결정했다.

'그래 봤자 그냥 장신구겠지……'

그러나 그것은 장신구 이상이었다. 하지만 특별한 기관장치 같은 것은 달려 있지 않았기 때문에 그냥 허용하기로 했다. 문제는 무기였다.

"현재 몸에 지니고 있는 병기가 있나?"

"없다고 하면 믿을 건가요?"

"아니, 못 믿겠네."

"그러면서 뭘 묻나요? 하지만 자신의 소중하고 은밀한 것을 남의 손에 맡긴다는 것은 내키지 않는군요. 도중에 방에 들렀다 가도 될까요?"
"어떻게 하면 좋겠나, 청혼?"
"무슨 꿍꿍이속이 있는 것 같지는 않나?"
백무영이 전음을 사용해 물었다.
"흐흠……"
"그럴 생각이 있었다면 애저녁에 난리를 쳤겠지. 별일없을 것 같네. 굳이 일을 귀찮게 만들 필요는 없지 않겠나?"
"좋네. 현재 자네 몸은 어떤가?"
"아까보다 훨씬 좋아졌네. 유사시에 움직이는 데도 무리는 없을 걸세."
"그럼 그렇게 알겠네."
"뭐, 상관없지 않을까?"
잠시 동안 무슨 일이라도 있었냐는 듯한 태연한 태도로 청혼이 대수롭지 않은 투로 말했다.
"알겠네. 그렇게 하지."
쓸데없이 복잡한 것보다는 간결한 게 더 좋은 법이다.
"감사하군요."
비류연이 수갑을 찬 채 인사하자 사슬이 서로 부딪치며 쩔그렁 소리가 가볍게 울려 퍼졌다.
'류연……'
자신의 눈앞에서 비류연의 손에 수갑이 차여지는 것을 보며 나예린은 따끔 가시가 돋아난 듯 가슴이 아파왔다. 그리고 속수무책인 자기 자신이 왠지 싫었다. 혐오스러웠다. 뭔가를 변화시키고 싶었다. 이 갑작스런 운명에 저항하고 싶었다. 그런 생각을 하고 있는 사이에 어느덧 그녀의 손은 그녀의 검 위에 머물러 있었다. 그녀도 그 사실을 자각했다. 그리고 깨달았다. 단 한 수, 단 일 초면 저 수갑은 더 이상 수갑이란 정체성을 유지할 수 없는 한낱 쇠 쪼가리에 불과하게 될 것이라는 것을.

'베어버릴까?'

평상시라면 결코 하지 않았을 생각이 그녀의 머릿속을 퍼뜩 스치고 지나갔다. 만일 그의 목소리가 들리지 않았다면 그녀는 자신의 생각을 끝까지 관철시켰을지도 몰랐다. 그러나 '그만둬요'라는 비류연의 말이 그녀의 손을 멈추게 했다. 나예린은 고개를 들어 비류연을 바라보았다.

비류연이 고개를 가로저으며 말했다.

"그러지 마요. 예린답지 않으니까요. 굳이 이런 일에 예린의 손을 빌릴 필요는 없으니까. 그러니 괜한 죄책감 느낄 필요 없어요. 걱정해 주는 건 고맙지만 그건 그냥 감정의 낭비일 뿐이에요. 이 정도도 혼자 못하면 어떻게 이 험한 세상을 살아가겠어요? 이 정도쯤은 스스로 혼자 하게 돼요. 나를 믿는다면. 나는 나를 믿으니 예린도 나를 믿어줘요. 그럴 수 있겠죠?"

그만두라는 말보다 더 무거운 말이었다. 한참을 침묵하며 굳게 다물어져 있던 그녀의 붉은 입술이 힘겹게 열렸다.

"믿겠어요."

비류연은 만족스러운 듯 고개를 끄덕였다. 그리고는 과장스레 수갑을 흔들어 보였다.

짤랑짤랑짤랑!

흉포한 용도에 비해서 무척 맑은 소리가 울려 퍼졌다.

"흠, 꽤 좋은 수갑이네? 철과 청동의 합금인가? 만년한철은 아니고… 백련정강쯤 되어 보이는군요."

눈으로 보는 것은 물론이고, 그 철의 부딪치는 소리만으로도 비류연은 금속의 종류를 판별할 수 있었다.

"잘 아는군. 자네가 야철 기술 쪽에도 조예가 있을 줄은 미처 몰랐네."

청흔이 의외라는 듯 대답했다.

"이쪽 일은 좀 경험이 있으니깐요. 뭐, 내 가녀린 두 손목에 차이기에는 좀 만듦새가 부족한 감이 없잖아 있지만, 뭐, 당장에 개선될 것 같지도 않고 이 정도 선에서 만족하기로 하죠."

"수갑에도 격이 있나? 자넨 정말 특이한 친구로군. 많은 사람들을 만나보고 연행도 해보았지만 자네 같은 사람은 처음일세."

청흔이 반은 진심으로 감탄하고 반은 어이없어하며 말했다.

"그것 다행이군요. 어리석은 대중들의 무리 중에 끼어 있지 않을 수 있으니 말이에요. 난 처음이란 걸 좋아해요. 아무도 가보지 않은 그곳에 자신의 발자국을 찍는 그 쾌감. 그 쾌감은 밤사이 하얗게 흰 눈이 쌓인 마당에 맨 처음 자신의 발자국을 찍을 때의 그 쾌감보다도 더 강렬하고 짜릿하죠. 그건 경험해 보지 않은 사람은 몰라요. 절대로."

전입미답의 영역, 금단의 영역의 경계를 허물어뜨리고 자신의 자취를 남기는 일이 그는 좋았다. 그것이 때때로 그 금역을 할퀴는 상처가 된다 할지라도 그는 결코 후회하지 않을 터였다.

"보통은 이상하다고 말한다네. 미치광이라고 하거나."

"아무런 판단 없이 과거의 인습이 조종하는 대로 그저 기계적으로 춤추는 무지몽매한 꼭두각시 인형은 세상에 널리고 널렸는데, 굳이 나까지 자청해서 그럴 필요는 없잖아요? 강물에 떨어진 물방울 신세가 되고 싶지는 않아요. 내가 어디로 갔는지 흔적조차 사라져 모르게 될 테니깐. 그럼 내가 누군지도 모르게 될 게 뻔하잖아요? 나 자신의 존재를 망각해 가면서까지 그런 쓸데없는 데 힘 빼고 싶지는 않아요. 그건 시간 낭비도 이만저만한 시간 낭비가 아니니깐요. 그럼 갈까요?"

비류연이 자청해서 말했다. 마치 자신의 길은, 자신의 운명은 자신이 결정하겠다는 듯, 수동적인 자신이 되지 않겠다는 듯한 의지가 서려 있는 듯했다.

"그… 그러세. 가지."

오히려 두 사람이 그의 움직임에 휘말려 끌려가는 형국이었다. 잠시 걸음을 옮기던 비류연은 종종걸음으로 자신의 뒤를 따라오고 있는 나예린을 향했다.

"굳이 전송하지 않아도 괜찮아요, 예린. 나중에 면회나 와요. 맛있는 거 많이 싸 들고. 하지만 걱정만큼은 하지 말아요. 그 정도로 허약하진 않으니까요."

"류연… 조심하세요. 기다리고 있겠습니다."

약간 굳은 얼굴로 나예린이 대답했다. 그러자 비류연의 얼굴에 환한 미소가 퍼졌다.

"그거 기쁜데요. 그럼 곧 풀려날 거니깐 얼마 뒤면 다시 볼 수 있어요. 나도 당신을 미인 파옥자로 만들고 싶지는 않으니깐요. 그때 또 이야기를 나눠요. 오늘 대화, 즐거웠어요."

비류연은 태평하게 손까지 흔들며 앞으로 걸어갔다. 연행되는 사람이라기보다는 연회에 참석하러 가는 사람처럼 경쾌한 발걸음이었다.

"류연……."

나예린이 나직하게 그의 이름을 불렀다. 무슨 말로 뒷말을 이어야 할지 알 수 없었다. 지금 그녀에게는 지금의 상황을 타개할 힘도 방법도 없었다.

그는 그들을 따라 붉게 타는 불길한 노을 너머로 사라졌다. 나예린은 붉은 석양에 녹아내리는 듯한 그 뒷모습을 물끄러미 바라보았다.

지금 무슨 일이 일어나고 있는 것일까? 나는 이제부터 무엇을 해야 하는가? 이런 일은 그녀에게 무척 익숙지 않은 일이었다. 그녀는 그동안 마음을 닫고 현실과 거리를 유지하려고 애써왔다. 그러나 이번 일은 적극적으로 현실에 개입하지 않는 이상 어떤 결과도 낼 수 없었다. 이런 일에 대해 어떻게 처리해야 될지 답을 구하지 못한 그녀의 심정은 모래폭풍에 별[北極星]을 잃고 사막을 헤매는 여행자처럼 막막하기만 했다.

"이럴 때 령 언니가 있었더라면……."

고민을 함께 나눠줄 좋은 상담 상대가 되어주었을 텐데……. 마음을 나눌 사람이 없다는 사실이 사무치도록 슬펐다. 그리고 그 아픔 속에서 그녀는 깨달았다. 비류연을 만나기 전 자신은 사자인 독고령을 통해 세상과 소통하고 있었다는 것을. 그녀가 세상과 교류를 끊은 밀폐된 자신과 세상과의 유일한 접점이었다는 것을.

독고령이 실종된 직후 정신이 붕괴되지 않은 채 아직까지 정상적인 정신 상태로 있을 수 있었던 것은 옆에 비류연이 있어주었기 때문이다. 그는 아무 말 없이 령의 빈자리를 메워주었다.

지금 두 사람을 모두 잃은 그녀에게 세상과 소통할 수단은 남아 있지 않았다. 유일하게 남아 있던 두 개의 접점을 그녀는 모두 잃어버리고 만 것이다.

투둑!

갑자기 두 눈에서 눈물이 떨어졌다. 그녀는 길을 잃은 어린아이처럼, 말을 잃은 벙어리처럼, 빛을 빼앗긴 장님처럼, 소리를 잃은 귀머거리처럼… 무엇을 해야 할지 알 수 없게 되었다. 물속에 빠진 듯 숨 쉬기가 괴로웠다.

모든 것이 다시 캄캄해졌다. 모든 감각이 자신의 몸으로부터 박탈되고 있었다. 그녀는 다시 세상에 홀로 남겨지게 되었다. 세계가 자신으로부터 멀어져 가고 있었다. 발아래에서 무시무시한 검은 구멍이 입을 쫙 벌렸다. 발 디딜 곳이 사라진 그녀는 아래로 떨어져 내렸다. 아니, 떨어져 내릴 뻔했다. 두 번 다시 기어나올 수 없는 심연으로. 그러나 그녀는 무너지려는 몸과 마음을 간신히 추스렸다. 한 가지 깨달은 바가 있었던 것이다.

'이대로는 안 돼! 이래서는 조금의 발전도 없잖아? 그래서는… 그래서는……'

나예린은 한 가지는 깨닫는 바가 있었다.

'그래서는 절대 과거로부터 벗어날 수 없어……'

예전에는 모든 것과 동떨어져 세상과 단절한 채 크고 넓은 벽을 주위에 두르고 고독 속에서 그토록 혼자 있고 싶었는데, 정작 혼자가 되고 나니 누군가가 옆에 있어주길 바라고 있었다. 혼자 있는 것이 두려웠다. 혼자 남겨져 있는 것이 못 견디게 가슴 아프고 두려웠다. 모든 존재는 관계를 맺지 않으면 존재를 유지할 수 없다. 살아갈 수 없다. 자신이 배척했던 것들을 향해 적극적으로 끌리는 자신을 발견할 수 있었다. 연결이 필요했다.

독고령은 세상의 소통을 단절하고 무의식의 심연으로 침잠해 가려던 자신을 필사적으로 끌어안은 채 마지막 인연의 끈을 부여잡고 끝까지 놓치지 않았다. 그녀 자신이 입었던 깊은 상처조차 제대로 돌보지 않은 채, 왼쪽 눈의 아픔에도 그녀는 아랑곳하지 않았다. 오직 피도 이어져 있지 않은 이 못난 동생을 위해서.

그런데 자신은 어떠한가?

"난… 또다시 도망치려 했다. 하마터면 잘못을 반복할 뻔했구나."

독고령의 그런 마음도 은혜도 모른 채 지금까지 그저 뻔뻔스럽게 살아오지 않았던가. 그녀의 마음에 아무런 보답도 응답도 하지 않은 채. 자신에게 발견되지 않은 독고령의 마음은 끝내 꽃을 피우지 못하고 씨앗인 채로 남고 말았다. 자신이 조금만 주변으로 눈을 돌렸더라면 바로 발견할 수 있었을 보석 같은 씨앗을.

지금 이대로 무너지는 것은 그녀의 마음에 대한 모독이었다. 지금까지 쏟아 부어준 애정을 이대로 사장시킬 수는 없었다. 지금이라도 그 마음을 꽃피워야 했다. 그것이 지금 자신이 할 수 있는 유일한 '보답'이었다.

한순간의 작은 '깨달음'은 인간을 순식간에 절망에 빠뜨리게 할 수도 있고 순식간에 구제할 수도 있다.

지금 당장 두 사람은 곁에 없지만 죽은 것도 아니었다. 두 사람과의 경험은 여전히 자신 안에 남아 있다. 그리고 그것은 아직 끝나지 않은 경험이었다. 독고령에게서 마음의 따뜻함과 배려를, 비류연에게서 마음의 강함과 앞으로 나갈 수 있는 용기를 배웠다.

이제는 알 수 있었다. 이 세상에 서로 연결되지 않은 것은 하나도 없다는 것을. 시작과 끝을 모르는 거대한 관계 망의 과정 속에 우리가 놓여 있다는 것을. 그래서 사람과 사람은, 사람과 자연은 서로 마음을 주고받을 수 있다는 것을. 그것은 우리가 과거와 연결되어 있었고, 앞으로 다시 연결될 거라는 징표와도 같은 것이라는 것을. 끊을 수 없는 것을 끊으려 했으니 왜곡이 일어날 수밖에 없었던 것이다.

두 사람이 돌아왔을 때 꼴사나운 모습을 보여줄 수는 없었다. 자신의 나약함으로 그들을 실망시키고 싶지 않았다.

더 이상 도망치지 않으리라!

그녀는 결심했다.

도망치지 않겠다고. 도망이란 현실로부터 고개를 돌리는 것이다. 그러나 외면한다고 해서 그것이 사라지지는 않는다. 그것은 언제까지나 그곳에서 어두운 힘을 발산한다. 의식의 차단만으로는 그것을 해결할 수 없다. 바닷가의 모래장에 서 있으면 인간의 의도 따윈 상관 않고 파도는 친다. 무시한다고 해서 파도가 사라지는 법은 없다. 그런 터무니없는 걸 바라다가는 낼름 삼켜져 익사할 뿐이다. 이제 더 이상 파도로부터 눈을 돌리지 않으리라. 세상의 파도에 힘껏 맞서리라.

'류연도, 령 언니도 모두 내 손으로 되찾고 말겠어!'

이제 혼자 설 때였다. 꼭 껴안고 있던 무릎을 풀고 그 사이에 묻었던 고개를 들어 정면을 바라보며 자리에서 일어나 앞으로 나갈 때였다.

'언니, 지켜봐 주세요!'

스스로의 다짐에 대한 다짐은 신의 이름을 걸고 하는 맹세보다도 강력하다고 그녀에게 말해준 사람은 비류연이었다. 그것은 이 세상에서 가장 약하면서도 가장 강한 맹세라고. 언제나 감시가 가능하고, 언제나 패기가 가능하고, 그 결과에 대해서는 어떠한 책임 회피도 일어날 수 없다는 것을. 지켜지는 것도 지켜지지 않는 것도 모두 자기 자신의 책임이라고.

'그러니 나는 나 스스로에게 맹세하겠다. 반드시… 반드시… 두 사람을 찾고야 말겠다고. 이제 스스로 서겠다고.'

이제 알을 깨고 세상을 향해 나아갈 때였다.

심문(審問)
—남궁상, 취조실로 불려가다

"이봐요, 현운! 그 얘기 들었어요? 대사형이 잡혀갔대요, 그 대사형이!"

아직도 약간 볼이 상기되어 있는 진령의 얼굴은 불가능이 가능해졌다는 소리라도 들은 사람의 얼굴 같았다.

"아, 진 소저. 물론 들었지요. 어제저녁부터 그 일 때문에 학관 전체가 거의 축제 분위기였으니까요. 사실 진 소저가 너무 늦게 안 겁니다."

주작단 내부에서도 자축주를 마신 이가 여럿 있다는 이야기도 있었다. 그러면서 현운은 묘한 눈길로 진령을 바라보았다.

"하지만 지금은 죽여도 죽지 않을 것 같은 그 대사형이나 걱정하고 있을 때가 아닌 것 같소만?"

"예? 그건 어째서죠?"

영문을 모르겠다는 표정으로 진령이 반문했다.

"조금 전에 그대의 정인(情人)인 궁상이도 잡혀갔기 때문이라오."

그리고 현운은 곧장 손가락으로 자신의 귀를 틀어막아야 했다.

끼이익!

귀에 거슬리는 마찰음이 방 안을 이리저리 뛰어다니는 것과 동시에 묵직한 문이 열리며 한 사람이 들어왔다.

방 한가운데 덩그러니 놓여 있는 의자에 앉아 있던 청년은 문틈으로 들어오는 햇살에 살짝 눈살을 찌푸렸다.

"오랜만일세, 남궁 단주."

열린 문을 통해 들어온 백의청년이 고개도 까딱 않고 인사했다.

"오랜만이오, 백 '소협'!"

앉기 위해 의자를 잡던 백무영의 손이 잠시 멈칫했다. 그러나 그는 이내 별다른 표정 변화 없이 의자를 뺀 다음 그곳에 앉았다.

"이런 곳에서 만나게 되어 유감일세."

남궁상은 주위를 둘러보며 대답했다.

"확실히 사람을 초대하기에 좋은 곳은 아니로군. 운치는 고사하고 음침하기 짝이 없으니 말이야."

사방은 답답할 정도로 어둡게 막혀 있었고, 창은 사람 손에 닿지 않는 곳에 동전 구멍만 하게 뚫려 있는 게 전부였다. 그런 곳으로 빛이 제대로 들어올 리 만무했다. 채광 상태도 형편없는데 조명 상태도 형편없어서, 어둠을 밝히는 데는 그다지 효과적이라고 말할 수 없는 초 한 자루만이 암흑 속에서 홀로 미약한 빛을 비추고 있을 뿐인지라 내부는 더 더욱 음침해 보였다.

시설뿐만이 아니었다. 이 방에 들어올 때도 문밖에 좌우로 시립해 있는 살기등등한 경비병의 환영을 받아야 했다. 그때 썼던 유일한 출입구인 철문은 그나마 지금은 굳게 닫혀 있었다. 어딜 봐도 결코 사교적이라 할 수 없는 곳이었다.

"지금이라도 늦지 않았네. 사과한다면 받아주겠네."

남궁상이 선심 쓰듯 말했다.

"미안하지만 사과할 수는 없군. 공무(公務)니까 말일세. 자네가 이해해 주게."

남궁상은 자신의 선심이 거절당했다는 것을 알았다.

"이해하지는 못하겠지만 비난하지는 않겠네."

자네의 입장을 이해해 주겠다는 말이지만 백무영은 그다지 기뻐하지 않았다. 초반의 신경전은 그렇게 적당한 선에서 끝이 났다.

남궁상이 다시 질문했다.

"그런데 무슨 일로 날 여기로 부른 건가? 아무리 생각해 봐도 이런 으리으리한 곳에 불려올 만큼 화려한 일에 연루된 적은 없는 것 같은데?"

"혹시 또 모르지 않나? 요즘 기억력이 예전 같지 않을 수도 있고 말일세. 차분히 잘 생각하다 보면 혹시 떠오를 수도 있지 않겠나?"

이 방을 지칭하는 이름은 '취조실'이었고 백무영이 원하는 것은 그 이름값에 부끄럽지 않은 일을 하는 것이었다.

"최근 남창을 떠들썩하게 하고 있는 사건은 자네도 잘 알고 있지 않나?"

"입시생 연속 살해 사건 말인가? 하지만 난 죽인 적 없는데? 죽이기는커녕 보지도 못했네. 보지도 못한 사람을 어떻게 죽일 수 있겠나? 그런 신통방통한 능력은 안타깝게도 가지고 있지 않네."

그러자 백무영은 안타까운 표정으로 고개를 가로저었다.

"거짓 증언은 나중에 자네에게 불리하게 적용될 수도 있네. 그러니 다시 한 번 잘 생각해 보게."

"거짓 증언? 그 말에 책임질 수 있나?"

언제나 사람 좋은 웃음을 짓던 그의 눈에서 칼날 같은 섬광이 번뜩였다. 이 빛을 무디게 만들 수 있는 사람은 오직 두 사람뿐이었고, 그 두 사람 중 어디에도 백무영은 해당되지 않았다.

하지만 백무영 역시 구정회의 문상을 맡고 있는 몸이었다. 겨우 기세에 밀려 굴복해 버린다면 체면 문제였다.

백무영과 남궁상의 눈빛이 정면으로 부딪쳤다. 만일 누군가가 옆에서 이 광경을 지켜보고 있었다면 허공에서 불꽃이 이는 듯한 착각을 일으켜도 이상하지 않을 정도로 강렬한 눈빛이었다.

"그 눈빛으로 사람을 죽일 수는 있어도 사실을 바꿀 수는 없다네. 책임질 말이라면 애당초 하지도 않았다는 것을 알아주게."

전혀 주눅 들지 않은 목소리로 백무영이 대답했다.

짝짝!

"들어보내게."

백무영의 박수 신호에 맞춰 육중한 철문이 다시 한 번 열렸다. 잔뜩 주눅이 든 채 고개를 푹 숙이고 있는 네 명의 젊은이가 차례로 걸어 들어왔다. 옷 차림새로 보아 명문정파의 제자들이 분명한데 그런 것치고는 추천할 만한 태도라고 할 수 없었다.

"어떤가? 이 네 사람, 어디서 본 적이 있지 않나?"

남궁상의 눈이 크게 떠졌다. 그는 확실히 그들을 본 적이 있었다. 그것도 극히 최근에.
 그리고는 뭔가 이상한 점을 발견했다.
 '하나, 둘, 셋, 넷……'
아무리 다시 세어봐도 손가락이 하나 남았다. 그새 손가락이 하나 더 늘어난 것도 아닐 텐데 하나가 남았다.
 "이상하군."
 "뭔가 기억난 거라도 있나?"
약간의 기대감을 나타내며 백무영이 반문했다.
 "한 명이 모자라."
 "흠, 그런가? 누가 모자란단 말인가?"
그 모자란 사람은 거적에 싸여 아직 무원대 시체 보관소에 누워 있다는 사실을 알고 있으면서도 백무영은 전혀 아는 바가 없는 듯 시침을 뚝 뗀 채 반문했다.
 "침 뱉은 놈!"
 "침 뱉은 놈?"
엉뚱하기 짝이 없는 그 대답은 그가 기대했던 답과는 한참 거리가 있는 것이었다.
 "그건 또 무슨 놈인가?"
혼란스럽다 보니 말도 꼬이기 시작했다. 은근히 부아도 치밀었다. 그래도 참아야 하는 자신의 입장이 슬슬 저주스럽게 느껴지고 있었다.
 "저 친구들 옆에 공중도덕을 어긴 놈이 하나 더 붙어 있었거든. 설마……."
남궁상은 눈을 동그랗게 뜬 채 백무영을 바라보며 검지만 위로 들어 두어 번 찌르는 시늉을 해 보였다. 백무영은 긍정의 뜻으로 고개를 두 번 끄덕여 주었다.

"아마 당분간은 만나기 힘들 걸세."

"왜 그런가?"

"죽었거든."

그 대답에 남궁상의 눈이 크게 떠졌다.

"어쩌다가?"

"그건 내가 묻고 싶은 말일세."

약간 짜증 섞인 말투로 백무영이 대답했다.

'혹시 대사형이?!'

엊저녁에 있었던 일이 그의 눈앞을 스쳐 지나갔다.

"저놈은 남겨둬라!"

그 지시를 들었을 때 아무리 명복을 빌어줬다지만 설마 진짜 골로 갔을 줄은 그 자신도 예상치 못한 일이었다.

남궁상은 일이 어떻게 돌아가고 있는지 대강의 분위기라도 파악하기 위해 불러온 꼬맹이 네 명을 찬찬히 살펴보았다. 그러나 다들 고개를 푹 수그리고 있어 얼굴 표정을 잘 살필 수가 없었다.

그 모습을 본 백무영은 의아하지 않을 수 없었다.

'음, 왜 저러지? 설마 다들 저 남궁상을 두려워하고 있는 건가?'

네 명 모두 겁에 질린 토끼처럼 잔뜩 몸을 움츠린 채 애처로울 정도로 바들바들 떨고 있었다. 아무도 감히 남궁상을 정면으로 쳐다보려 하지 않고 있었다.

'도대체 어떻게 했길래?'

그의 짐작은 정확했다. 이들 네 명이 남궁상의 손과 발에 부드럽고 상큼하게 어루만짐당한 것은 멀지도 않은 바로 어제의 일이었고, 그때의 흔적이 아직까지 멀쩡하게 남아 있었던 것이다.

남궁상이 혀를 차며 말했다.

"죄졌냐? 왜 다들 그렇게 주눅 들어 있나? 설마 자네들이 얼굴을 보인다고 해서 내가 대뜸 달려들어 얼굴 가죽을 벗기기라도 하겠나?"

돌려 말하면 얼굴을 안 보이면 얼굴 가죽을 확 벗겨 버리겠다는 협박이었다. 그 역시 누군가에 의해 어느새 물들고 있었던 것이다. 그 말이 떨어짐과 동시에 네 명은 번개 맞은 사람처럼 화들짝 놀라며 고개를 번쩍 들었다. 그제야 남궁상은 그들의 면상을 살펴볼 수 있었다.

"아니, 다들 얼굴이 왜 그렇게 얼룩덜룩한가? 어제 무슨 일이라도 있었나?"

여기저기 멍이 들고 상처투성이의 얼굴을 참으로 안됐다는 표정으로 번갈아 바라보며 남궁상은 물었다.

'네놈이 그랬잖아!'

라고 외치고 싶은 기분은 굴뚝같았지만 어제 교훈을 내일의 거울로 삼아 그들은 입을 모았다.

"아, 아닙니다. 별일없었습니다."

"거보게. 별일없었다잖아?"

남궁상이 어깨를 으쓱하자 백무영이 참지 못하고 외쳤다.

"자, 자네 정말 많이 변했군! 예전엔 이렇게 뻔뻔스럽지 않았는데! 별일없긴 뭐가 별일이 없나? 오돌오돌 떨고 있는 저 모습만 봐도 당장 알겠네! 그러니 더 이상 발뺌하지 말고 사실대로 이실직고하게!"

평소 단정하던 그의 이마에는 지금 검붉은 핏대가 튀어나와 있었다.

"세상도 사람도 고정된 건 없는 걸세! 사람은 움직이는 것 아니겠나. 그러니 그렇게 핏대 세우지 말게. 내 이야기해 줄 테니."

*　　*　　*

"카아아아악! 퉤!"

여럿이서 작당 먹어 나타난 게 너무나도 눈에 빤히 보이는 도전자들 중 한 놈이 삐딱하기 그지없는 안하무인 격인 태도로 바닥에 침을 퉤 하고 뱉었다. 설상가상(雪上加霜)으로 기수식인 '카아아아악!' 도 잊지 않았다.

이 어이없는 광경—엄밀히 말하면 자살 현장—을 목격한 남궁상의 낯빛은 순식간에 흑빛으로 변했다.

'오, 하느님!'

그는 불러도 응답 없는 하늘을 향해 탄식했다. 그의 낯짝에 몰려 있던 핏기가 급속도로 후퇴하기 시작했다. 이 얼간이가!

'무, 무슨 짓을……!'

골을 싸매고 싶을 정도로 머리가 지끈지끈거렸다.

그러나 이미 때는 늦었다. 엎어진 물은 다시 주워 담을 수 없고, 뱉어낸 침은 다시 집어삼킬 수 없다. 그러나,

그걸 가능케 하는 인간이 딱 한 명 있었다.

"궁상아~!"

'궁' 에서 올라가고 '상' 에서 내려오며 '아' 에서 늘어지는 목소리. 남궁상은 그것이 심사가 대단히 꼬인 목소리라는 것을 단박에 알아차릴 수 있었다.

"옙, 대사형!"

남궁상이 즉시 대답했다.

"저놈만 남겨둬라!"

굳이 손가락을 움직이지 않아도 그놈이 어느 놈인지는 눈 감고도 알아맞힐 수 있었다.

"옙! 알겠습니다, 대사형!"

나머지는 혼자 알아서 몽땅 처리하라는 말이었지만 남궁상은 한마디도 불평불만을 터뜨리지 않았다. 무대에 서지 않는 배우는 연기를 할 수 없듯이 존재는 존재가 존재로서 존재하는 이상 시간과 공간의 속박으로부터 완전히 자유로울 수는 없다. 진리의 좋은 점은 모든 곳에 무작위적으로 적용된다는 것이다. 진리는 경우를 따지지 않는다. 그러므로 개길 때도 때와 장소를 잘 골라야 한다는 사실은 시공마저 초월한 명명백백한 진리라 할 수 있었다.

세월의 진토에도 때 묻지 않고 빛나는 저 진리의 거울에 비추어볼 때 지금은 시간과 공간의 상태가 매우 좋지 못했다. 이럴 때 잘못 건드리면 남궁상 자신까지 덤터기 쓰는 수가 있었다.

'저 망할 놈이 감히 벌집을 건드리다니……'

그는 속으로 부득부득 이를 갈았다.

'이게 무슨 동네 양아치 싸움인 줄 아나……'

저 어이를 상실한 놈이 누군지는 모르지만 그놈은 엄청난 실수를 저지르고 말았다. 화약고에 한번 붙은 불은 몽땅 폭발할 때까지 꺼지지 않는 법, 비상수단이 필요했다.

이것은 동네 깡패들의 흔히 있는 맞짱이 아니었다. 만일 그런 식으로 생각했다면 착각도 이만저만 착각이 아니었다. 이건 엄연한 고수를 앞에 둔 지극히 고난이도의 싸움이었다.
 그놈의 의도는 허탈할 정도로 명백했다. 아마 더러운 인상과 그에 못지않은 추잡한 입으로 기선을 제압하려는 졸렬한 의도였을 것이다. 그러나 앞서도 이야기했듯이 이건 동네 패싸움 수준의 저열한 싸움이 아니었고, 상대를 제대로 파악도 못한 주제에 함부로 방정맞게 날뛴다는 것은 곧 죽음을 재촉하는 것과 같았다.
 진짜 고수의 눈에 잔꾀는 통하지 않는다. 그놈은 그걸 알았어야 했다. 자신이 나타나는 그 순간 이미 벌거벗겨진 것이나 다름없었다는 사실을. 아니, 사실 볼 것도 없이 나타나기 직전의 기척과 발소리만으로도 이미 견적이 나왔다는 것을. 그러니 가만히 있었으면 중간이나 갔을 것을 그 자식은 주제도, 상대도, 장소도 제대로 파악 못하고 망둥이처럼 날뛰고 말았다. 근질거리는 주둥아리 하나 제대로 간수하지 못하고 그만 범해서는 안 될 치명적 금기를 범하고 만 것이다.
 '한판 붙어봅시다!'
 …라고?
 말을 반으로 쪼갤 때는 조심 또 조심해야 한다. 그 절단면이 무지 날카로워 때때로 자기 자신에게 위해(危害)를 가할 수도 있기 때문이다. 나눠야 할 때와 나누지 말아야 할 때를 구분 못했다는 것만으로도 이 자식이 얼마나 분수 계산에 재능이 없는지 알 수 있었다. 하지만 그가 마주친 상대는 그런 시답잖은 것까지 일일이 고려해 주는 맘씨 착한 사람이 결코 아니었다.
 비류연은 같잖은 허세를 가장 싫어했고, 저질스런 짓거리를 혐오했다. 어차피 그런 건 진짜한테는 다 필요도 없고 소용도 없는 것들이었다.

그 어이없는 놈은 자신이 내린 치명적인 오판에 대한 책임을 져야만 했다. 세상이란 것은 언제나 사람이 내린 결정에 대한 책임을 묻기에.
'인과응보(因果應報).'
유구한 역사를 자랑하는 이 네 글자가 단지 불교 홍보용으로 제작된 게 아니라는 사실을 그놈은 오늘 온몸을 다 바쳐 처참하게 깨달아야만 할 것이다.

　　　　　　　＊　　　＊　　　＊

"그래서 죽였나?"
코앞 가까이 얼굴을 들이민 백무영이 날카로운 목소리로 추궁했다.
"안 죽였네! 그러니 유도심문하지 말게!"
짜증나는 목소리로 남궁상이 대답했다.
"쳇, 들켰군. 하지만 진짜로 그랬단 말인가?"
백무영은 여전히 못 믿겠다는 말투였다.
"진짜라니깐. 믿어도 되네."
그 마음 이해 안 가는 바는 아니라는 얼굴로 남궁상이 대답했다.
"미쳤군……."
"동감일세!"
오늘 최초로 보이는 의견 일치였다.
"요즘 수험생들도 질이 많이 떨어졌군."
"내 말이 바로 그 말이네. 정말로 그 정도 수준으로 자신이 붙을 거라 생각하고 있다는 사실이 난 더 놀랍더군."
"가장 가까이 있으면서도 자기 자신을 모르는 사람이 아는 사람보다 훨씬 더 많다네."

"너무 가까이 있다 보니 다 안다고 착각하는 거겠지. 망상은 적당히 하는 게 건강에 이로울 텐데 말이야."

"그래서 어찌 됐나?"

"나는 단박에 비 공자가 그 녀석을 조지려고 한다는 것을 직감적으로 알아챘지. 그래서 난 그 일이 원활하게 진행될 수 있도록 주변 정리를 하기로 결심했다네. 그래서 비 공자가……."

"잠깐만!"

백무영이 손을 들어 그의 말을 제지했다.

"왜 그러나?"

"아까부터 궁금했던 건데, 왜 그 비류연이란 친구를 비 공자라 칭하나? 따지고 보면 자네 후배 아닌가?"

"쿨럭! 후, 후배라……."

남궁상은 각혈하며 그 단어가 주는 무시무시한 위화감에 대해 곱씹어 보았다. 어떤 측면에서는 사실이긴 하지만 그런 사소한 부분 따위는 그의 현실에 어떤 영향력도 미치지 못했다. 전혀 현실감이 없기에 오히려 참신하게 들리는 표현이었다.

"공자라니… 너무 공손한 칭호라는 생각이 들어서 그러네."

'야, 비.류.연!' 이라거나 '어이, 류연 후배!' 라고 부르는 것은 상상만으로도 단죄의 대상이었다.

"난 나이나 학년에 상관없이 사람을 그 자체로 존중하기 때문이네. 나이를 더 먹는다고 해서 더 뛰어나지는 건 아니지 않나?"

이 대답이 표면적인 핑계일 뿐이라는 것은 그 자신도 잘 알고 있었다.

사실 믿고 싶지는 않지만 안 하는 게 아니라 못하고 있는 것이다.
왜 안 될까?
여기에 있는 사람은 자신과 백무영 둘뿐이 아닌가? 아무리 대사형의 귀가 밝고 눈이 날카롭다 해도 그 이목이 여기까지 미치지는 않을 것이다. 그러니 뭐라고 부르던 거리낄 게 없지 않은가? 그런데도 그는 대사형을 비류연이나 류연 후배, 혹은 좀 막 나가서 '그 자식'이라고 부를 수가 없었다. 비록 외따로 떨어진 대나무 숲 속에서라도 임금님 귀는 당나귀 귀라고 힘껏 외쳐 보고 싶었다. 그러나 그동안의 끊임없는 갈굼과 피나는 교훈 덕분인지 마음보다 혀가 먼저 알아서 그를 방해했다.

그나마 타협을 본 것이 비 공자라는 칭호였다.

'정신 치료라도 받아야 하나……'

대사형 '님' 께서 주위에 없는데도 알아서 그 존재에 주눅 드는 것은 정말 문제였다. 하지만 생사의 경계선에서 대사형에게 차마 입에 담기 힘든─하지만 당시로선 무척이나 통쾌했던─어떤 특정한 말들을 용감하게 쏟아냈던 노학이 그 후 그 일로 어떻게 되었는지 아는 그로서는 험한 말을 입에 담을 때마다 그때의 광경이 스쳐 지나가면서 자연스레 언어 순화가 이루어지곤 했다. 게다가 그 편지 사건은 지금 생각해도 끔찍한 실수였다. 지금은 마치 여벌의 목숨으로 살고 있는 것 같았다. 그에 비하면 지금 자신은 단지 심문당하고 있을 뿐이 아닌가. 조심은 할 수 있을 때 해두는 게 일 터진 다음에 당황하는 것보다 훨씬 유리했다.

'나는 지금 대사형의 눈이 닿지 않고 귀도 미치지 않는 곳에 있건만 그의 속박을 벗어나지 못하는구나. 내가 나를 스스로 금제하니 내가 아닌 누가 나를 구할 수 있겠는가?'

이런 경우에도 결자해지(結者解之)라는 말이 적용되는 것일까? 자신이 잡혀 살고 있다는 것을 그도 인정할 수밖에 없었다. 길게 생각할수록 비참해지기만 했다.

"에잇, 어차피 칭호라는 것은 그저 구분을 편리하게 하기 위한 표시 아닌가. 내용 전달에 지장을 주는 것도 아니니 어제 있었던 이야기나 계속하도록 하세."

"부탁하네."

남궁상은 다시 그 시간으로 돌아갔다. 그는 그때 저들 네 명의 운명에 대해 상담 중이었다.

     *   *   *

"잠깐 우리들은 딴 데 가서 얘기나 나눌까?"

남궁상은 본능적으로 감지하고 있는 앞으로 벌어질 참극을 이 애송이들에게 그다지 보여주고 싶지 않았다. 그건 그리 썩 보기 좋은 광경이 아닐 것이 뻔했다. 그러나 이 녀석들은 그의 세심하고 상냥한 배려심을 전혀 눈치채지 못하고 배은망덕하게 다음과 같이 지껄였다.

"그냥 여기서 계속해도 괜찮습니다, 선배님!"

빠직!

남궁상의 이마에서 푸른 혈관이 꿈틀 맥동 쳤다. 자연 목소리도 험해졌다.

"잔말 말고 그냥 따라오라면 따라와!"

부릅떠진 그 눈에 담긴 서슬 퍼런 기백에 다섯은 모두 움찔하고 말았다.

'다 너희들을 위한 거다!'

거저 주는 은혜를 발로 차려 하다니! 아마 자신이 지금 호의를 베풀어주고 있다고는 꿈에도 생각하지 못하리라.

하지만 아직 어린애들한테 너무 끔찍한 것을 보여주고 싶지는 않았다. 아직 정체성도 제대로 확립 안 된 어린애들에게 교육상 안 좋은 것을 보여주는 것은 선배로서의 도리가 아니라는 생각이 들었다. 게다가 학관의 평판을 정도 이상으로 떨어뜨리는 것도 사양이었다.

'저 얼간이는 교육적 지도를 받을 운명인 게 틀림없어.'

문제는 그 교육적 지도라는 것이 지독히 비교육적인 방법으로 구성되어 있다는 점이다. 그의 대사형은 이미 불량스럽게 타락한 녀석들에게 인간적으로 관심을 쏟는다던가 혹은 차분히 대화를 나눈다고 해서 삐뚤어진 게 바로 원상 복구될 수 있다는 이론에 대해 회의적인 사람이었다. 사실 그럴 가능성은 실제로 매우 희박했다. 깨끗한 물을 탁하게 오염시키는 것은 쉽지만 그것을 다시 깨끗하게 정화시키는 데는 그것을 더럽힌 것보다 수천, 수만 배 이상 오랜 시간이 소요되는 것처럼. 여기에 교육의 어려움이 있는 것이다. 이미 굳어버린 가치관은 좀처럼 변하려 들지 않는다. 때문에 그 가치관을 깨부수지 않으면 안 된다. 그렇지 않으면 인간은 여전히 반성이란 걸 모른다. 시간이 지나면 지날수록 그것은 딱딱하게 굳어져 종국에는 화강암처럼 단단해진다.

타이르거나 대화를 통해서 해결하려면 시간이 너무 많이 걸린다. 그럴 경우 보통 사람들은 순순히 포기한다. 그러나 전혀 포기하지 않는 사람도 있다. 비류연이 어느 쪽 인종인가 하면 그는 전적으로 후자 쪽이었다. 그는 포기를 모를 뿐만 아니라 수단도 가리지 않는다. 목적을 위해 수단이 정당화되어서야 되겠냐는 상식적인 질문은 언제나 그의 앞에서 묵살당하기 일쑤였다.

"남에게 피해를 입히려면 자신도 피해를 당할 각오를 해야지! 피의자의 인권 따위 내 알 바가 아냐! 널리고 널린 피해자도 제대로 구제되지 못하는데 피의자의 인권 따위에 신경 쓸 여가가 어딨냐?"

가끔은 그 의견에 동감하는 자신이 있다는 것을 남궁상도 알고 있었다. 피의자의 인권 따윈 복수를 미덕으로 삼는 이 무림의 생리에 어긋나는 일이었다. 조용히 다른 곳으로 끌고 가서 즉결 처분하기로 했다.
사실 남궁상 자신도 그 광경을 별로 보고 싶지 않았다. 그러나, 그렇다고 해서 말릴 생각은 더 더욱 없었다.
'좀 밟히다 보면 세상이 넓다는 것도 금방 알게 되겠지.'
우물 안에서 아무리 박 터지게 싸워봐야 우물 밖의 달리는 말발굽에 한번 밟히면 즉사라는 것을.
남궁상은 되도록 현장에서 멀리 떨어지고자 했다. 괜히 생각 짧은 놈 때문에 함께 휘말리고 싶은 생각은 추호도 없었다. 뒤에서 졸래졸래 따라오는 후배 예비생들의 입에서 불평불만이 새어 나오기 시작할 때쯤에야 겨우 발걸음을 멈추었다. 이것들은 분위기 파악도 하나 제대로 못하나? 유유상종이라고, 이쪽도 그렇게 인내심이나 분별력이 뛰어나지는 않은 듯했다.
남궁상은 자신에게 떠넘겨진 떨거지들의 면모를 하나씩 살펴보았다. 청성, 해남, 곤륜, 그리고 화산······.
골라 먹는 재미가 있다며 웃을 수도 있겠지만 그는 그럴 수 없었다.

'뭐, 내가 팔대세가 사람이라서겠지…….'

경로는 불분명하지만 이미 조 편성 내용은 외부로 유출된 것이 분명했다. 그렇지 않고서야 이렇게 사이좋게 편먹고 올 리가 만무했다. 어느 시험이든 큰 이익이 걸리면 걸릴수록 언제나 그곳에는 크고 작은 부정들이 연루된다. 그건 천 년 전이나 지금이나 마찬가지다. 천 년 후에도 아마 그 모습은 크게 변치 않으리라. 왜냐하면 큰 이익이 걸릴 때 인간은 언제나 부정을 저지르고 싶은 유혹에 빠지기 마련이니까. 획득할 수 있는 이익에 비례에 부정에 대한 욕망도 커지는 법. 만일 그런 유혹을 이기는 훈련이 되어 있지 않다면 그 결과는 언제나 똑같다.

'에휴! 빨리 끝내고 돌아가자!'

남궁상은 한숨을 내쉬며 그렇게 생각했다.

"아까 인사는 했냐?"

남궁상이 물었다. 남겨진 친구—라고 쓰고 얼간이라 읽는다—에 대한 이야기였다.

"아뇨."

그럴 시간이 없었고 그럴 이유도 없었다.

"그럼 미안하군."

남궁상이 씁쓸한 어조로 말했다.

"왜죠, 선배님?"

너희들같이 개념없는 애들을 후배로 둔 적은 없다고 말하려다 속 좁아 보인다는 소리는 듣기 싫어 그만뒀다. 대신 한마디만 해주었다.

"마지막이 될 테니까."

여러 의미에서 그것은 마지막일 것이다.

"그게 무슨 말씀인지……."

'전혀 이해 못했군…….'

뭐, 무리도 아니었다. 조금 더 친절을 베풀기로 했다.

"시체는 자네들이 잘 수습해 주게. 싸가지가 없어도 친구는 친구 아닌가."

아련한 눈빛으로 먼 하늘을 바라보며 남궁상이 조용히 말했다.

*　　　*　　　*

"일은 그리된 것이네."

"그리된 거였군. 그리고?"

"그걸로 끝이네."

"그럼 자네들은 안 죽였단 말인가?"

"안 죽였지."

"그럼 왜 죽었을까?"

"글쎄, 왜 그랬을까?"

"……."

마진가, 장홍을 호출하다
―염도, 면회 가다

"어떤가, 홍? 해볼 생각이 있는가?"

"음......."

마진가의 물음에 장홍은 잠시 생각에 잠겼다. 여기는 관주 집무실. 그는 호출을 받고 은밀히 이곳을 방문했다. 그가 현재 마진가와 밀담을 나누고 있다는 사실을 아는 사람은 그들 이외에는 아무도 없었다. 즉, 대화가 가능하기 위한 최소 요건인 침묵만이 그 사실을 알고 있을 뿐이었다.

"마음이 내키지 않다면 거절해도 좋네. 요즘 자네에게 너무 많은 일을 맡겼나 하는 걱정도 드니 말일세."

"아닙니다, 제 고민은 그것 때문이 아닙니다. 그저 누가 이런 일을 저질렀을까 그 배후에 대해 잠시 생각해 본 것뿐입니다. 이번 일, 제가 맡겠습니다."

"오, 그래 주겠나?"

홍은 고개를 끄덕였다.

"예. 뭔가 석연치 않습니다. 이대로 적들의 농간에 놀아날 수야 없지요."

무죄라는 심증이 있어도 물증이 없다면 유죄임을 확신하며 처벌을 부르짖는 여론을 잠재울 수 없다. 마진가를 설득해 지금 감옥에서 빼내 봤자 변하는 것은 아무것도 없다. 더 많은 비난이 빗발치게 될 뿐이다.

서로가 서로를 신뢰할 수 없는 세계. 그렇게 되면 아무도 지도부를 믿지 않으리라. 믿음을 잃어버린 지도부는 비렁뱅이만도 못한 존재로 전락하고 만다.

"이걸 받게."

마진가는 품속에서 패 하나를 꺼내 장홍에게 건네주었다.

"이건……?"

몰라서 묻는 말은 아니었다.

"알다시피 관주 직속령일세. 그리고 사령장을 한 장 써주지."

마진가는 즉시 붓을 들어 종이 위에 뭔가를 적은 후 홍에게 건네주며 말했다.

"시간이 많지 않아. 학관의 입장에서는 어떻게든 승천무제 개시일 전까지는 해결하지 않으면 안 되네. 그때까지 진실이 밝혀지지 않으면 우리로서는 진실에 상관없이 그를 처벌할 수밖에 다른 선택의 여지가 없네."

그때쯤이면 학관의 여론은 불처럼 일어나 비류연의 처벌을 주장할 것이다. 그의 무죄를 믿는 사람보다 유죄를 믿는 사람이 더 많고 유, 무죄에 상관없이 처벌받기를 바라는 사람은 앞의 둘을 훨씬 상회(上廻)

하고 있었다.
"최선을 다하겠습니다. 그리고……."
"뭔가? 부탁할 일이 있으면 하게."
"추가 근무 수당도 꼭 부탁드립니다."
마진가가 어이없다는 얼굴을 하며 눈을 크게 떴다.
"자네, 예전에는 안 그랬잖아? 뭐랄까……."
"솔직해진 거죠. 친구를 잘 사귀어서 그런 모양입니다."
"……너무 물들진 말게. 반찬만 가리지 말고 사람도 좀 가리고."
"적당히 물들겠습니다. 그러니 염려 마십시오. 그렇게는 되고 싶어도 되기 힘드니까요."
"어쩐지 그 말을 들으니 더욱 염려되네그려."
"그것보다 수당 건은 잘 부탁드립니다."
"염려 말래도. 안 떼먹네, 안 떼먹어!"

"여기다 서명하면 되나?"
중년 사내는 장부의 여백 한쪽에 손가락을 갖다 대며 말했다.
"예. 맞습니다, 곽 노사님. 그곳에다 하시면 됩니다."
젊은 수감 담당의 시선이 손가락을 따라 위로 올라간다. 팔목에서부터 보이는 붉은 소매, 붉은 옷, 그리고 그보다 더 붉은 머리카락. 바로 염도였다.
그동안 거쳐야 했던 복잡한 절차 때문에 약간 짜증이 나 있던 염도는 지금 이 상태에서 내공을 일으켜 '검염기(劍焰氣)'를 방출하면 어떤 일이 일어날지 시험해 볼까 말까 하는 즐거운 상상을 하다가 그만두기로 했다. 양심의 가책 때문이라기보다는 다시 한 번 그 귀찮은 절차를 반복해야 된다는 사실이 싫었기 때문이다.

"예, 이쪽 면회 신청자 쪽에 날짜랑 시각을 쓰시고 그 옆에 서명하시면 됩니다."

염도는 수감 담당이 시키는 대로 날짜와 시각을 차례대로 기입하고 감옥 안으로 들어가기 위해 서명했다.

"조금 전에 이야기를 들어봤더니 몇몇 면회를 거절당했다던데?"

"아, 조금 전에 남궁상 선배와 진 소저가 다녀간 것 말씀이시군요? 예, 그렇습니다. 천무학관 구류 규칙에 의하면 아직 심리 중에 있는 용의자와 관도들의 접촉은 엄격하게 금지되어 있습니다. 물론 무사부의 지위에 있는 분들은 예외지만 말입니다."

"그런데 몇 명이나 죽었나?"

가볍게 툭 던지는 듯한 질문이었지만 그 내용은 결코 가볍지 않았다.

"아니, 죽다니요?"

영문을 알 수 없다는 얼굴로 현빈이 반문했다. 그는 원래 무당파의 제자로 현재 이곳 '세원옥(洗怨獄)'의 당직을 서고 있었는데 어제 구금된 구류자와의 면회를 신청하면서 묻는 말이 그의 이해 범위를 벗어나 있었다.

"말 그대로 그의 신병을 구속하는 과정에서 얼마나 많은 사망자가 발생했냐는 말일세."

현빈은 잠시 어이없는 표정을 지었다가 곧 다시 표정을 원상 복구했다. 그리고는 진지한 어조로 대답했다.

"물론 사망자는 한 명도 없습니다만……."

"한 사람도 없었다고? 그럴 리가……."

이번에는 염도가 믿지 못하겠다는 듯한 얼굴이었다. 사실 그런 일은 그의 상식 범위 안에서는 절대로 있을 수 없는 일이었다.
"그럼 부상자는?"
이번에야말로 있겠지 기대하며 염도가 물었다.
"물론 부상자도 없습니다."
현빈은 도사답게 정직하게 말했다.
"거짓말!"
염도가 단언했다.
"예? 거, 거짓말이라니요? 참말입니다."
억울하다는 목소리로 항변했지만 바로 묵살당했다.
"위에서 불문에 붙이라는 명이라도 떨어졌나?"
염도의 눈빛이 아궁이의 불꽃처럼 이글거렸다. 반대로 추궁하는 목소리는 땅에 붙을 듯 착 가라앉아 있었다. 날카롭고 강렬한 그의 안광을 정면으로 받고도 평정을 유지할 사람은 많지 않았다.
젊은 옥지기 현빈도 거기서 예외는 아니었다. 그러나 아무리 두렵다 해도 없는 사실을 만들어낼 수는 없는 노릇이었다.
"지, 진짭니다, 염도 노사님! 정말 아무 일도 없었습니다. 그러니 위에서 떨어질 명도 없지요. 왜냐하면 아무도 죽지 않았고 아무도 다치지 않았으니까요. 믿어주십시오!"
그의 목소리는 필사적이었다. 그 절박함이 염도의 마음속에 의심의 단초를 싹트게 만들었다.
"그가 순순히 잡혔다고?"
현빈은 기회를 놓치지 않고 재빨리 고개를 끄덕였다.
"으음… 순순히 잡히지는 않았다고 합니다. 하지만 사망자나 부상자는 없었다고 합니다."

염도의 입에서 단번에 비웃음이 터져 나왔다.

"하! 그가 순순히 잡히지 않았는데 사상자가 없었다고? 자네 지금 나랑 농담 따먹기 하나? 좋은 배짱이다!"

아무래도 상식─지극히 개인적인─이 납득을 방해하고 있는 모양인지 목소리가 다시 조금 험해졌다. 현빈으로서는 도무지 이해할 수 없는 상황이었다. 거짓말을 했다고 화내면 모를까 왜 사실을 사실대로 이야기하는데 화를 낸단 말인가. 억울하기 짝이 없었다.

"노, 농담이라니요? 제가 어찌 감히 노사님께 농지거리를 할 수 있겠습니까? 진짜입니다. 태상노군과 장삼봉 조사님의 영전에 맹세코 제 말은 사실입니다."

신앙이나 믿음 같은 건 일신의 형편에 따라 언제든지 팔아먹을 수 있는 게 인간이긴 하지만 이 현빈이란 친구는 그렇게 악질 같아 보이지는 않았다. 자신이 믿는 최고의 가치에 대고 맹세했는데 더 이상 추궁하기도 미안했던지 염도의 이글거리던 눈빛이 조금 누그러졌다. 그러나 그런 그도 이 말만은 내뱉지 않을 수 없었다.

"말도 안 돼!"

그 인간의 본성을 생각했을 때 그런 일을 순순히 받아들일 리가 없었다. 적어도 사망자가 삼 개 조 이상은 나왔어야 했고, 부상자는 헤아리다 지쳐야 정상이었다. 그런데 아무 일도 없었다고? 그 사실이 너무나 부조리하게 다가왔다. 그가 어찌 신경 쓰이지 않을 수 있겠는가.

'이놈은 진짜 아무것도 모르는 모양이군. 할 수 없지. 당시 현장에 있던 놈들을 찾아가는 수밖에.'

그제야 비로소 염도는 괴물 포획자들이 포획한 그것을 어떻게 다루고 있는지 궁금해졌다.

"그러고 보니 내공 문제는 어찌했나?"

"안심하십시오. 물론 혈도를 짚어 억제해 놓았습니다."

적절한 조치가 취해졌으니 안심하라는 취지의 말이었지만 염도의 눈은 순식간에 휘둥그레졌다.

"뭐라고! 겨우 점혈(點穴)밖에 안 했다고?"

"뭐, 뭐가 잘못됐습니까요?"

"당연하지. 이런 안일한 대처를 봤나! 전신 대혈에 금침 백팔 개를 꽂아놓아도 안심이 안 될 판국에 겨우 손가락 몇 번 꾹꾹 찔러놓고서 어찌 안심할 수 있단 말인가?"

백팔 개의 금침을 전신 요혈에 박아 넣어 기운의 운행을 방지하는 비법은 금제(禁制) 중에서도 가장 지독하고 악독한 금제법으로 불리는 '백팔금침봉혈술(百八禁針封穴術)'을 가리키는 것이었다. 무림의 역사를 통틀어 뒤져 봐도 이 시술을 받았다고 전해지는 흉악인은 손에 꼽을 정도였다.

"그런 건 인권 유린입니다, 노사님! 백팔금침봉혈술은 옛날 혈월마교 같은 마도에서 사용되었다는 무시무시한 전설의 금제법 아닙니까? 아직 진범으로 확정된 것도 아닌데 어찌 그런 잔인하고 끔찍한 술을 쓸 수 있겠습니까? 무엇보다 그런 강력한 금제법을 시술할 수 있는 능력자도 없구요."

단전을 파괴하고 사지의 근맥을 끊어도 안심할 수 없는데 무슨 헛소리람? 염도는 속으로 욕을 퍼부었다. 현 사태의 중대한 심각성에 대해서 이 녀석들은 전혀 인식하지 못하고 있다는 것이 확연해졌다. 인권 유린 걱정하다가 학관 유린 사태가 발생하면 그때 가선 누가 책임진단 말인가!

"좋아, 그럴 만한 능력자가 없다면 아쉽지만 할 수 없지. 그럼 적어도 수갑은 튼튼한 걸 썼겠지?"

"물론입니다. 아직 비록 용의자 신세라지만 그것까지 안 할 수는 없지요."

자신만만한 대답이 돌아왔지만 못 미덥기는 여전했다.

"수갑의 재질은 뭔가?"

"재질이요? 지금까지 많은 분들이 이곳을 방문하셨지만 구류자의 수갑 재질까지 신경 쓰시는 분은 염도 노사님 한 분뿐이십니다."

"다 생각이 있어서 그런 거네. 무엇으로 만들어져 있나?"

그가 비록 호전적이고 광포하다는 평을 듣고 있긴 하지만 애꿎은 옥졸들이 비명횡사하는 것을 보고 즐길 만큼 악취미는 아니었다.

"예, 물론 무쇠로 만들었습니다."

연행용과 구금용은 재질이 달랐다.

염도의 얼굴에 실망의 기색이 스쳐 지나갔다.

"겨우 무쇠 따위로? 차라리 지푸라기로 묶어두지 그러나?"

어이없어하는 염도의 말투에는 비꼬는 기색이 역력했다.

"거의 대부분의 수갑은 무쇠로 만든다고 생각합니다만?"

돌아온 건 코웃음이었다.

"헹, 그런 현실에 아무짝에도 쓸모없는 정론 따윈 듣고 싶지 않네! 당장 상부에 건의해서 만년한철로 된 수갑을 얻어오게!"

"노, 농담이시죠?"

염도를 조금이라도 아는 사람이라면 그가 결코 이런 식의 농담을 즐기는 사람이 아니라는 사실을 대번에 알아차릴 수 있었을 것이다. 하지만 현빈은 그렇지 못했다.

"마, 만년한철로 된 수갑은 이곳이 아닌 특급 범죄자들만 특별 구금

하는 최상위 감옥인 '봉마옥(封魔獄)'에 감금되는 전대 마두들에게만 사용되는 특별 사양입니다. 제작 단가도 비싸고 그 수량도 한정되어 있고, 이런 하위 감옥까지 보급되지는 않습니다."

"뭐라고? 예산 문제 같은 시시한 이유 때문에 그런 위험하기 짝이 없는 작자에게 종이 수갑보다 그다지 좋아 보이지도 않는 무쇠 수갑 따위나 채워놓는단 말인가? 차라리 그냥 풀어놔 두게. 차고 있으나 없으나 똑같으니 말일세."

너무나 격렬한 의외의 반응에 현빈은 입을 떡 벌렸다.

"아, 아무리 그래도 설마 그렇게까지 부실하겠습니까? 명색이 무쇠인데 말입니다."

"나중에 후회하지나 말게. 난 분명히 충고했으니 말일세."

충고를 해줘도 귀를 막고 있으면 백 마디 진리가 무소용인 법이다. 들으려는 자세가 안 되어 있는 놈을 위해 더 이상 소중한 혀를 혹사시키고 싶지는 않았다. 조금 있으면 점심시간인데 그전에 조금은 휴식을 취하게 해주는 편이 훨씬 더 생산적인 방법 같았다.

"됐네! 안내나 하게."

내심 다행이라고 생각한 현빈은 얼른 몸을 돌려 감옥 안으로 향했다.

감옥이란 건 언제나 음습한 느낌을 주기 마련이다. 특히 지하라는 입지는 그런 느낌을 더욱 부채질한다. 염도는 자신을 향해 아가리를 벌리고 있는 음(陰)의 공간을 향해 걸어 들어갔다. 이끼 낀 돌 계단을 하나씩 밟으며 안으로 들어가던 염도는 묘한 걱정이 들었다. 이렇게 약해서야 어디 제대로 탈옥에 방비할 수 있을까? 파도 치는 해변 위에 세워진 모래성처럼 부실하기 짝이 없는 대처 상태를 들은 터라 마음이 더욱 심란했다.

"여깁니다."

어둠 속에서 홀로 착잡한 마음과 싸우던 염도의 고개가 살짝 들렸다. 어느새 걸음을 멈춘 현빈은 지하 뇌옥의 안쪽 가장 깊숙한 곳에 위치한 옥사 한곳을 가리키고 있었다.

"면회 시각은 이각입니다. 그럼 전 이만. 잠시 후에 모시러 오겠습니다."

"수고했네."

현빈은 가볍게 읍하며 물러갔다. 염도는 천천히 옥사를 향해 다가갔다. 그리고 분노했다.

"어… 어떻게 이럴 수가!"

불길한 예감은 적중했다. 특별 취급 당해야 마땅한 존재가 전혀 특별 취급 당하지 못하고 있었다. 어떻게 옥사의 재질이 다른 곳과 똑같은 나무일 수 있는가! 이곳의 옥사는 나무를 네모지고 굵게 잘라 그것을 좌우와 교차하는 방식으로 엮어놓은 곳이었다. 어디서나 흔히 볼 수 있는 그런 감옥이었다.

아무리 상상력을 발휘해 봐도 이런 말랑말랑한 벽과 푸석푸석한 각목이 그 인간의 손길과 발길을 감당할 수 있으리라고는 여겨지지 않았다. 몽상 같은 비상식을 신봉하기에 그의 정신은 너무나 또렷했다.

괴물을 가두는 우리라면 그 재질은 만년한철 정도는 되어야 정상이 아니겠는가. 그러나 이번에도 역시 예산 문제 때문에 불가능하다는 헛소리나 들을 게 뻔했다. 그렇다면 만년한철씩이나 되는 비싼 놈은 안 되더라도 적어도 백련정강급은 되어야 한다고 생각하는 염도로서는 하찮은 나무 재질의 감옥을 도저히 용납할 수 없었다. 나중에 참상이 일어나고 후회해도 이미 때는 늦은 법인 것을 왜 모른단 말인가!

이 부실하고 무성의한 행정의 정점 뒤에서 인류 최대의 위협—개인적인 판단이지만—이 모습을 드러냈다.

"어쩌다가 그런 꼴이 되었습니까?"

약간 퉁명한 어조로 염도가 물었다. 비류연은 어깨를 으쓱했다.

"사회적인 약자는 언제 어느 때나 시대를 막론하고 이런저런 억울한 일을 당하는 법이지요. 힘없는 자의 호소에 귀 기울여 주는 자는 언제나 드문 법이니까요."

"하아? 천지가 뒤집혀도 말은 똑바로 해야지요. 도대체 누가 힘없는 약자란 말입니까?"

염도는 각혈할 뻔한 마음을 간신히 진정시키며 말을 이었다.

"그곳에 당신은 포함되어 있지 않지 않습니까?"

어떤 잘못된 척도를 얼마만큼 잘못 사용해야 그런 말도 안 되는 결과가 나오는지 자못 궁금해졌다.

"여기 있잖아요? 바로 여기! 진실인 걸 어떡하겠습니까?"

비류연은 태연자약했다.

"거짓된 진실도 있습니까?"

염도가 냉소했다.

"많죠. 너무 많아서 셀 수 없을 정도로. 사람들은 거의 대부분 거짓된 진실을 진리인 양 믿고 살아가잖아요? 뭐, 새삼스러운 일도 아니죠."

"그래서 거기에 또 하나의 거짓을 더하기로 결심한 겁니까? 왜 그런 모습인 겁니까?"

"이 모습이 어때서요?"

비류연이 팔을 편 채 자신의 몸을 살펴보았다. 쩔그렁 사슬 부딪치는 소리가 적막한 감옥 안을 울렸다.

"왜 그렇게 아무렇지도 않은 표정으로 갇혀 있는 겁니까? 당신답지 않게!"

자신이 왜 화를 내는지 그는 알 수 없었다.

"나다운 게 뭐죠? 지금 나를 이해하고 있다고 말하고 있는 건가요? 정말로? 자신의 믿음에 대해 확신할 수 있습니까? 자신이 알고 있는 것은 나의 일부분, 그것도 자신의 주관에 의해 해석된 일부분에 지나지 않는다는 생각은 안 해봤나요? 왜 나를 함부로 규정하려고 하는 거죠? 규정한다는 것은 규정된 이외의 것을 사상(捨象)한다는 것을 전제하고서 하는 말인가요?"

"그, 그건……."

쉴 새 없이 쏟아지는 말이 폭풍처럼 휩쓸고 지나가는 통에 염도는 대꾸할 말을 찾을 수 없었다.

"아니면 지금 당장 이 조악한 건조물을 부수고 밖으로 뛰어나가면 그게 나다운 건가요?"

비류연이 피식 웃으며 자유와 억압의 경계인 옥사의 창살을 툭툭 두드렸다.

"거기 안에 틀어박혀 있는 한심한 모습보다는 훨씬 당신답겠지요."

"당신이 아니라 사.부.님이겠죠. 뭐, 때려 부순다고 다 해결되는 건 아니잖아요?"

자신의 앞을 가로막는 건 신이든 부처든 두 동강 내겠다고 큰소리치는 비류연치고는 너무나 건실하기 짝이 없는 의견이었다.

"그런 상식을 알고 있다는 게 나로서는 더 충격적이군요."

염도가 솔직한 감상을 피력했다.

"하지만 여기 오래 있을 생각은 없어요. 확실히 범인은 빨리 찾는 게 좋을 것도 같군요. 아직까지는 일종의 유희로 받아들이고 여기서 놀아줄 수는 있지만 막상 일이 닥치면 별로 억울하게 죽고 싶은 생각은 없거든요."

"그런데, 정말 안 죽였습니까?"

미심쩍다는 투로 염도가 물었다. 비류연은 잠시 턱을 괴고 고민했다.

"글쎄요……? 죽이는 것보다 훨씬 고통스럽게 만들어주는 방법이 수두룩한데 굳이 그런 식으로 손쉽고 간단하고 허무하게 끝장낼 필요는 없다고 생각하지 않아요? 대화랑 마찬가지로 분풀이도 상대가 있어야 하죠. 근데 안타깝게도 시체와 유령은 나의 상대 개념에 들어가지 않아요."

묘하게 설득력있는 말이었다.

"죽은 놈을 추궁할 수는 없잖아요? 추궁을 하든 작살나게 밟든 일단 살아 있어야 가능한 일이니까요. 삶이라는 무대 위에서 그렇게 순순히 퇴장시킬 수야 없죠."

"하긴……."

너무나도 당당하게 말하는 바람에 왠지 납득해 버리고 마는 염도였다. 저 인간이라면 충분히 그렇게 할 가능성이 있었다.

"남은 시간은 얼마 없어요. 음, 딱 일주일 남았군요."

"왜 일주일입니까? 입관 시험까지는 아직 열흘 정도 남았잖습니까?"

시간이 얼마 없는 것치고 비류연은 너무나 여유로운 모습을 하고 있었다.

"판을 벌였으면 그 수습을 해야죠."

당연하지 않느냐는 투로 비류연이 대답했다.

"또 벌일 겁니까? 판?"

"당연하죠. 오랜만의 건수인데 그냥 넘어갈 수야 없죠."

"일주일 후라면 바로 궁상이 녀석의 비무가 있는 날이군요. 상대는 그 유명한 아미신녀이고……."

"그것 말고 또 다른 일이 있나요? 일단 승률 관리는 임시 동업자에게 맡겨놨으니 안심은 되지만… 역시 직접 관리하지 않으면 마음이 놓이질 않아서요."

남궁상과 약속한 것 이상으로 비류연은 일을 정말 크게 벌여놓았다. 그러니 두 사람의 대결에 관심을 쏟지 말라 뜯어말려도 관심이 쏠릴 판국이었다. 돈은 언제나 인간의 눈에 핏발을 세울 정도의 집중력을 제공하는 미덕을 지니고 있었다.

"아참, 당신은 어디에 걸겠어요?"

비류연이 물었다.

"여기서도 영업입니까?"

그러자 비류연은 씨익 웃었다.

"평상심을 유지하는 게 중요하죠. 아니면 내가 울고불고하기라도 바란 겁니까?"

"그런 끔찍한 모습을 기대한 적은 한 번도 없습니다."

상상만으로도 전율이 흐를 정도로 끔찍한 모습에 염도는 몸서리치며 고개를 도리질했다. 악몽은 잠잘 때 가끔 꾸는 것만으로도 충분했다. 굳이 눈 뜨고 있을 때까지 악몽을 꾸고 싶은 생각은 추호도 없었다.

"진범이 잡히는 게 먼젠지 내가 이곳을 부수고 나가는 게 먼젠지 참으로 궁금하군요."

마치 남의 이야기라도 하듯 비류연이 말했다.

'주객전도도 정도가 있는 법이거늘…….'

비류연의 무신경한 말에 무거운 한숨을 내쉬면서도 한시라도 빨리 진범을 잡고야 말겠다고 결심하는 염도였다.

"열심히 해봐요."

여기서 끝났으면 격려의 말이었겠지만 그 뒤가 붙자 격려는 무시무시한 협박으로 돌변했다.

"천무학관 설립 이후 사상 최대의 파옥 사건 목격자가 되고 싶지는 않으시겠죠?"

염도는 흠칫하며 몸을 긴장시켰다.

과연 목격자만으로 끝날 수 있을까?

그 일이 발생하면 자신은 어쩔 수 없이 비류연의 편을 들 수밖에 없다. 그는 아직도 약속에 매인 몸이었고 자신이 세운 기준을 함부로 변경하는 그런 얄팍한 남자는 아니었다. 물론 가끔 어떤 사람의 낯을 볼 때마다 후회가 물밀듯 밀려올 때도 있지만 쉽게 꺾이는 신념보다는 나았다. 하지만 자신이 최대 파옥 사건의 동조자가 된다는 것은 결코 행복한 상상이 아니었다.

"애들한테도 안부 전해주세요. 이제 일주일도 채 안 남았다더군요."

어째서 감옥 안에 갇혀 있는 사람보다 감옥 바깥에 있는 사람들이 더 안절부절못해야만 하는가? 감옥 안에서 판결을 기다리며 있는 사람이 오히려 느긋하다니······. 이것은 대단히 불합리한 일이 아닐 수 없었다.

"뭔가 좋은 해결책은 없습니까?"

"없어요. 지금은."

대수롭지 않다는 듯 비류연이 어깨를 으쓱한다.

"참으로 태평합니다그려. 그런데 지금은 그렇다는 것은······?"

"그래요. 지금은 수가 없죠. 하지만! 예상외의 변수가 발생한다면 뭔가 수가 생길지도 모른다는 이야기죠."

"전혀 위로가 안 되는군요."

"대사형의 상태는 어떻습니까, 염도 노사님?"

면회를 끝마치고 나오는 염도를 기다리고 있던 것은 남궁상과 진령이었다.

"아, 너희들이구나. 면회 신청했다가 거절당했다고 들었다만? 많이 기다렸느냐?"

"아닙니다. 얼마 되지 않았습니다. 소식의 편린이나마 들을 수 있을까 해서… 기다리고 있었습니다."

"그러냐?"

염도는 남궁상의 거짓말에 대해 별달리 추궁하지 않았다.

"저… 염도 노사님께서는 이번 일이 대사형의 소행이 아니라고 확신하십니까?"

남궁상은 가장 묻고 싶은 말을 뒤로 돌리지 않았다.

"확신한다."

"그럼 그걸 뒷받침할 만한 증거가 있습니까?"

"물론 있다."

남궁상의 몸이 자연스럽게 앞으로 쏠렸다.

"괜찮으시다면 그 이유를 들려주실 수 있겠습니까?"

"넌 아직 그것도 눈치 못 챘느냐?"

염도가 한심하다는 듯 혀를 차며 되물었다.

"죄, 죄송합니다. 제 안목이 부족한 탓입니다."

"부족한 점을 인식하고 있으니 더 책망하진 않겠다. 너희들은 혹시 시체들이 지니고 있던 전낭이 없어졌다는 이야기를 들은 적이 있느냐?"

남궁상과 진령은 염도의 한마디에 눈이 번쩍 뜨였다.

'맞다! 왜 그 생각을 못했을까!'

황금충도 그 앞에서는 빛이 바래고 마는 비류연이 돈 되는 물건을, 이미 가치가 상실된 물체 옆에 놔두고 올 리가 없었다. 누군가는 양심이 없는 행동이라고 비난하겠지만 들을 수 있는 것은 비웃음 섞인 코웃음뿐일 것이다. 그 뒤에 따라 나올 독설도 이제는 충분히 상상이 갔다.

'흥, 그렇게 말하려면 죽이지를 말던가? 죽인 다음에 무슨 양심이야? 그저 자기 만족이자 위선이지. 한쪽의 의미가 사라졌으니 아직 의미가 남아 있는 쪽으로 가는 게 물건으로서는 행복한 일 아니겠어? 무사는 자기를 알아준 사람을 위해 죽는다는 말이 있잖아? 돈도 자기를 알아준 사람을 위해 쓰여지고 싶을 거라고. 분명해.'

비류연이라면 그렇게 말하고도 남을 인간이었다.

"그렇다면 역시 대사형은 무죄군요……."

그 사실을 그다지 기뻐하지 않는지 남궁상의 목소리에는 힘이 빠져 있었다.

"아쉽지만 그렇다. 하지만 과연 무사할 수 있을까?"

현재 학관 내에는 비류연을 처단해야 된다는 여론이 들불처럼 번지고 있었다. 자칫하면 무죄든 유죄든 상관없이 죽임을 당할 수도 있었다.

과연 상층부는 계속적으로 점층되는 여론의 압박을 견뎌낼 수 있을까? 아무도 그것에 대해 보장해 줄 수 없는 문제였다. 지금 남궁상이 할 수 있는 것은 모든 것을 하늘에 맡기고 지켜보는 수밖에 없었다. 그런데 남궁상도 모르는 새에 상황은 자꾸만 비류연에게 불리한 방향으로 움직이고 있었다.

갑작스런 방문
―검존의 감

"응? 손님이라고?"

시위를 빙자한 계속되는 소음 공해 때문에 창문을 꽁꽁 걸어 잠근 채 산더미처럼 쌓인 업무 처리에 매진하고 있던 마진가가 이미 오늘만 수백 장의 서류와 전투를 벌인 역전의 붓을 잠시 멈추고 어리둥절한 표정으로 반문했다.

"분명 내 오늘은 아무도 만나지 않는다고 하지 않았느냐?"

관주 직속 시녀인 여매는 송구한 듯 고개를 숙였다.

"이분은 꼭 만나보셔야 할 것 같았습니다."

오랫동안 그의 시녀로 종사해 온 여매로서도 감히 청을 거절하기 힘든 거물이 왔다는 이야기이다.

"누가 오셨느냐?"

"예, 검존께서 관주님을 한번 뵙고자 하십니다."

"검존께서?"

"예. 그렇습니다, 관주님!"

여매가 공손하게 대답했다.

"왜 날 보자고 하실까?"

공식석상에서가 아닌 사적인 자리에서 독대를 요청한 적은 지난 몇 년간 한 번도 없었던 일이다. 그럼에도 딱히 짐작 가는 부분이 없었다.

"어서 뫼셔라!"

마진가는 검존에 대한 예를 차리기 위해 자리에서 일어났다. 집무실에서 그가 관주로서의 권한과 권위를 행사하고 있을 때 상대방을 위해 일어나는 일은 좀처럼 없었다.

"아니, 공손 노사님! 어쩐 일로 이런 곳까지 친히 왕림하셨습니까?"

마진가가 자리에서 벌떡 일어나며 반갑게 검존을 맞이했다.

"바쁜 와중에 번거롭게 해서 미안하오, 마 관주. 이 늙은이가 오늘은 관주와 긴히 상의드릴 일이 있어서 왔소이다."

"번거롭다니요. 별말씀을 다 하십니다. 제 귀와 제 마음은 언제나 열려 있습니다. 더군다나 노야의 깊은 가르침이라면 자다가도 벌떡 일어나 들을 준비가 되어 있습니다. 하하하!"

"허허, 마 관주께서 이 늙다리 검객을 너무 높이 평가하시는구려."

"하하하! 검의 지존에 대한 평가입니다. 아무리 높게 평가해도 부족함이 있겠지요. 오늘은 어떤 뛰어난 지혜를 들려주시기 위해 이 무지한 자를 방문하셨습니까?"

"최근 천무학관에 드리운 불안의 그림자 때문일세!"

진지한 표정이 된 공손일취의 말투가 갑자기 바뀌었다.

"그럼 그 불안의 그림자를 씻어주실 빛을 가지고 오셨습니까?"

"그렇다네. 사람들이 동요하고 있네."

"저도 알고 있습니다. 그것 때문에 저도 요즘 고민이 이만저만이 아닙니다."

"한시라도 빨리 그들의 불안을 잠재우지 않으면 폭발할지도 모르네. 그렇게 되면 천무학관에 대한 평판은 땅에 떨어지게 될 것이고 우리는 치욕을 면치 못할 것일세."

"어떻게 하면 좋겠습니까?"

"본보기가 필요하네!"

"본보기라시면……?"

공손일취는 말을 빙 돌려 말하지 않았다. 그는 자기가 하고 싶은 말을 가감(加減)없이 그대로 전달했다.

"범인을 당장 처형하게!"

찻잔을 들이키던 마진가의 손이 그대로 정지했다.

"범인이라시면… 비류연 그 아이를 말씀하시는 겁니까?"

찻잔을 조심스럽게 탁자 위에 올려놓으며 마진가가 되물었다.

"그럼 또 다른 범인이 있단 말인가?"

"하지만… 현재는 용의자일 뿐 범인으로 확정된 것은 아닙니다. 그런 상황에서 처형 같은 것을……. 게다가 그건 불법입니다."

사적인 사형 판결은 관의 영역을 침범하는 중대한 위법 행위였다. 때문에 많은 단체들이 자결이라는 형태의 처벌을 가지고 있는 것이 아닌가.

"합법적으로 처리할 수 있는 방법은 얼마든지 있네. 중요한 건 하루라도 빨리 시끄러운 여론을 잠재우는 것일세."

"부화뇌동(附和雷同)이 주특기인 대중들의 웅성거림에 신경 쓰다니요? 노야답지 않습니다. 전에는 그러지 않으셨잖습니까? 아니면 그런 표면적인 이유 말고 다른 이유라도 있습니까?"

마진가의 반문에는 예리함이 깃들어 있었다.

"……."

거침없던 공손일취의 말이 잠시 멈추었다.

"대답을 회피하시는군요. 그 이유를 말씀해 주시지 않는다면 아무리 노야라 해도 더 이상 이야기를 들어드릴 수 없습니다."

마진가가 단호하게 말했다.

"철탑아! 네가 나에게 그럴 수 있느냐?"

천무학관주 마진가를 부르는 공손일취의 호칭이 갑작스럽게 바뀌었다. 그러나 마진가는 당황하지 않고 차분하게 대응했다.

"선생님, 저도 어쩔 수가 없습니다. 제가 아무리 한때 선생님 밑에서 무학의 이치를 배운 처지라고는 하지만 현재 저는 지금 이곳 천무학관의 관주로서 공명정대하게 그 권리를 행사하며 의무를 다할 책임이 있습니다. 왜 그렇게 비류연 그 아이를 싫어하시는 겁니까?"

싫어한다는 표현만으로는 부족함이 느껴졌다. 증오한다고 해야 옳을 것이다. 그러나 마진가로서는 강호의 전대기인이라 할 수 있는 원로 중의 원로인 검존이 기백 년쯤 나이 차가 나는 새파란 젊은이를 증오하고 경계할 납득할 만한 이유를 아무리 애를 써도 찾을 수가 없었다.

"그놈은 불길한 놈일세!"

진지한 얼굴로 공손일취가 대답했다.

"무슨 근거라도 있으십니까?"

"그건 없네. 그냥 감일세."

"심증만 있고 물증은 없다는 이야기군요. 설마 그게 끝이라고 믿고 싶지는 않았는데… 전 선생님께서 좀 더 그럴듯한 근거를 제시해 주길 바랐습니다."

"날 믿지 못하겠다는 이야기냐?"

검존 정도의 고수쯤 되면 일신상의 육감 또한 범상치 않은 신빙성을 지니는 법이다. 하지만 그런 감만 가지고 행정을 처리할 수는 없었다.

"아닙니다. 물론 노사님의 감은 저도 존중합니다. 제가 보지 않는 것을 보는 능력이 있다고 믿고 있습니다. 하지만 그것만 가지고 그 아이를 처벌할 수는 없습니다. 감이라는 것은 그것이 잘 맞든 잘 맞지 않든 증거 자료로서는 미덥지 못한 것이잖습니까? 일국의 황제라도 그런 일은 불가능합니다. 이해해 주시기 바랍니다."

"이해 못하겠다면?"

공손일취가 가장 대처하기 어려운 대응을 보였다. 대화를 단절하고 이해를 향한 최저한의 노력마저도 중단하겠다는 선언이었다.

"그, 그건……"

마진가로서는 어떻게 대처해야 할지 난처하기만 했다. 그때 그를 구원해 준 것은 문밖의 소란이었다.

덜컹!

문밖의 소란은 잠시의 휴식도 없이 문안의 소란으로 이어졌다. 급하게 문을 열고 들어온 것은 붉은색 특급 전언 표식을 달고 있는 전령이었다. 이 붉은색 표식이 전령의 몸에 달려 있을 때 그는 때와 시간을 가리지 않고 마진가에게 정보나 서신을 전달할 수 있는 자격이 주어진다.

"무슨 일인가, 그리도 허겁지겁? 검존님의 앞일세! 자중하게!"

"그, 그게……!"

"차분히 말하게나."

"재, 재습격입니다! 또다시 피해자가 나왔습니다!"

공손일취와 마진가는 동시에 자리를 박차고 일어나며 외쳤다.

"뭐라고!"

나를 위해 죽어다오!
―궁상아!

"아니, 왜 풀어줄 수 없다는 건가?"

현재 수사본부가 구성되어 있는 무원대 집무실을 방문한 염도가 성난 목소리로 힐문했다.

"그게… 저……."

염도는 청흔의 말을 중간에서 끊어버렸다.

"변명 따윈 듣고 싶지 않네. 용의자가 잡혀 있었음에도 불구하고 또다시 피해자가 발생하지 않았나. 그러니 감옥에 갇힌 사람은 무죄라고 봐도 무방하지 않나? 그러니 지금 당장 그를 석방하도록 하게."

"그건 안 됩니다!"

"왜 안 되나? 그가 범인이라는 증거도 없잖나?"

"범인이라는 증거도 없지만 범인이 아니라는 증거도 없습니다. 어느 쪽인지 확실시되지 않는 이상 아직 방면할 수 없습니다."

청훈의 태도는 일개 감옥지기인 현빈과는 달랐다. 그는 더 많은 책임을 등 뒤에 지고 있었고, 그렇기에 보다 공명정대한 행사를 위해 보다 많은 외압에 맞서 버텨낼 의무가 있었다.

염도는 답답해서 가슴을 두드릴 뻔했다. 알아서 미리미리 구해주겠다는데 싫다면 구명줄을 홱 내치는 구조자가 예뻐 보일 리 만무했다.

"이유를 물어도 되겠지?"

"물론입니다. 습격 사건이 다시 일어났다는 것만 사실이지 아직 그 사건이 그전 사건과 동일범의 소행인지는 확신할 수 없는 시점입니다. 모방범의 소행일 가능성도 충분히 있으니까요."

'저희는 어떻게든 저희들의 생명을 열심히 전력을 다해 단축시키고 싶습니다' 라고밖에 들리지 않는 대답이었다.

"모방범? 그런 걸 따라 하는 정신 나간 녀석도 있나?"

살인이었다. 그것도 무고한 자들에 대한 무차별적인 살인이었다. 누가 봐도 나쁜 일이었다. 그런 일을 저질러 자신한테 무슨 도움이 되는지조차 의심스러웠다.

"정신 나간 짓인 줄 알면서도 저지르는 게 인간입니다."

"하지만 그래선……."

그래서는 부를 만한 말이 하나뿐이 안 남는다.

"예, 미친놈이죠. 괜히 미친놈이겠습니까?"

가장 간단한 가치 판단조차 하지 못한다는 것은 정신적으로 심각한 질병이 있다고밖에 생각할 수 없다. 여러 번도 필요없다. 입장을 딱 한 번만 바꿔봐도 피해자가 겪을 고통과 불쾌감을 짐작할 수 있을 것이다. 그것조차 하지 않았다는 이야기……. 아마 절대 자신은 그런 경우를 당하지 않는다는 근거없는 맹신이 그런 오판을 부추겼는지도 모른다.

"게다가… 죽지 않았습니다."
청혼의 이 말은 결정적이었다.
"뭐라고?"
염도가 의아한 얼굴로 반문했다. 처음 듣는 이야기이다.
"피해자는 아직 죽지 않았습니다. 다만 부상당했을 뿐입니다. 그것이 지난 사건과의 중대한 두 가지 차이점 중 하나입니다."
그 두 가지 차이점 때문에 동일범의 소행이라 볼 수 없다는 주장이었다.
"첫 번째는 그렇다 치고, 그럼 두 번째 차이점은 뭔가?"
그는 잠시 말할까 말하지 말까 고민했다. 하지만 잘 생각해 보니 잘 익은 불고기가 되는 취미는 없었다. 그래서 그냥 말하기로 했다. 그의 피부는 충분히 훌륭했고 더 이상 노릇노릇하게 구울 필요는 없었다. 맛있는 요리를 좋아하긴 하지만, 그래서 꽤 미식가라고 자부하고 있긴 하지만, 그렇다고 해도 본인 스스로 맛있는 요리가 될 생각은 어림 반 푼어치도 없었다. 자기가 먹어볼 수 없는 요리에 무슨 의미가 있겠는가!
"이번에 습격당한 사람은 수험생이 아니라 황금 완장입니다."

"여!"
"여!"
"잘 지내나?"
일상생활 중에서 편하게 사용할 수 있는 간단하고 평범한 인사였지만 이곳 같은 감옥에서는 그다지 어울리는 인사라 할 수 없었다. 특히 그 대상이 수감자일 경우에는.

"그럭저럭!"

비류연이 짧게 대답했다.

"이야, 아저씨, 여긴 어떻게 들어왔어? 일반 관도는 들어오지 못한다고 들었는데?"

그동안 만난 사람도 무사부 신분인 염도 한 사람뿐이었다. 빙검은 오지 않았다. 아직 남궁상을 가르치는 것을 그만두지 않은 모양이었다. 그러니 버젓이 절차를 밟아 들어오는 장홍을 바라보는 시선이 평범할 리 없었다.

"아, 힘 좀 썼다네!"

뒤통수를 긁적이며 장홍이 대답했다. 그의 입가에 멋쩍은 웃음이 맺혀 있었다.

"밖은 어때?"

"거의 축제 분위기라네. 자네를 사형장에 보내기 위한 축제 말일세."

"반응은 좋아?"

대수롭지 않다는 투로 비류연이 물었다.

"거의 열광적이라네. 나도 지금까지 저토록 사람들이 한마음 한뜻으로 일치단결한 모습은 본 적이 없다네. 정말 장관이야. 수백 명이 잔뜩 몰려나와 한 사람의 목숨을 끝장내라고 열렬히 주장하는 그 모습은 정말 보기 드문 희대의 구경거리라네."

인간의 마음이 하나로 모이면 상상 이상, 경험 이상, 역사 이상의 기적을 일으킬 수도 있지만 약간만 방향이 빗나가도 자연 재해와 맞먹는 광기(狂氣)의 소용돌이로 돌변할 수 있었다.

"에헴, 다 내 인덕이지!"

자신을 집어삼키려는 광기의 폭풍에 대한 예보를 듣고도 마치 남 애기하듯 비류연이 말했다.

"인덕 많아 좋겠네. 정말 부러워 미쳐 버리실 지경이구먼!"

친구의 태평스러움에 장홍은 그만 질려 버리고 말았다. 자연 말이 퉁명스러워진다. 요 며칠 사이에 전염병처럼 번지고 있는 탄핵 열풍이 그는 영 마음에 들지 않았다. 미치려면 좀 더 곱게 미치는 방법이 분명 있을 터다. 굳이 이런 시끄럽고 남에게 폐가 되는 일을 벌여 법석 떨 필요는 없을 듯싶었다.

"다들 연속 살인마가 작두에 썰리는 꼴을 보고 싶은 모양이야."

조금쯤은 걱정이란 걸 해보는 게 어떠냐는 의미였지만 통하지 않았다.

"그건 나도 보고 싶군."

자신과는 전혀 상관없다는 투로 비류연이 맞장구쳤다.

"그건 그렇고, 그 외에 좀 더 재미있는 일은 없었나?"

"있었네."

"흠, 들어볼까? 자네의 반응을 보니 왠지 좋은 소식일 것 같은데?"

"내 표정이 어땠는데?"

"모래무침한 벌레를 씹은 듯한 그런 표정이었어."

"……."

"무슨 일이 자넬 골탕먹였는지 들어볼까?"

"또 나타났다네."

장홍이 한숨을 내쉬며 대답했다.

"뭐가?"

장홍이 대답했다.

"심야(深夜)의 암살자(暗殺者)!"

"응? 또?"

"그래! 또! 혹시 짐작 가는 곳이라도 있나?"

"쬐끔."

"그게 진짠가?"

장홍은 귀가 솔깃해졌다.

"물론."

"자네의 고견을 듣고 싶군."

"비싸!"

"걱정 말게. 섭섭하겐 하지 않을 테니."

"좋아, 말해주지! 내가 보기에 이번 일은 어느 댁 도련님의 소행이야. 소위 명가라 불리는 곳의 후계자쯤 되는 신분이겠지."

"그런 자가 뭐가 아쉬워서 이런 일을 저지른단 말인가?"

"자기 힘을 시험해 보고 싶어서 안달이 난 거지."

"그래서 이런 어처구니없는 일을 저질렀단 말인가?"

"본인에게는 중요한 일일 수도 있지 않겠어? 내가 보기엔 시시하지만 말이야."

"그것 말고도 뭔가 노리는 목표가 있을 텐데……. 왜냐하면 지난 나흘 동안의 행보는 무척이나 체계적이고 계획적으로 진행되었다는 느낌을 주거든."

"이건 일종의 예행 연습 같은 거지. 본막을 앞둔. 그만큼 신중하게 뭔가를 준비하고 있다는 거지."

"그러니 일단 동일 인물은 아니라는 거군."

"절대로 아니지. 문제는 뭘 노리는가인데……."

그 목표를 명확하게 특정할 수 없으니 확실한 방법을 택해야겠지.
"내가 해줄 수 있는 게 뭐가 있겠나?"
장홍이 단도직입적으로 물었다. 그는 비류연에게 정말 그런 끔찍한 일을 저질렀는지 여부에 대해서는 묻지도 않았다. 비류연 역시 일언반구도 변명하지 않았다.
이 노숙해 보이는, 혹은 실제로 노숙할 수도 있는 친구는 그의 친구가 그 일을 저지르지 않았다는 확신을 지니고 있었고, 그 친구 또한 그가 그러리라는 것을 믿고 있었다. 그것이 진짜 친구라는 것이 아닐까?
"날 풀어줘. 그럼 일주일 안에 해결하겠네."
매우 간단한 일이라는 듯 비류연이 대답했다.
"일주일? 정말 그게 가능하단 말인가?"
'그건 불가능해' 라고 외치기 전에 장홍은 그 가능성에 대해 물었다.
"난 부도 어음이 싫어. 그래서 허언도 싫어해. 내가 언제 허언한 적이 있었나?"
"으잉? 그럼 없었나? 분명 있었던 것 같은데……."
장홍은 잠시 충분히 있었을 법한 그 상황을 찾기 위해 필사적으로 과거의 기억들을 더듬어 나갔다. 그리고 한참 후, 그는 놀라운 사실을 하나 발견했다.
"이럴 수가……. 없군. 없어. 난 애석하게도 찾을 수가 없네. 분명히 한두 번은 충분히 있었을 법한데 말이야."
실로 불가사의한 일이었다. 천무학관 최고의 허풍쟁이로 알려져 있는 비류연이 한 번도 허언을 한 적이 없다는 사실은 정말 지독히도 역설적이었다.
'그만큼 어이없는 일들을 현실화시켰다는 것이겠지…….'

비류연 역시 남들이 들으면 허언이나 허풍이라 느낄 만한 말들을 많이 해왔었다. 다만 그의 다른 점은 그 거짓말 같은 일들을 정말로 실현시켜 버린다는 것이다. 남들이 모두 포기한 일을 성공시켜 버리면 그건 할 수 없는 거라고 포기했던 이들이 그 일이 실현되었다는 사실을 부정하고픈 충동을 느끼기 마련이다. 그리고 비류연이 해온 일은 대부분 그런 일들이었다.

"어때, 내 제안이?"

"일주일이라……."

상당히 구미가 당기는 제안이 아닐 수 없었다. 장홍은 잠시 그의 제안에 혹하는 자신을 발견하고는 고개를 설레설레 저었다.

"미안하지만 그건 내 권한을 넘어서는 일이라네. 게다가 지금은 여론이 너무나도 안 좋거든. 이런 상태에서 자네를 풀어줬다가는 학관이 모든 비난을 몽땅 다 뒤집어써야 할 판일세. 아마 학관 측으로서는 그다지 달갑지 않은 일이지."

"소심하긴."

비류연이 투덜거렸다.

"그런 병아리 새가슴 같은 배포로 무슨 일을 도모할 수 있단 말인가?"

"큰 조직일수록 경직되기 마련이지. 자네가 이해하게."

"내가 왜?"

자연스레 독설이 튀어나오는 비류연을 장홍이 애써 달래보려 했지만 소용이 없었다.

"그럼 차선책밖에 없겠군."

"차선책도 있나?"

"목적지가 하나라고 해서 가는 길도 하나라는 법은 없지. 본인이 못 나간다면 대리할 사람이라도 필요하지 않겠어?"

"그럼 누가 좋겠나? 모용휘?"

장홍은 유능하고 모범적이면서도 비류연의 꾀임에 잘 넘어가지 않을 법한 청년의 이름을 댔다.

"그 친군 곤란해. 정말 표적이거든. 게다가 그쪽은 임기응변도 부족해. 예전에 비해서는 많이 양호해졌지만 아직 사고가 경직되어 있기도 하고."

"모범적인 건 아니고? 내 귀엔 어째 아직 덜 타락했다고 들리는가?"

"틀을 벗어나지 않으려고 하는 것 자체가 경직되어 있는 거지. 아직 좀 더 몰랑몰랑해져야 할 필요가 있어."

"그럼 윤준호는 어떤가?"

소심하긴 하지만 의외로 많은 가능성을 그 안에 감추고 있는 사람의 이름을 장홍이 댔다.

"그 녀석은 아직 배짱이 부족해. 그리고 이 일을 해결하는 데는 좀 능력이 부족하지. 하지만 입고 있는 옷은 쓸 만하겠어. 미끼 정도는 맡길 수 있을지도 모르니 말이야."

본인보다 옷이 더 유능하다는 이야기를 태연히 하는 비류연이었다.

"옷? 그건 또 웬 생뚱맞은 이야긴가?"

의혹이 모락모락 솟아올랐지만 일단 의문은 접어두고 다음으로 넘어가기로 했다.

"그럼 누가 남았나? 자네의 좁은 교우 관계 중에 아직 남은 사람이 있나? 서… 설마 나는 아니겠지?"

"아저씬 그냥 쉬고 있어요."

비류연이 고개를 저으며 냉정하게 말했다.

"고맙군 그래, 생각해 줘서. 그럼 누가 좋겠나?"

"남궁상!"

"남궁상? 설마 주작단의 궁상 씨 말인가?"

비류연이 고개를 끄덕였다.

"그쪽 말고 다른 궁상도 있었나?"

없었다.

"궁상 공자라……. 나로서는 예상 밖의 인물이군. 그 사람만 불러오면 뭔가 뾰족한 수가 있는가? 그렇게 탁월한 능력의 소유자였는지는 미처 몰랐군 그래."

장홍이 흥미진진한 눈빛으로 비류연을 바라보았다. 그가 기억하기로 이 친구가 황당하기는 해도 허튼짓을 하지는 않았다. 하지만 뭔가 착각하고 있는 장홍이었다.

"불러와 보면 알아."

"알았네. 잠시 기다리게."

확실히 장홍은 배경이 든든한 모양이었다. 비류연이 부탁하자마자 그는 즉시 남궁상을 수배해서 그의 앞에 가져다 놓았다. 그 신속함은 비류연마저 혀를 내두를 정도였다.

"빠르군."

비류연이 순수하게 감탄했다. 그는 그런 전문적인 일 처리를 좋아했다. 낭비가 없기 때문이었다. 낭비가 없으면 절약을 할 수 있고 이익을 더 많이 남길 수 있다. 이(利)와 합치하게 되는 것이다.

"기본이지."

장홍이 겸양해하며 말했다. 남궁상은 그저 아무 말 없이 서 있었다. 아직은 말할 때가 아니었다.

"잠시 자리 좀 비워줄 수 있어?"

비류연이 장홍을 힐끗 보며 말했다. 아직 두 사람 사이의 관계(?)는 장홍에게 비밀이었다.

"밀어(密語)는 내가 있는 곳에서 속삭이면 안 될까?"

그렇게 되면 자신의 엿보기 취미가 충족되니 일석이조가 아니겠는가.

"꽤 흥미로운 제안이긴 하지만 기쁘게 사양하겠어."

"칫!"

정말이지, 이 자리를 떠나기 싫다는 얼굴로 두 사람이 무슨 이야기를 나눌지 궁금해서 미치겠다는 발걸음으로 장홍이 두 사람의 곁을 떠났다.

한참 후 비류연이 입을 열었다.

"이봐, 아저씨! 엿듣는 것, 좋지 않은 버릇이라구. 몸은 모습을 감추었어도 귀는 아직 여기를 훔쳐 듣고 있네. 그런 걸 진정한 자리 비켜주기라 할 수는 없지 않을까?"

그러자 돌 벽 저편에서 소리가 들려왔다.

"쳇! 알겠네, 알겠어! 비켜주면 될 것 아닌가! 둘이서 잘 먹고 잘살아 보게."

까딱까딱!

한참을 더 뜸 들인 후에야 비로소 비류연은 옥문 사이로 남궁상을 향해 수신호를 보냈다. 남궁상은 허약한 옥문을 불안한 눈빛으로 바라보다가 조심스럽게 다가갔다. 그리고는 물었다.

"왜요?"

뻑!

잠시 환한 별빛이 감옥 안으로 쏟아져 들어와 어둠을 밝혔다.

"부… 부르셨습니까, 대사형!"

군기가 바짝 든 목소리로 남궁상이 대답했다. 그래도 목소리를 높이지 않은 것을 보니 아직 분별은 남아 있는 듯했다. 잠시 궁상의 개념 상실을 걱정했던 비류연은 안심하고 방금 전 누군가의 머리를 가격한 오른손으로 가슴을 쓸어내릴 수 있었다.

조용히 하지 않으면 더 멀어진 곳에서 여전히 청력을 최대한으로 높이고 있을 장홍에 대한 무례라고 생각하는 모양이었다. 그는 지금도 차가운 돌 벽에 귀를 짓누르는 고생을 마다하지 않고 있는 장홍을 너무 즐겁게 해주고 싶지 않았다.

"할 일이 있다."

비류연이 짧게 말했다. 서론 빼고 본론만 말하겠다는 뜻이었다.

"제가 무엇을 하면 되겠습니까, 대사형?"

비류연은 절대 잘못 들었다고 말하지 말라는 듯 진지한 목소리로 천천히 또박또박 말했다.

"날 위해 죽어줘야겠다!"

감옥의 창살을 사이에 둔 밀어는 소문만큼 달콤하지 않았다.

야습
―유인책

밤, 달, 별, 그리고 사냥감.

모두 최근 들어 그가 익숙해진 것들이었다.

익숙해진다는 것은 무엇일까?

그것은 그 일에 대해 생각하는 걸 그만둔다는 일일지도 모른다는 생각이 공손절휘의 머릿속에 문득 떠올랐다. 사유(思惟)를 방기하고 판단을 유보한다. 그냥 한다. 그리고 그 행위와 결과에 대해서는 생각하지 않는다. 그리고 책임지지 않는다. 익숙해진다는 것은 그런 것인지도 몰랐다. 물론 기술의 숙달과 익숙해지는 것 사이에는 차별을 두어야 하겠지. 그렇지 않다면 숙달 쪽에게 너무 억울한 일일 테니까.

하지만 익숙해진 덕분에 바쁜 육체에 비해 마음은 한결 편해질 수 있었다. 그의 육체는 일일이 머리의 허락을 구할 필요가 없다는 듯 움직이고 있었다.

무엇이든 다 그렇겠지만 첫 번째가 가장 어려웠다. 처음 해보는 경험은 언제나 불안감과 기대감을 동시에 가져오기 마련인데, 그것들은 커다란 심리적 압박감이 되어 사람의 정신을 짓누른다. 때문에 그는 당황했고, 다섯 초식이나 더 쓰고 말았다.

조금이라도 빨리 단 한 수에 끝내 버리고 싶다고 다급하게 마음먹은 것이 패착(敗着)이었다. 초조함에 평정을 잃은 마음은 그의 몸 전체를 무디게 만들었다. 때문에 별로 강하지도 않은 상대에게 한 번이면 충분할 것을 다섯 번이나 반복하고 말았다.

두 번째는 훨씬 나았다. 이미 한번 경험해 봤기에 마음의 대비를 갖출 수 있었기 때문이다. 그래서 다시 한 번 당황한 마음이 평정을 잃으려 할 때 그것을 억지로 제어할 수 있었다. 그러나 그러는 동안 네 초식이나 쓰고 말았다.

세 번째는 훨씬 할 만했다. 이미 자신에게 무슨 일이 일어날지 잘 알고 있었기에 대처법 또한 준비되어 있었다. 두 번에 걸친 시행착오 끝에 전체 과정을 수정하고 세부 사항을 미세 조정할 수 있는 경험을 획득할 수 있었던 것이다.

그는 약간의 거리낌이 마음속에서 솟아나리라는 것을 알고 있었고, 그때 발생할 망설임을 다시 자신이 제어하리라는 것을 알았다. 그러니 그 두 과정을 생략해도 괜찮지 않을까 하는 생각이 들었다. 그는 전 과정을 그림 그리듯 계산할 수 있었고, 이미 두 번이나 반복 실습해 본 이후였다. 어느새 그의 손은 떨림을 멈추고 있었고, 정신적 수전증이 사라진 손은 다루기가 매우 수월했다. 그래도 세 초식이나 쓰고 말았다. 아직 부족했다.

네 번째에는 어느새 그의 마음속에서 거리낌이 사라져 있었다. 망설임도 없었다. 오로지 상대를 꺾을 기술에만 정신을 집중할 수 있었다. 어떻게 하면 한 초식 만에 상대를 제압할 수 있을까? 하지만 기술에 대한 생각이 너무 많았던 탓인지 한 초식을 더 쓰고 말았다. 마음의 정리가 필요한 것은 감성적인 부분만이 아니었다. 이성적인 부분도 정도가 지나치면 육체의 움직임에 방해를 가져오는 것이라는 것을 그는 실전을 통해 깨달았다. 생각을 정리하고 하나에 집중해야 할 필요가 있었다.

그리고 다섯 번째인 지금 그의 마음은 평온하기만 했다. 어떤 거리낌도 없었다. 자신이 하고 있는 일과 밤 산책의 차이를 그는 별로 구분할 수 없었다. 달밤에 잠시 운동 좀 하는 게 특이하게 보일지는 모르지만 거기에서 어떤 잘못도 발견할 수 없었다. 어제처럼 오늘도 승리는 일상처럼 그의 곁을 찾아오리라. 오늘만큼 성공을 확신한 적은 한번도 없었다.

'오늘로 이 심야의 산책도 끝이다. 차가운 밤바람과 새벽녘의 이슬과도 오늘부로 작별이다. 그리고 이제 난 그를 쓰러뜨릴 것이다.'

마음에 품은 칼날은 지난 다섯 밤을 통해 충분히 날카롭게 벼리어져 있었다. 오늘은 칼날을 벼리는 것이 아니라 그 첨예한 예기(銳氣)를 확인하기 위한 일종의 의식이었다. 자신의 칼날이 모란을 꺾을 만큼 충분히 날카로워졌다는 사실을 선언하기 위한 의식!

눈앞에 현실화한 직접적인 증거는 그의 자신감을 더욱더 고양시켜 줄 것이고, 그 자신감은 그의 기세를 더욱 강하게 북돋아주리라. 공손절휘는 들뜬 마음으로 오늘의 의식에 바쳐질 제물을 바라보았다.

"매화라……. 모란을 꺾기 전에 연습 삼아 꺾어보기에 나쁘지 않은 꽃이군."

심야 속을 걷고 있는 순찰자의 복식에는 화산파 특유의 매화 문양이 수놓아져 있었다.
'걱정할 것은 아무것도 없어. 아무것도……'
그저 최근 만들어진 일상을 반복하는 것일 뿐이니까.
'나는 무적이다!'
공손절휘는 기척을 지운 채 황금 완장을 찬 화산파 제자의 등을 향해 접근했다. 앞의 연속적인 성공에 도취된 청년은 이번에도 역시 상대가 자신의 기척을 알아채지 못할 것이라 확신했다. 물론 등 뒤에서의 기습 같은 실용적인 짓은 하지 않는다. 하지만 깜짝 놀라게 해주는 것 정도야 상관없지 않을까? 그가 어떻게 하면 가장 효과적으로 눈앞의 상대를 기겁시킬 수 있을까 한참 고민하고 있을 때 등이 뒤돌아섰다. 등이 등을 보이자 어처구니없게도 앞이 되었다.
"좋은 밤!"
빙글 돌아선 그 남자는 활짝 웃으며 검(劍)으로 인사했다.
번쩍!
달빛을 머금은 한줄기 검광이 어둠에 한줄기 빛의 상흔을 남겼다. 화산파의 복식을 입은 이의 검에서 뿜어져 나온 것은 화려하기로 유명한 화산파의 독특한 검기가 아니었다. 그를 덮쳐 온 것은 뇌전처럼 빠른 쾌검이었다.
"헉!"
공손절휘는 단숨에 자신의 허리를 두 동강 낼 것 같은 그 무서운 쾌검 일식에 기겁하며 몸을 뒤로 날렸다.
쉬익!
섬광은 그의 허리 앞을 머리카락 하나 차이로 쓸고 지나갔다. 그동안 몸에 새겨놓았던 수련이 그의 생명을 구한 것이다. 그러나 그의 옷을 구하지는 못했다. 그의 고급스런 비단 무복은 날카로운 검기에 의해 깨끗하게 절단되었던 것이다. 비록 비싼 옷이었지만 목숨보다는 쌌다.

"당신, 화산파가 아니군?"

공손절휘는 자신의 옷을 마름질한 인물을 바라보았다. 그 남자가 씨익 웃었다.

"자기소개가 늦었군. 남궁세가의 남궁상이라 하네."

달빛처럼 환하게 빛나는 그런 웃음이었다.

"반갑네! 도련님!"

청천벽력(青天霹靂)
─한 사람의 죽음, 그리고…….

"오빠~ 경영이 오빠~ 우리 시장에 놀러 가자!"
"안 돼!"
소년은 단호한 목소리로 거절했다. 그러나 여섯 살 어린 여동생에게는 소년의 거절이 통하지 않았다.
"아이~ 가자아~"
여동생이 다시 졸랐다. 소년은 다시 고개를 저었다.
"영이 오빠아~ 가아자아~"
"안 돼! 지금은 이곳에 있어야 안전해!"
소년 유경영은 곤란한 표정을 지었지만 그렇다고 해서 부탁을 들어줄 수는 없었다. 여아는 고개를 세차게 도리질했다. 볼은 발갛게 익은 사과처럼 잔뜩 부풀어 있었다.
"하지만… 하지만… 그날 이후로 한 번도 안 나갔잖아!"

그것은 사실이었다.
"미안, 미안! 하지만 안 돼!"
"왜? 숙부님도······."
"그만!"
숙부라는 호칭에 유경영은 저도 모르게 소리를 버럭 지르고 말았다. 꺼내기는커녕 생각하고 싶지도 않은 화제였다. 사실 이곳 중앙표국에서 죄수처럼 갇혀 있게 된 것도 따지고 보면 다 그 때문이었다. 그날 시장통에서 윤이정과 조우한 이후로 유경영은 밖을 나갈 수가 없었다. 그리고 두 번째 윤이정을 만난 날, 그는 가문의 가업을 짊어지고 나가야 할 우두머리가 되어 있었다. 두려웠다. 죽을 만큼 두려웠다. 가장 믿을 수 있다고 생각한, 유일하게 남겨진 신뢰가 무너져 내렸을 때 소년이 맛본 끔찍한 공포는 필설로는 형용할 수 없는 것이었다. 하지만 그런 그의 속도 모르고 아직 어린 여동생은 자꾸만 나가자고 조른다. 그러나 감시의 눈길이 번뜩이고 있을지 모를 저 문밖을 유경영은 결코 나가고 싶지 않았다.

'하지만 이제 누구와 상의해야 하지?'
믿을 수 있는 것이 모두 무너졌는데 누구와 상의한단 말인가? 또한 상대를 신뢰하지 않는다면 상의해서 무엇 하겠는가? 상대의 조언을 듣고 그 말에 귀를 기울일 준비가 되어 있지 않은데 그런 상의는 시간 낭비일 뿐이다. 그러니까······.

"으아아아아아앙!"
그때 그의 옆에서 커다란 울음이 터져 나왔다. 느닷없이 내지른 고함에 깜짝 놀란 탓이리라.
소년은 당황하고 말았다. 어떻게든 달래야 했다. 소년은 일단 사과부터 했다.

"미안, 미안. 그만 뚝 그쳐. 오빠가 잘못했어. 조금만 참아. 며칠 안으로 시장에 데려가 줄게. 맛있는 것도 사주고."

유경영은 급한 김에 거짓말로 여동생을 달랬다.

"정말?"

"정말."

거짓 약속에 대해 유경영이 다짐했다.

"약속!"

여아가 새끼손가락을 내밀었다. 잠시 망설이던 유경영은 한숨을 내쉬며 자신의 손가락을 내밀었다. 여아는 신나게 자신의 손을 흔들었다. 덩달아 유경영의 팔이 위아래로 팔랑거렸다.

"그럼 이제 우리 계약(契約)한 거야?"

여아가 해맑은 눈망울을 초롱초롱 빛내며 물었다.

"뭐, 계약? 그 말은 어디서 배웠니?"

여동생의 입에서 나온 의외의 말에 화들짝 놀란 소년이 되물었다.

"아빠가!"

"아버지가?"

"응, 아빠가 그러는데 계약은 신의(信義)로 지켜 나가는 거랬어. 신용이 없는 장사꾼은 망한대. 그런데 오빠, 신의가 뭐야?"

유경영은 가슴이 덜컹 내려앉는 것 같았다. 자신이 방금 무슨 짓을 하려 한 거지? 자신은 방금 잠시 잠깐의 도피를 위해 지키지도 않을 약속을 하려고 했던 것이다. 거짓된 계약을 맺으려 했던 것이다. 누구보다 신의를 지켜야 할 고객이자 여동생인 사람에게. 그래서는 상인으로서 실격이었다. 그래서는 아버지를 볼 낯이 없었다. 소년은 소녀를 반드시 시장에 데려가 주겠다고 결심했다.

　소년이 상인의 길에 한 발짝 더 다가서고 있을 바로 그때 그것을 축복이라도 하듯 천둥소리가 울려 퍼졌다.

　쾅!

　깜짝 놀란 유경영은 하마터면 동생과 함께 벌러덩 뒤로 나자빠질 뻔했다. 그만큼 문이 열리는 소리는 크고 요란했다. 누군가가 습격해 왔다고 해도 믿을 정도였다. 문짝이 부서져 나가지 않은 것이 기적이었다.

　"진 소저! 진 소저!"

　벌컥 문을 걷어차고 들어온 사람은 바로 점창제일검 유은성이었다. 어지간히 급했는지 얼굴에 다급한 기색이 역력했다. 다행히 막강한 내공이 실린, 다급하지만 위력적인 발길질에도 문짝은 부서지지 않았다. 어지간히 튼튼한 재질로 만들어진 물건인 듯했다.

　"음?"

　그제야 그의 시야에 눈을 휘둥그레 뜨고 있는 아이들이 들어왔다.

　"아, 경영이구나. 혹시 진 소저께서 어디 계신지 보지 못했느냐?"

　"뒤쪽 연무장에서 사사 중이십니다."

　"고맙구나."

　말이 끝나기가 무섭게 유은성은 서둘러 뒤뜰을 향해 발걸음을 옮겼다. '피융' 하고 파공성이 일어날 듯한 그런 발걸음이었다. 금세 시야 밖으로 사라지는 유은성의 등을 바라보는 유경영의 얼굴에 의문이 떠올랐다.

　"무슨 일일까? 저렇게 급히 서두르시다니? 천무학관에 불이라도 났나?"

유경영의 말대로 진소령은 연무장에 있었다. 막 그녀의 이름을 부르려던 유은성의 발걸음이 우뚝 멈추었다. 그녀는 현재 제자 유란에게 가르침을 내리고 있는 중이었다. 그 순간을 방해해도 되는 것인지 결단이 서지 않았던 것이다. 심득을 전수받는 순간은 배우는 자에게 있어서는 물론 가르치는 자에게 있어서도 매우 의미 깊은 순간이었다. 가치로는 환산할 수 없는 깨달음을 얻을 수도 있고, 한마디 말로 인생 그 자체가 달라질 수도 있었다. 그런 중대한 순간에 개인적인 판단으로 개입해 함부로 방해하는 것은 주제넘은 짓이자 지나친 월권 행위였다. 그는 일단 지켜보기로 결심했다.

"네가 왜 패배했는지 알겠느냐?"

진소령이 물었다. 남궁상에게 패배한 일에 대한 이야기였다.

"제자가 약하기 때문입니다."

"틀렸다."

"예? 틀렸다고요?"

약하다는 것 말고 또 무슨 이유가 있단 말인가? 패배에 그것 이외에 또 다른 이유가 필요한가? 진소령은 제자의 그런 마음 상태를 알아차렸다.

"패배는 하나의 결과물일 뿐이다. 그리고 약하다는 것은 본질적인 원인이 아니다. 원인과 결과 사이에 자리하는 과정일 뿐이다. 결과에 선행한다 해서 모두 원인이 되는 것은 아니다."

그리고는 이어서 말했다.

"실패하는 게 나쁜 게 아니다. 실패를 통해 아무것도 배우지 못하는 게 나쁘지. 누구나 실패는 한다. 정도의 차이가 있을 뿐이지. 오직 성공만으로 점철된 인생이란 있을 수 없다. 가장 최악은 실패를 하는 게 아니라 그 실패를 극복하지 못하고 좌절하는 것이지. 그런 좌절자들의 공통적인 특징은 실패를 통해 아무것도 배우려 하지 않는 것이다. 실패를 통해 교훈을 얻는 이들만이 좌절하지 않고 실패를 극복할 수 있다. 명심하거라. 좌절이란 스스로의 미래를 포기하는 것과 같다는 것을."

삶을 영위함에 있어 좌절은 금지였다.

"실패를 통해 배워라! 하지만 그렇다고 교훈을 얻기 위해 실패를 반복해서는 안 된다. 그러니 이것도 알아두거라. 기왕이면 자신의 실패보다 남의 실패를 통해 배우는 게 훨씬 이득이라는 것을. 타산지석(他山之石)이란 게 어려운 게 아니다."

해주고 싶은 말은 그게 끝이 아니었다.

"너는 방금 약하기 때문에 졌다고 했다. 그럼 약하지 않으려면 어떻게 해야 하느냐? 그저 강해지기만 하면 되느냐? 그렇게 대답하면 간단할진 모르지. 그러나 아직 의문은 남는다. 어떻게 하면 강해질 수 있느냐? 어느 것을 더욱 강하게 단련해야 하느냐? 넌 그 물음에 대한 답을 준비해 놓고 있느냐? 단순히 강해져야 한다고 해서 올바르게 강해질 수 있는 것이냐? 자신의 부족한 점을 명확하게 파악하는 것, 그래서 그것을 고치면 결과가 바뀔 수 있는 것. 네가 네 안에서 찾아야 할 것은 바로 그것이다. 지금 너를 최단시일 안에 바꿔줄 수 있는, 그리고 너 스스로도 단시간에 바꿀 수 있는 그것 말이다."

"제자가 우둔하여 아직 그 깊은 뜻을 알아차리지 못했습니다. 하교해 주십시오."

유란이 가르침을 청했다. 그녀는 본능적으로 사부님이 자신의 약점을 파악하고 있다는 것을 깨달았던 것이다.

"그건 네 안목(眼目)이 부족해서다."

"안목이요?"

"그래. 상대를 살피는 안목이 부족한 것이 네 패배의 원인이다."

진소령이 단호한 목소리로 대답했다.

"그럼 안목이란 무엇입니까?"

유란이 물었다.

"모든 이의 사고방식이 각기 다르듯 각자의 실력에도 차이는 있기 마련이다. 현실적인 실력 차는 어쩔 수 없지. 모두 동일한 실력이란 있을 수 없는 일이다. 다만 비슷한 결과를 낳을 수 있을 뿐이지. 그것이 현실이라 불리는 것이다. 모두가 똑같은 세상, 같은 것은 환상일 뿐이다. 똑같아서도 안 된다. 높낮이가 있기에 물이 흐르고 바람이 불고 별이 도는 것이다. 모두 똑같다면 변화가 일어나지 않는다. 변화가 없으면 발전도 진보도 없다. 또 그만큼 지루한 세상도 없을 것이다. 그리고 고인 물이 썩듯 언젠가 썩고 말겠지. 그 차이를 파악하게 해주는 것이 바로 안목이다."

"……"

"요리사가 되지 않아도 맛을 평가할 수 있다. 마찬가지로 고수가 되지 않아도 고수의 무공을 평가할 수는 있다. 그러나 고수의 평가와 하수의 평가가 같지는 않다. 전혀 다른 분석은 전혀 다른 결과를 낳기 마련인 법."

유란은 숨을 죽인 채 진소령의 말에 귀를 기울였다.

"고수들에게는 고수만이 알 수 있는 정보들이 있다. 깨달음을 통해 체득(體得)한 것들, 그것은 지식이 아니라 지혜라 불려야 마땅한 것들이다. 그것은 경험해 보지 않으면 절대 얻을 수 없는 살아 있는 지식이기 때문이지. 왜, 이해가 안 가느냐?"

제자의 표정에 역력히 나타난 고심의 흔적을 바라보며 진소령이 물었다.

"죄송합니다, 사부님!"

"사과할 것 없다. 역시 말보다는 직접 보여주는 게 더 낫겠구나. 저기 쟁반에 놓인 사과 두 개를 가지고 오너라."

중앙표국에서 부탁하지도 않았는데 내온 과일들이 은쟁반 위에 수북이 담겨 있었다. 거절해도 소용이 없어서 한구석에 놔두었는데 유란이 들고 온 사과는 방금 그곳에 놓여 있던 것이었다.

"잘 보거라!"

진소령이 사과를 가볍게 위로 던졌다. 다음 순간 섬광이 번쩍였고, 어느새 사과는 그녀가 빛살처럼 빠르게 내뻗은 검끝에 올려져 있었다. 유란은 사부의 검이 언제 뽑혔는지 제대로 보지도 못했다.

"자, 이 사과에 무슨 일이 일어났느냐?"

"저… 네 조각으로 쪼개졌습니다."

"그럼 난 검을 두 번 휘두른 것이겠구나?"

"그, 그렇습니다, 사부님."

"과연 그럴까? 고수들도 과연 너처럼 대답할까?"

"그건……."

사실 검이 어떻게 휘둘러지는지 제대로 파악도 못했기 때문에 유란은 자신의 대답에 확신을 가지지 못하고 있었다.

"자신의 대답에 확신을 가지지 못한다는 것 자체가 아직 안목이 부족하다는 증거다. 희뿌연 안개 속을 꿰뚫고 진짜 상(象)을 파악할 수 있는 눈을 길러야 한다. 그러면 자연 확신이 들 것이다. 보거라."

진소령이 손가락으로 검을 가볍게 튕기자 검끝에 올려져 있던 사과가 자로 잰 듯 정확히 여덟 조각으로 갈라졌다. 더욱 놀라운 것은 껍질은 돌려 깎기를 한 것처럼 한 줄로 예쁘게 깎여 나갔다는 것이다. 즉, 진소령은 먼저 껍질을 둥글게 깎은 다음 알맹이를 여덟 조각 냈다는 이야기였다. 하지만 어떻게?

"이, 이럴 수가……."

유란은 그 말밖에 할 말이 없었다.

"너무 빨랐느냐? 그럼 이번엔 다르게 한번 해보자구나. 남은 사과를 손바닥 위에 올려놓고 거기에 서 있거라."

유란이 그 말대로 하자 진소령은 검을 천천히 내뻗었다. 하품이 나올 정도로 매우 느릿느릿한 속도였다. 반 장도 채 되지 않는 거리에 서 있던 유란이 저 검은 언제쯤이나 이곳에 닿을까 고민하고 있을 때 검끝이 살짝 사과 끝에 가서 닿았다. 마치 장난이라도 치듯 아주 살짝 와서 닿았을 뿐이다. 모기에 물려도 그것보다는 더 셀 것 같았다. 진소령은 검을 내질렀을 때처럼 천천히 검을 회수했다.

"자, 이번엔 어떠냐? 좀 천천히 했으니 잘 보였겠지? 뭐가 좀 보였느냐?"

"저… 사과엔 아무 일도 없었습니다."

"아무 일도 없었다고?"

그게 정말이냐는 듯 진소령이 반문했다.

"예… 아무 일도 없었습니다."

"정말 네 말에 확신할 수 있느냐?"

다시 한 번 다짐을 받아두듯 강한 목소리로 진소령이 물었다.

"예, 확신할 수 있습니다."

유란이 힘찬 목소리로 대답했다.

"너는 또 틀렸다."

진소령이 서 있는 자리에서 가볍게 손가락을 튕겨 지풍(指風)을 내쏘아 사과에 조그만 구멍을 뚫었다. 유란의 눈이 휘둥그레졌다. 물론 지풍 때문이 아니었다. 빨간 사과에 난 조그만 구멍으로부터 졸졸 노란 물 같은 것이 흘러나왔기 때문이다. 그것은 사과즙이었다.

"어떠냐? 이래도 아무 일이 없었다고 말할 수 있느냐?"

"……."

이미 말문이 막혀 버린 유란은 아무런 대꾸도 할 수 없었다. 아주 미세하게 잘 갈아진 사과즙은 한참을 나오고서야 비로소 멈추었다. 그런데도 사과의 모양은 그대로였다.

"안을 한번 보겠느냐?"

진소령이 다시 한 번 가볍게 검지를 튕겼다. 그러자 사과는 마치 날카로운 칼로 쪼갠 것처럼 두 조각이 났다.

'지풍검(指風劍)…….'

그저 송곳처럼 구멍을 뚫는 보통의 지풍보다 급수가 한 단계 위의 고급 기술이었다. 일반 지풍과는 다르게 지풍을 선풍처럼 회전시켜 물체를 벨 수 있는 기술로 '지선풍(指旋風)'이라 불리기도 했다. 생각 이상으로 익히기가 까다로워 고수라 이름난 사람들 중에서도 익힌 이의 수가 의외로 많지 않은 그런 기술이었다.

"이, 이럴 수가…….."

다시 한 번 유란의 눈이 휘둥그레졌다. 사과 안은 깨끗하게 텅 비어 있었다. 오직 종잇장처럼 얇은 사과 껍질만이 간신히 그 형체를 유지하고 있었다.

"너는 내 검의 속도가 느린 것을 보고 별다른 위력이 없을 거라 판단했다. 내 말이 틀렸느냐?"

"…아닙니다."

풀 죽은 목소리로 유란이 대답했다.

"물론 속도는 힘이다. 빠른 것은 강하지. 그것이 상식이다. 하지만 느리다고 해서 무조건 약한 것은 아니다. 고수들은 빠른 것은 더욱 빠르게 만들 뿐만 아니라 느린 것도 강하게 만들 수 있는 존재들이다. 일반적인 상식을 뒤엎는 사람이 바로 고수라는 존재이다. 그러니 고수의 눈이 범인의 눈과 같을 수 없음은 당연한 일. 고수들은 겉만 보는 것이 아니라 그것의 이면도 함께 보는 사람인 것이다. 그것이 바로 범인과 다른 고수의 안목이다. 때문에 그들은 남과 달라도 두려워하지 않는 것이다. 그들이 비록 다수의 입장에 서 있지 않고 소수의 입장에 서 있다 해도 자신의 결정에 확신을 가질 수 있는 것은 그런 눈을 가지고 있기 때문이다."

유란은 이제 완전히 꿀 먹은 벙어리가 되었다.

"안목을 기른다는 것은 곧 지혜를 기른다는 것과 같은 말이다. 스승은 제자에게 그 지혜를 전승해 줄 수 있다. 이 전승을 통해 제자의 안목이 더욱 높은 경지에 이르기를 스승들은 기원한다. 스승이 제자에게 가르치는 것 중 가장 중요한 것은 단순한 초식 같은 수박 겉 핥기 식의 지식이 아니라 그런 안목을 높여주는 일임을 스승들은 본능적으로 알고 있다. 그러니 이번 패배에는 내 책임도 크다고 할 수 있다. 너의 안목을 그 정도밖에 키워주지 못한 것은 스승인 나의 책임이기 때문이다."

"털썩!"

유란은 땅바닥에 털썩 무릎을 꿇었다. 감히 고개를 들 수 없었다. 차마 스승의 얼굴을 볼 수 없었던 것이다.

"죄송합니다, 사부님! 불초한 제자 때문에 사부님께서… 사부님께서……."

감정이 복받쳐서 울음이 터져 나올 것만 같아 유란은 입술을 깨물었다. 더 이상의 추태를 부리고 싶지 않았다. 눈물로써 쓰디쓴 현재를 도피하고 싶지 않았다. 동정받고 싶지 않았고, 동정해 주지도 않으리라. 그녀에게 지금 필요한 것은 눈물을 통한 감정의 정화가 아니라 와신상담의 독기 서린 각오였다.

"일어나거라."

유란은 일어나지 않았다. 무거운 책망이 그녀를 찍어 누르고 있어서인지 무릎은 얼어붙은 듯 펴지지 않았다.

"그것이 어찌 너만의 잘못이겠느냐. 나는 이번 일에 나의 책임이 있음을 안다. 나는 그 책임에서 눈을 회피하지 않을 것이다."

"사부님……."

"물론 전승만으로 완전한 심득을 전하는 것은 불가능하다. 말로 통하는 심득은 그 전달 과정 중에 상당 부분 이상의 정보를 소실하기 때문이다. 그러나 그 소실된 심득만이라도 받아들이기에 따라 엄청난 이득을 가져올 수 있다. 그렇기 때문에 훌륭한 스승 밑에 있다고 해서 훌륭한 제자가 나오는 것은 아니다. 대부분의 제자들이 스승을 뛰어넘을 수 없는 것도 그런 연유에서다. 게다가 안목이라는 것은 매우 주관적인 것이다 보니 대중 심리에 휩쓸리기도 쉽다. 그런 파고를 이겨내고 스스로의 안목으로 세상을 본다는 것은 결코 쉬운 일이 아니지. 제대로 본다는 것은 그만큼 어려운 일이다."

"……."

"그러니 안목을 더 키우도록 해라. 인생의 패배자가 되고 싶지 않다면 자기 자신이 자기 자신으로 있을 수 있도록. 그중에서 가장 중요한 것은 자기 자신을 보는 것이다. 자신을 똑바로 바라볼 수 있을 때 너는 그 너머를 볼 수 있을 것이다."

"사부님의 금과옥조 같은 가르침, 제자의 가슴속에 깊이 새겨 넣겠습니다."

유란이 큰절을 올리며 대답했다. 목소리는 울먹이고 있었지만 그녀는 끝내 눈물을 흘리지 않았다.

"기다리게 했군요, 유 대협!"

"아닙니다. 좋은 가르침, 잘 들었습니다."

"부끄럽군요. 유 대협께 그런 말을 듣다니. 그런데 무슨 용무이신가요? 굉장히 다급해 보입니다만?"

그제야 유은성은 자신이 가져온 용건이 생각났다. 진소령의 모습에 잠시 넋을 잃은 후유증이었다.

"아차! 깜빡했군요, 진 소저! 그 중요한 일을 잊다니 제가 잠시 정신이 나갔던 모양입니다. 진 소저, 혹시 진 소저께서 며칠 뒤에 비무하기로 한 이가 남궁세가의 셋째 남궁상이라는 청년 아니었습니까?"

"예, 그래요. 그 아이랑 싸우기로 했지요."

이유는 단 하나. 진령과 결혼할 자격이 있는지 시험하기 위해서. 유은성도 그 사실을 들어서 잘 알고 있었다. 그래서 이 얘기를 전해야 하나 말아야 하나 고민스러웠다. 그러나 어차피 알 일, 숨겨둔다고 해서 능사는 아니었다.

"저… 듣고 놀라지 마십시오……."

왜 저렇게 뜸을 들이는지 이해가 가지 않았다.

"무슨 일이기에 유 대협께서 그리 뜸을 들이시는지 궁금하군요. 말씀하세요. 놀라지 않겠습니다."

그 말에 용기를 얻은 유은성은 자신이 가지고 온 놀랄 만한 소식을 조심스레 전했다. 그리고 유은성의 경고에도 불구하고 진소령은 경악하고 말았다.

"예에? 지금 뭐라고……?"

사부를 대신해 목소리를 높인 것은 제자 유란 쪽이었다. 그녀 역시 유은성이 가지고 온 소식과 아무 연관이 없다고 하기 힘든 몸이었던 것이다. 그것도 지독한 악연을 지니고 있었다. 왜냐하면 그 소식의 주인공 덕분에 존경해 마지않는 스승에게 수치를 안겨주고 말았던 것이다.

"그러니까… 지금 뭐라고 하신 거죠, 유 대협?"

여전히 혼란스러운 와중에 간신히 정신을 추스르며 진소령이 반문했다. 하는 수 없이 유은성은 한 번 한 말을 다시 한 번 반복했다.

"그… 남궁상이란 청년이… 피살(被殺)당했다고 합니다!"

〈『비뢰도』 제20권에서 계속〉

비류연과 그 일당들의 좌담회

건배(乾杯)!

건배(乾杯)!

건배(乾杯)!

(축(祝)! 하옥(下獄)! 이라고 쓰여 있는 현수막이 벽면 높이 걸려 있다.)

장홍: 하옥을 축하합니다.

효룡: 콩그레츄레이션!

노학: 오메데또!

장홍: 아아! 이렇게 기쁠 수가! 드디어 그 녀석에게도 시련의 그림자가 찾아왔다니.

노학: 흑흑! 당분간 대사형을 안 봐도 된다니 너무 기뻐요.

장홍: 자네의 절절한 마음 내 모르는 바는 아니나, 그렇게 너무 타나게 기

뻐하진 말게. 어디선가 보고 있을지도 모르니.

노학: 컥! 그… 그… 그런 무시무시한 말을……. 장 형, 농담으로라도 그런 말 하지 마십쇼.

장홍: 아니, 난 진담인데…….

효룡: 어쨌든 그 녀석 일 아닙니까. 방심은 금물이죠.

장홍: 맞는 말일세. 조심 또 조심해서 나쁠 것 없지. 지난날의 수많은 희생자들을 반면교사로 삼아야 하네.

노학: (감정이 복받치는지 눈물을 흘린다) 흑흑흑!

효룡: 여기 제일 많이 당한 사람이 한 사람 있다는 걸 잊고 있었군요.

장홍: 음, 자네의 일을 잠시 잊고 있었군. 하지만 아직 사지 멀쩡히 살아 있다니 얼마나 다행인가.

노학: 하지만 덕분에 지난 권에는 제대로 등장도 못했죠. 미운 털이 박혀 버려서……. 게다가 요즘도 비만 오면 삭신이 쑤십니다. 저 이제 삼복(三伏)에 개도 안 잡아먹잖습니까. 그 때문에 개방 동료 거지들에게 손가락질받고 있다구요. 거지 주제에 복날에 개도 안 잡아먹는다고.

효룡: 음, 동병상련이란 거군요. 그 맘 이해가 갑니다. 이해가 가요.

노학: 알아주는 건가? 게다가 이제는 궁상이 그 친구까지……. 그 친구가 무슨 죄가 있다고…….

장홍: 그러고 보면 그 친구도 많이 당했구먼.

노학: 제가 단기집중형이라면 그 친구는 장기분산형이라 할 수 있죠. 누가 더 불행한지는 차치하고 말입니다.

장홍: (안됐다는 듯 혀를 차며) 하지만 그 친구는 이번에 죽기까지 했지 않나? 형세 역전이라 할 수 있지!

노학: (납득이 가는지 고개를 끄덕이며) 그것도 그렇군요. 하지만 반죽음

의 고통은 당해본 사람만이 압니다. 암, 그렇고말고요.

효룡: 그래도 이번에 비류연 그 녀석이 드디어 감옥에 갇히게 되지 않았습니까.

(노학, 갑자기 흥분해서 상을 두드리며)

쾅쾅쾅!

노학: 유죄! 유죄! 유죄! 무기징역! 영구유폐!

장홍: 자자, 너무 흥분하지 말게. 너무 지나치게 흥분하면 몸에 독이 된다네. 스트레스는 만병의 적이라는 걸 모르나?

효룡: 비류연 그 녀석, 평소에 시련도 없고, 실패도 없다! 가 좌우명이라고 큰소리 탕탕 치고 다니더니 이번만은 어쩔 수 없었나 보군요.

노학: 맞습니다. 맞고말고요. 그러니깐 특혜 시비에 휘말리는 것 아닙니까. 본인이 고생을 안 하다 보니 그 업보가 다 주위에 있는 우리들에게 미치는 것 아니겠습니까!

장홍: 그건 그래. 그 녀석 대신 맨날 우리만 위기를 당해야 하는 건 불공평하지. 그 녀석도 이제 쓴맛을 볼 때가 됐다고.

효룡&노학: 그럼요! 그렇고말고요! 이하동문입니다!

장홍: 자네들, 내가 그 녀석 뒷수습하느라고 요즘 얼마나 바쁜 줄 아나?

효룡: 아, 그 일 말이군요. 그렇게 크게 벌어졌으니 이제 어쩔 수 없죠. 어쩌자고 그 녀석 말에 혹했습니까? 마음을 굳게 다잡고 있었어야지요.

장홍: 다 내 잘못이네. 누굴 탓하겠나. 비류연, 그 녀석이나 탓해야지. 나중에 진상이 밝혀지면 사람들이 날 죽이려 들지도 몰라. 으으으으……

효룡: 류연, 그 녀석은요? 과연 어떻게 될까요?

장홍: 글쎄, 그 녀석이야 죽어도 죽지 않는 바퀴벌레 같은 녀석 아닌가. 그러니 애꿎고 선량한 나 같은 일반 시민이 피해를 입게 마련이지.

노학: 일리가 있습니다, 장형!

장홍: 있다 뿐인가. 진리이기도 하다네.

효룡: 그래도 그 녀석 없이 우리끼리 이렇게 얘기하니 마치 우리들이 주인공이 된 것 같아 기분이 좋은데요?

장홍: 으음, 자네도 그렇게 생각했나? 마침 나도 그렇게 생각하고 있었다네.

노학: 다음 권에도 계속 갇혀 있었으면 좋겠군요. 그래야 다음에도 우리끼리 이걸 이끌어가죠.

장홍: 좋은 생각일세. 굿 아이디어야!

효룡: 코너 간판도 바꿔 달아야겠군요.

장홍: 그게 좋겠네. 그 녀석이 어디선가 나타나기 전에 빨리 우리끼리 마무리를 짓세.

노학: 그러죠!

효룡: 마무리를 뺏기면 안 되죠.

장홍&효룡&노학: 여러분! 악의 축은 물러나고 이제 무림에 평화가 찾아왔습니다. 앞으로는 저희들이… 이 평화를 되찾은 강호를 위해 있는 힘껏…….

푸드드드득!

노학: 어, 이게 무슨 소리죠?

장홍: 아니, 저건?

효룡: 류연 녀석의 애조인 우뢰매군요.

장홍: 아니, 저 녀석이 여긴 웬일이지?

노학: 다리에 서신이 달려 있습니다!

장홍: (서둘러 서신을 펼쳐 보며) 도대체 뭐라고 적혀 있길래…….

툭!

효룡: (땅에 떨어진 서찰을 주우며) 아니, 웬 엄지 치켜든 그림이…….

노학: 나도 같이 봅시다.

효룡&노학: (서찰을 훑어보더니) 크허억!

서찰에는 다음과 같이 적혀 있었다.

I WILL BE BACK!
必來!

………
……
…
..
.

효룡: 우리 다음 권에 진짜 여기 다시 나올 수 있을까요?

장홍: ……몰라!

学생이라면 반드시 읽어야 할—그러나 거의 아무도 읽지 않는—천무학관 지정 필독 추천 도서 108종

■ 二十. 현 남창 풍류업계에 대한 고찰(考察)

남창은 사람이 많이 모이는 만큼 다수, 다종의 유흥 시설이 번화가 양편에 일렬로 도열하듯 잔뜩 들어차 있다. 고객이 모이지 않는 곳에 가게를 내는 것만큼 어리석은 일이 없듯이 고객이 모이는 곳에 가게를 내지 않는 것 역시 어리석기는 매한가지로 특히 그중에서도 가장 많은 이윤을 올리는 곳은 봄과 꽃과 노래라는 특이한 상품을 파는 곳, 바로 기루(妓樓)다.

왜 기루가 여타 요식업(料食業)보다도 많은 수익을 올리는가? 그것은 일단 공급의 희소성(稀少性)에 기인한다. 사람들은 많은 게 무조건 좋은 줄 알지만 때로는 작고 적은 게 좋을 때도 있다. 특히 장사를 하는 데 있어서 특별함과 차별이란 최우선적으로 권장되는 덕목이다.

기녀는 현재 여인들이 가질 수 있는 몇 안 되는 직업 중 하나이기는 하나 공급은 언제나 달리는 형편이다. 그 이유는 명확하다.

기녀라는 직업에 종사하려면 몇 가지 위험 부담을 떠안아야만 하는데 이 여성 특유의 고유하고 독자적인 불안과 위험과 불유쾌함을 감수할 이는 많지 않다. 이런 육체적이면서도 생리적인 위험 이외에도 기녀라는 직업에 대한 부정적, 사회적 인식 또한 희소성을 부채질하는 데 상당히 큰 요인으로 작용하고 있는 것이다. 그럼에도 사회적으로 괄시받고 천대받는 기녀들에게 열광하는 사람 대부분이 그 사회에 소속된 이들 중에서도 주류 층에 속하는 이들이라는 점은 참으로 불가사의한 점이 아닐 수 없다.

때문에 업계에서는 이 불안정한 공급을 충당하기 위해 가난에 찌든 부모들로부터 어린아이들을 사 오는 편법을 사용하고 있으나, 유아 사망률이 높은 관계로 그 방법 역시 여의치 않은 형편이다. 유아 사망률이 높은 이유는 불결한 위생 관리와 어려운 재정 형편, 국가적 무관심, 그리고 대책없고 무분별한 가족 계획에 기인한다. 일반 백성들은 자녀 수가 셋 이상 늘어나면 집안 모두가 굶어 죽기 때문에 아이를 양자로 보내거나 최악의 경우 내다 팔 수밖에 없다. 그렇지 않으면 다들 굶어 죽게 되기 때문이다. 그래서 아이를 파는 것은 일상적인 일이었고, 언제나 자발적 종사자가 부족한 풍류업계에서는 이런 현상을 적극 이용하여 다른 경쟁자들보다 더 나은 가격을 제시함으로써 부족한 공급을 충당하고 있는 실정이다. 그러나 여전히 양질의 공급이 치명적으로 부족한 것은 업계의 특수성에 기인한 피할 수 없는 필연물의 결과라 할 수 있겠다.

놀랍도록 많은 사람들이 기루는 기녀의 수만 많으면 사업은 무조건 번창하는 것으로 생각한다. 그러나 그것은 크나큰 착각이다. 무조건 여자 아이를 많이 사 온다고 해서 기루가 번창하는 것은 결코 아니다. 결코 싼값에 대량으로 공급한다 해서 이득을 보는 것 또한 절대 아니다.

여자라고 해도 아무나 다 기녀가 되는 것은 아니다. 그리고 될 수도 없다. 안 시켜준다. 왜냐하면 선발이라는 이 일련의 선택 과정에서 매우 주관적이지만 어느 정도 부분적으로 보편적이라고 할 수 있는 소위 '미의식'이라 불리는 사회 통념이 개입하게 되기 때문이다. 때문에 기녀들은 보편적인 상식에 저촉되지 않는 미모를 지닐 것을 요구받는다.

그런데 각 기루들은 타 가게와의 경쟁을 유지하기 위해 모든 가게는 자사의 수질을 일정 수준 이상 유지해야 한다. 특히 지역 삼대기루 정도의 위치에 오르려면 중간급 수질 이급수로는 어림 반 푼어치도 없으며, 뿐만 아니라 간판이라 내세울 수 있는 절기 절세 기녀의 존재가 필수 불가결하다. 절기를 얼마나 확보할 수 있는가가 타사와의 치열한 경쟁에서 승리할 수 있는 유일무이한 열쇠인 것이다.

때문에 일급 이상으로 평가받는 유명한 기루에서 기녀는 몸을 파는 것이 아니라 운치와 풍류를 팔아야 하는 것이다. 또한 기녀들은 그에 걸맞는 적절한 수업을 시간과 공을 들여 쌓아야만 한다.

특히 이런 일급기루에서 특히 신경 써야 할 점을 고객을 유치하는 데 있어 '이런 기루'에 오는 것은 결코 수치가 아니며 뭔가 설명할 수는 없지만 남들과 차별화되는 대단히 풍류적이고 우아하면서도 결코 저속적이지 않는, 한마디로 문화적인 일이라는 환상을 심어주는 일이다. 즉, 그들이 이곳을 찾는 근본적인 이유는 동물적 욕망에 기인하지만 결코 그런 인상을 심어주지 않을 만한, 그래서 고객이 스스로에게 최면을 걸어 스스로를 속일 수 있을 만한 면죄부를 대량으로 발급해 주는 일인 것이다. 이런 고객 최우선주의의 세심하고도 고도의 심리적인 배려 없이는 결코 일류가 될 수 없는 것이다. 몇몇 특수한 부분을 제외한다면 다른 업계에도 잘 적용되는 이야기라 할 수 있겠다. 그러므로 각 기루들은 보다 양질의 봉사를 제공하기 위해 부단한 노력을 기울여야만 한다.

…(후략)…….

효룡: 어? 잠깐! 이거 필독서가 아니잖아! 권장도서 목록 어디에도 들어 있지 않은 건데?

장홍: 엇?! 이, 이런! 실수했네그려. 그건 내가 읽고 있던 것이네! 진짜는 이쪽이라네!

효룡: 아니, 왜요? 물장사라도 하시게요?

장홍: 많이 알려 하지 말게. 다쳐.

효룡: 나중에 형수님한테 일러바쳐야겠군……

장홍: (버럭!) 이 사람이! 큰일날 소릴! 자네도 류연 그 친구 닮아가나!

효룡: 글쎄요…….

■ 〈眞〉 二十. 검시에 있어서의 안색

…(전략)…….

본격적으로 검시를 시작하게 되면 먼저 시체의 안색부터 찬찬히 살펴보아야 한다.

죽은 시체를 앞두고 웬 안색이냐 할 수도 있겠지만 동양 의학은 예로부터 안색을 중시했다. 색은 곧 장기의 상태를 몸 밖으로 나타내 주기로 하는 중요한 판단 수단이었고, 이런 방식은 검시에서도 똑같이 통용되었다. 때문에 색을 나타내는 다양한 표현들이 존재하고 있다.

적(赤), 녹(綠), 황(黃), 흑(黑)만으로는 그 다양하고도 미묘한 차이를 표현하는 데 불충분할 뿐만 아니라 무식하기까지 하다는 게 선인들의 공통된 생각이었다. 다른 것을 같다고 말할 때 생기는 것은 혼란뿐이라는 것을 그들은 잘 알고 있었던 것이다.

어떻게 죽었는지 그 수단과 방법에 따라 안색이 확연히 달라진다. 똑같이 칼날에 베어진 자상(刺傷)이라 해도 살아 있는 채 베인다면 상흔은 선홍색을 띠게 된다. 그러나 질식사시킨 다음 사고나 자살로 위장하기 위해 여러 가지 창조적인 칼자국을 낸다면 상흔은 선홍색이 아닌 백색을 띠게 된다. 사후에는 시체의 전신에 피가 돌지 않게 되기 때문이다. 반면 질식사한 시체는 적색 계통이 아니라 청색 계통의 색을 띠게 된다. 이처럼 색은 사인(死因)을 밝히는 매우 중요한 지표였다.

때문에 안색도 살피지 않고 다짜고짜 무턱대고 시체의 배부터 가르는 무식한 짓은 저지르지 않는다. 상식적인 검시관이라면 피해야 마땅한 행위인 것이다.

환자에게 칼을 대는 것이 의사에게 남겨진 최후의 수단이듯 시체에 칼을 대는 것은 검시의 가장 마지막에 홀로 남겨진 단계라는 점에서 생자와 사자를 다루는 것은 다르면서도 동일하다고 할 수 있겠다.

흑색은 구타나 목을 매는 상흔의 매우 중요한 지표다.

구타 상해(傷害)에 사용되는 흉기는 크게 수족(手足: 일반적으로 사람의 몸에 달린 것), 인물(刃物: 날이 달린 물건), 그리고 타물(他物)로 구분된다. 수족과 인물은 그 구분이 명확하지만 타물은 그렇지 않다. 하지만 그렇다고 해서 인물과 타물의 구분이 그리 쉬운 것은 아니다. 국가의 법은 보다 엄격하고 엄정한 구분을 요구하기 때문이다.

과거에는 사람이 이빨로 문 것을 타물로 보아야 하는가, 수족으로 보아야 하는가, 아니면 인물로 보아야 하는가 하는 문제로 논쟁이 된 적도 있었다고 하는데 아직도 그 결판이 제대로 나지 않아 검시관과 판관의 시의 적절한 판단이 요구되고 있다. 또한 발로 상대를 차서 상해를 입혔을 때 가죽신을 신고 있거나 짚신을 신고 있었다면 그것은 수족에 의한 상해로 봐야 하는지, 아니면 타물에 의한 상해로 봐야 하는지에 대한 논의도 아직까지 미결로 남아 있다. 하지만 부드러운 신발을 신고 있었을 경우 타물에 의한 상해로 보기보다는 수족에 의한 상처로 보는 게 일반적이다. 왜 이런 시시하고 하찮아 보이는 구분들이 중요하냐 하면 어떤 수단으로 상해를 입혔는가에 따라 판결 내리는 형량이 달라지기 때문이다. 수족에 의한 상해와 도구에 의한 상해가 같은 취급을 받지는 않는다. 보통은 수족보다 도구 쪽이 더 많은 형량을 받게 된다.

그중에서 날 달린 물건은 인물(刃物)로 따로 분류되어 특별 대접을 받게 되는 것이다.

…(중략)…….

독살이 의심될 때는 검시기구로 은비녀를 사용한다.

검시에 사용되는 은비녀는 순도 백 푼을 자랑하는 진품으로 관(官)에서 공장(工匠)을 직접 감독하는, 매우 정교하고 엄밀한 과정을 통해 모두 같은 규격으로 만들어진다. 시중에 도는 은기(銀器)들은 워낙 가짜가 많아서 사용시 그 성능이 문제가 되기 때문이다. 속칭 도삼칠(倒三七)이라 칭하는데 삼십 푼만 은이고 나머지 칠십 푼은 동인 가짜를 가리킨다. 개중에는 반만 진짜 은이고 반은 가짜인 반푼이도 있지만 이왕 가짜를 만들었는데 굳이 손해 볼 필요는 없다는 상식적인 손익 계산에 의해 반푼이보다는 삼칠이가 우세한 실정이다. 그러니 어떻게 믿고 아무 은비녀나 쓸 수 있겠는가. 가짜가 횡행하다 보니 관에서도 할 수 없이 직접 감독하에 검시용 법물인 은비녀를 직접 제작하고 오직 검시할 때만 사용하도록 권장하고 있다.

…(후략)…….

*참고도서: 신주무원록(新註無怨錄).

+pandora+ 님

다찌바나 님

이든헌터 님

허담 新무협 판타지 소설

FANTASTIC ORIENTAL HEROES

검은별

하늘아래 모든 곳에 있고,
결코 사라지지 않는다.

세상은 그들을 멸시하지만,
세상의 모든 야망가가 은밀히 거래한다.

선과 악이 어우러지고,
어둠과 밝음이 서로를 의지하듯
세상의 빛 그 아래 존재하는 자들.

무수한 별이 빛을 잃어 어둠을 먹고사는
검은 별이 되어 살아가는,
그리하여 세상 모든 사람이 두려워하는…

그들은 유령문이다!

Book Publishing CHUNGEORAM

유행이아닌 자유추구 -
WWW.chungeoram.com

완벽한 인생

PERFECT LIFE

방태산 장편 소설
FUSION FANTASTIC STORY

외로움과 후회로 가득했던 전생은 잊어라!
이제 완벽한 인생으로 다시 시작한다!

한 번의 환생, 한 번의 회귀.
무림의 절대자 독행마에게 주어진,
두 번의 대한민국 라이프!

'이번에는 얌전하게, 행복하게 살아보자.'

하지만 송곳은 튀어나오는 법.
무서운(?) 여친과 전생으로부터 이어진 인연은
그에게 평범한 삶을 허락하지 않는데…

**전직 마인의
완벽하게 행복해지기 프로젝트!**

Book Publishing CHUNGEORAM
- 유행이 아닌 자유추구 -
WWW.chungeoram.com

『월풍』, 『신궁전설』의 작가 전혁이 전하는
유쾌, 상쾌, 통쾌 스토리, 『왕후장상』!

문서 위조계의 기린아 기무결.
사기 쳐서 잘 먹고 잘살던 그에게 날벼락이 떨어졌다.
바로 녹슨 칼에서 나온 오천만 냥짜리 보물지도!

기무결에게 내려진 숙제,
오천만 냥을 찾아라!

그러나 꼬인 행보 끝 도착한 곳은 동창의 감옥이었으니…….

"으아악! 이게 뭐야!! 무림맹이 왜 여기 있는 거야!"

**천하제일거부를 향한 기무결의
끝없는 도전이 시작된다!**

Book Publishing CHUNGEORAM
WWW.chungeoram.com

용마검전
FANTASY FRONTIER SPIRIT
김재한 판타지 장편 소설

「폭염의 용제」,「성운을 먹는 자」의 작가 김재한!
또다시 새로운 신화를 완성하다!

『용마검전』

사악한 용마족의 왕 아테인을 쓰러뜨리고
용마전쟁을 끝낸 용사 아젤!

그러나 그 대가로 받은 것은 죽음에 이르는 저주.
아젤은 저주를 풀기 위해 기나긴 잠에 빠져든다.

그로부터 220년 후…….

긴 잠에서 깨어난 아젤이 본 것은
인간과 용마족이 더불어 살아가는 새로운 세상이었다.

이모탈 퓨전 판타지 소설
FUSION FANTASTIC STORY

워리어
Warrior

**최강의 병기 메카닉 솔져,
판타지 세계로 떨어지다!**

서기 2051년.
세계 최초의 메카닉 솔져 이산은
새로운 세계에 발을 딛게 된다.

"나는… 변한 건가?"

차가운 기계에서 따뜻한 피가 흐르는 인간으로!
카이론의 이름으로 새롭게 시작하는
진정한 전사의 일대기!

Book Publishing CHUNGEORAM

WWW.chungeoram.com

즐거운 인생

미더라 장편 소설

FUSION FANTASTIC STORY

A Bittersweet Life

삶의 의욕을 모두 잃은 주혁.
어느 날 녹이 슨 금속 상자를 얻는데…….

"분명 어제도 3월 6일이었는데?"

동전을 넣고 당기면 나온 숫자만큼 하루가 반복된다!

포기했던 배우의 꿈을 향해 다시금 시작된 발돋움.
눈앞에 펼쳐진 새로운 미래.

과연 그는 목표를 이루고
인생을 바꿀 수 있을 것인가!

네르가시아 장편 소설
FUSION FANTASTIC STORY

THE MODERN MAGICAL SCHOLAR

현대 마도학자

나르서스 제국의 전쟁영웅이자
마나코어를 개발한 천재 마도학자 카미엘!

그러나 제국의 부흥을 위한 재물이 되어
숙청당하는데…….

『현대 마도학자』

죽음 끝에 주어진 또 다른 삶.
그러나 그에게 남겨진 것은 작은 고물상이 전부였다.

**더 이상의 밑은 없다!
마도학자의 현대 성공기가 시작된다!**

Book Publishing CHUNGEORAM
www.chungeoram.com